SINA BLACKWOOD

DIE DRACHEN DES AURËUS

AF236961

Bibliografische Informationen der Deutschen Nationalbibliothek:
Die Deutsche Nationalbibliothek verzeichnet diese Publikation in
der Deutschen Nationalbibliografie; detaillierte bibliografische
Daten sind im Internet über http://dnb.de abrufbar

www.reni-dammrich-geschichtenzauber.de
www.facebook.com/pages/Reni-DammrichSina-Blackwood-Die-
Geschichtenzauberseite

Herstellung und Verlag:
BoD – Books on Demand, Norderstedt
ISBN: 9783752851588

Wo ist Lars, der Triganer?

Die Elfenzwillinge Freya und Iduna leben schon einige Monate mit ihren Gatten, dem Ost- und dem Südwind, auf Äolus' Insel, die seitdem als uneinnehmbare Festung gilt. Ares, der finstere Kriegsgott, der schon mehrfach gegen den Aurëus-Clan und dessen Freunde den Kürzeren gezogen hat, sinnt noch immer auf Rache. Poseidon ist vorsichtig geworden, seit er am eigenen Leibe die Kräfte der Elfenweltbewohner zu spüren bekam. Er hält sich meilenweit von jeglichem Ärger fern. Ihn braucht Ares also gar nicht erst um Beistand zu fragen. Bei den anderen Olympiern beißt er ebenfalls auf Granit und so herrscht eine trügerische Ruhe.

Äolus und seine Söhne sind immer bestens informiert, weil ihnen jeder noch so leise Luftzug Kunde bringt, was in ihrer Welt passiert. Boreas, der Nordwind, Gatte der Elfenkönigin Viola, weiß über jeden Winkel der Elfenwelt Bescheid. Dank eines Wunschzaubers Galanthas, der Großmutter Violas, ist dieser Dimension ewiges Glück und damit ewiger Frieden beschert. Das heißt aber nicht, dass die Wächter dieser Welt, die Drachen, nachlässig werden, denn es gibt unzählige magische Tore, so auch im Wandelnden Turm, die alle tausend Jahre Wesen hierher bringen, die ihren Gastgebern nicht immer wohlgesonnen sind.

Die Elfenweltbewohner treffen sich mindestens ein Mal im Jahr mit allen Freunden und Verwandten am Nixensee, um eine ganze Woche lang zu feiern.

„Lars hat sich schon lange nicht mehr sehen lassen", stellte Zephyra besorgt fest, als sie wieder ein gemeinsames Treffen abhielten.

„Stimmt!", pflichtete Boreas bei. „Normalerweise verpasst er keine unserer Zusammenkünfte. Aber meine Brüder sind auch noch nicht da. Vielleicht bringen sie ihn mit. Sein fliegender Kürbis kann ja manchmal recht störrisch sein, wie wir alle wissen."

Wenig später trafen Äolus, seine drei Söhne und die beiden Schwiegertöchter ein. Sie hatten den Weg übers Meer gewählt, den Triganer aber nicht gesehen.

„Jetzt mache ich mir auch Sorgen", murmelte Äolus. „Lars hat schon beim Sängerwettstreit auf dem Olymp gefehlt. Hoffentlich steckt er nicht wieder in Schwierigkeiten."

Marc horchte auf. „Gibt es dafür ernsthafte Gründe?"

„Weiß nicht", druckste Äolus herum. „Ares war auch nicht da und der ist ebenfalls bis heute nicht wieder aufgetaucht."

Galantha fasste nach Marcs Arm.

„Ich habe auch kein gutes Gefühl", gab Boreas zu, worauf Viola heftig nickte. „Wir sollten aber erst einmal auf Triga nach ihm fragen."

Viola nickte noch einmal. „Ja, du hast recht. Wir dürfen uns nicht selber verrückt machen."

Bella, das junge Drachenweibchen, hatte die Unterhaltung der Erwachsenen mit angehört. „Wen schickt ihr nach Triga?"

„Jemanden, dem wir in jeder Lage voll vertrauen können", erwiderte Viola. „Ich denke da an eine junge Drachendame, die pfiffig genug ist, an alle Informationen zu kommen, die flink genug ist, sich nicht schnappen zu lassen, wenn es brenzlig wird und die sich mit Zähnen, Klauen und Feuer verteidigen kann, wenn sie ihr Leben retten muss."

„Du meinst ... du meinst ... ich ... ich darf diesen wichtigen Auftrag erfüllen?", stotterte Bella ungläubig.

Boreas schmunzelte. „Genau das ist unser Plan."

Das kleine viertägige Abenteuer sollte eine Belohnung für Bella sein, die sogar lesen und schreiben gelernt hatte. Länger brauchte man nicht, wenn man hin und zurück flog. Zudem war Triga eine der friedlichsten Dimensionen überhaupt.

„Dann sollte ich mich wohl sofort auf den Weg machen", überlegte Bella laut, „damit ich wieder hier bin, wenn noch alle feiern."

Pyron gab seiner Tochter ein paar nützliche Tipps, wo sie auf der Reise nach Triga Wasser und Nahrung finden konnte. „Verstecken brauchst du dich nicht, die Triganer sind sanfte Seelen und Raubtiere gibt es keine", fügte er noch hinzu.

Alle schauten zu, wie der kleine rote Drache startete, eine Schleife überm See zog und dann in schnurgerader Richtung zu den Sumpfgebieten flog, wo eine Passage nach Triga versteckt war. Ruby wäre gern mitgeflogen, aber sie wusste, dass sie oft zu unbedacht reagierte und deshalb vergebens gebettelt hätte. Auch hatte sie einen gewaltigen Schreck bekommen, als Viola im Scherz davon sprach, vielleicht das Leben verteidigen zu müssen. Und das war nicht unbemerkt geblieben. Seufzend hockte sie da und hoffte, eines Tages mit ihrer Schwester zusammen Abenteuer bestehen zu dürfen. Aber bis dahin musste sie noch verdammt viel lernen.

„Gute Reise und viel Glück", flüsterte Flecki, das Pferd dessen Mutter ein Einhorn, der Vater aber das ehemalige Streitwagenross des Ares war.

Und Blitz, der schwarze Hengst, der einmal dem Kriegsgott gehört hatte, schaute immer wieder in den Himmel, dahin wo das Drachenweibchen verschwunden war. Schließlich bemerkte Vulkanus das seltsame Verhalten des Rappen.

Er wandte sich an Silber, die Gefährtin von Blitz. „Was hat er nur die ganze Zeit?"

Silber scharrte mit einem Huf. „Diese Unruhe quält ihn schon seit Tagen. Ich kann nur nicht ergründen, was ihn so nervös macht. Er geht mir oft für Stunden aus dem Weg. Am Anfang hatte ich die Befürchtung, er mag mich nicht mehr. Aber so, wie er jetzt reagiert, muss etwas völlig anderes dahinterstecken."

Vulkanus gab Pyron ein Zeichen, zu ihnen zu kommen.

„Wo brennt es denn?", fragte Pyron, weil sowohl sein Bruder als auch Silber sehr ernst aussahen, obwohl alle anderen ausgelassen miteinander feierten.

„Schau dir Blitz an und sag uns, was du aus seinem Verhalten abliest", bat Vulkanus.

Pyron brauchte nicht lange, um festzustellen, dass mit dem Rappen etwas nicht stimmte. Der stand wie eine Statue, schaute in den Himmel, hatte aber die Ohren angelegt und die Nüstern weit gebläht. „Ich habe die Vermutung, er würde Bella folgen, wenn er könnte. Ich will kein Drache sein, wenn er nicht irgendein Unheil spürt. Vielleicht ist der verschwundene Ares in der Nähe? Oder noch schlimmer! Vielleicht treibt der sein Unwesen auf Triga und Lars kann deswegen nicht kommen! Ich muss mit Viola und Boreas reden!" Pyron sprang auf und eilte zum Königspaar hinüber.

Ein paar Sätze genügten, dann schwebte Viola zu Blitz, der heftig zusammenzuckte, als sie ihn ansprach. Dabei waren es genau die Worte, die er jetzt brauchte. „Du sorgst dich um Bella, stimmt das?"

Blitz nickte.

„Spürst du etwas Böses, das uns verborgen ist?"

Der Hengst schnaubte mit funkelnden Augen.

„Ist Ares in der Nähe?"

Blitz ging wiehernd auf die Hinterhand und gebärdete sich wie toll.

„Willst du zu ihm zurück?", fragte Viola vorsichtig und bekam heftiges Schnauben und Kopfschütteln zur Antwort.

„Wenn du Bella helfen möchtest, dann halte ich dich nicht auf."

Im selben Moment war der Platz leer, wo der Rappe gerade noch gestanden hatte. Das heißt, es hing eine Staubwolke in der Luft, die sich ganz langsam zerteilte. Viola, die der starke Sog des davongaloppierenden Hengstes einfach mitgerissen hatte, rappelte sich zutiefst erschreckt vom Boden auf.

Es war still geworden und Viola teilte den Feiernden mit, was Silber, Vulkanus und Pyron beobachtet hatten und wie Blitz auf ihre Fragen reagierte. Sein Schnauben und Aufbäumen hatten die meisten gesehen. Wie er davonstob nicht, denn dafür war jedes Auge zu langsam gewesen.

„Wollt ihr denn nicht jemanden zu Hilfe schicken, der zauberkundig ist?", fragte Martha beunruhigt.

Boreas, Viola, Pyron und Zephyra schüttelten die Köpfe. „Nein. Bella ist so gewitzt, dass wir uns wenig sorgen müssen. Mit dem kampferfahrenen Blitz an ihrer Seite wird die Mission gelingen."

Thomas überlief ein kalter Schauer. Der Angriff der Zwerge auf den Wandelnden Turm war nicht vergessen, nur verdrängt.

Pyron stupste den Freund mit der Nase an. „Bella kennt alle Geschichten über die Zwerge. Sie wird wissen, was zu tun ist, wenn wirklich Feinde auftauchen. Vergiss nicht, sie ist ein Drache. Zwar ein kleiner, aber sie beherrscht schon das Feuer."

Über Thomas' Gesicht huschte ein Lächeln. Bella hatte in etwa die Größe eines ausgewachsenen Mammuts erreicht. Bis sie so groß wie ihre Mutter Zephyra sein werde, müssten schon noch ein paar Jahre vergehen. Aber sich mit einem fliegenden, feuerspeienden Mammut anzulegen, das noch dazu über scharfe Krallen und dolchartige Zähne verfügte, konnte in der Tat verheerende Folgen haben.

„Blitz würde für Bella selbst die Götter der Unterwelt ans Licht zerren", verriet Silber. „Schließlich hat sie vor ein paar Jahren unseren Sohn vor den Brontornis gerettet. Wenn er von Bella spricht, dann nur voller Hochachtung."

Vulkanus atmete tief durch. Seit sich ihm die junge Drachendame versprochen hatte, wachte auch er über ihr Wohlergehen. Wobei es ein Geben und Nehmen war, denn Bella machte es Freude, mit ihm ihre Jagdbeute zu teilen, die aus kleinerem, besonders schmackhaftem Wild bestand, das ein so riesiger Drache, wie die ausgewachsenen Männchen, gar nicht mehr jagen konnte. Wenn Bella einen Dachs herbei trug, war das für Vulkanus zwar nur ein Snack, aber eben ein besonders köstlicher, den er selber nie erwischt hätte. Und nun war Bella auf einer Mission, auf der die schrecklichsten Sachen passieren konnte, wäre der grausame Kriegsgott wirklich vor Ort. Vulkanus seufzte noch einmal.

„Wenn sie in fünf Tagen nicht wieder hier sind, dann fliegst du los und suchst sie", hörte er in diesem Moment Boreas sagen.

„Ja, das werde ich tun. Bis dahin zähle ich die Stunden", erklärte Vulkanus. „Du weißt ja, was mir die Kleine wirklich bedeutet. Aber ich weiß auch, warum niemand von uns eingreifen darf. Es ist wie der Flug übers Meer, den nur die stärksten und findigsten Drachen schaffen können."

„Das ist richtig", bestätigte Zephyra. „Wenn sie ein vollwertiger Wächter-Drache sein möchte, dann muss sie diese schier unmögliche Herausforderung meistern. Und ich bin sicher, dass sie es schaffen wird. Blitz hätten wir es nicht verwehren dürfen, zu Hilfe zu eilen. Es ist für ihn eine Sache der Ehre. Und falls sein ehemaliger Herr dahinter steckt, der einzige Punkt, an dem er auch ehrenvoll mit ihm abrechnen kann."

„Ach, das weiß ich doch alles. Trotzdem mache ich mir Sorgen." Vulkanus seufzte zum dritten Mal.

Zephyros, der Westwind, der keine Aurëus-Elfe abbekommen hatte, machte sich innerlich bereit, mit Vulkanus zu fliegen, sollten die fünf Tage wirklich ohne Rückkehr von Bella und Blitz verstreichen. Es war wenig amüsant, das Glück der Brüder zu sehen und selbst allein zu sein. Immer wieder grübelte er, was ihn wohl nicht so attraktiv wie die anderen machte. Boreas, der immer als finster gegolten hatte, war der Glückliche gewesen, zuerst eine Traumfrau zu finden. Seine beiden als heiter geltenden Brüder hatten die Töchter Boreas' umgarnt. *Was haben sie, was ich nicht habe?*

„Du warst einfach nur zur falschen Zeit am falschen Ort", hörte er eine Stimme und schaute überrascht auf. Vor ihm stand der Leithengst der Einhörner.

Zephyros lachte auf. „Wird das noch öfter vorkommen?"

„Ich fürchte ja." Das Einhorn schaute ihn mitfühlend an.

Der Westwind winkte ab. „Wenigstens bin ich jetzt gewarnt. Ich werde sicher nicht an gebrochenem Herz umkommen."

„Das geht auch schlecht, wenn man unsterblich ist", schmunzelte der Hengst. „Tröstet es dich ein bisschen, wenn ich dir verspreche, dass auch deine Zeit einmal kommen wird."

„Du meinst, die Ewigkeit ist noch lang?"

„Ganz so dramatisch möchte ich es nicht ausdrücken", wiegelte das Einhorn ab.

Zephyros streichelte das seidige Fell des Hengstes. „Ist schon gut. Ein wenig beruhigt es mich schon, nicht für alle Zeiten der Pechvogel der Familie zu sein."

„Auch solltest du dich lieber fragen, was du hast, was die anderen nicht haben", schlug das Einhorn vor.

„Ja, richtig! Ich bin zum Beispiel der Frühlingswind, der das Erwachen der Natur nach dem Winterschlaf begleitet", strahlte Zephyros.

„Dann mach was draus!", sagte das Einhorn, als es den Westwind verließ.

Und der grübelte, was der Hengst damit wohl genau hatte sagen wollen.

Bella war schon lange im Sumpfland angekommen und suchte nach der Passage. Über einem morastigen Tümpel war die Thermik besonders gut und so ließ sich der Jungdrache weiter hinauf tragen, um ein größeres Blickfeld zu haben. Erst, als das Steigen in der Luftsäule immer schneller wurde, ahnte sie, dass sie das geheime Tor gefunden hatte, und wartete einfach ab, wohin es sie bringen werde. Dabei war sie auf alles gefasst, denn die anderen hatten ihr von den wildesten Ritten in den Dimensionstunneln erzählt. Selbst die Tore in den Spiegeln der Elfenwelt konnten ganz schön ruppig werden und ihre Passanten ausspeien, dass diese irgendwie, bloß nicht auf den Beinen landeten, wie sie aus eigenem Erleben wusste. Als sie noch darüber nachsann, was es wohl für Möglichkeiten gäbe, erwischte sie ein eiskalter Luftstrom von oben, der sie aus der Flugbahn warf. Mit zwei schnellen Flügelschlägen brachte sie sich in neue Position, wodurch sie zugleich das Portal verließ. In der Nähe standen ein paar gigantische hohe Bäume mit kräftigen Ästen, die Bella nun als Lande- und Beobachtungsplatz wählte.

Komische Gegend, überlegte sie, weil außer dem leisen Rascheln der Blätter nichts zu hören war. Es schien hier weder Vögel noch Insekten, geschweige denn andere Tiere zu geben. Dabei hatte Pyron erzählt, dass am Portal reichlich Nahrung zu finden sei. Sie balancierte vorsichtig auf einen anderen Baum hinüber, von dem aus sie den kleinen See erspähte, den Pyron ebenfalls erwähnt hatte. „Na wenigstens gibt es Wasser und ich dürfte wirklich auf Triga sein", murmelte sie, vom Ast hinabgleitend, „obwohl es hier derart kühl ist, dass mir ein gewisser Zweifel bleibt."

Sie konnte sich beim besten Willen nicht erinnern, dass Lars oder die anderen jemals von Jahreszeiten auf Triga berichtet hätten. Es war ihr, als sollte auch hier ständiger Sommer herrschen. Am Ufer des Sees überzog sogar eine dünne Eisschicht den Sand. Das Wasser musste sich gerade in einer Auftauphase zu befinden, denn unzählige Fische standen fast unbeweglich auf der Stelle. Bella zog sich mühelos zwei besonders fette Exemplare an Land, die keinerlei Fluchtversuche unternahmen, wobei sie angestrengt nachdachte, was hier wohl geschehen sei. Drachen, die Eis speien konnten, wie ihre Mutter Zephyra, gab es auf Triga nicht.

Plötzlich kam ihr die Erleuchtung. „Zwerge!" Erschrocken darüber, so laut gesprochen zu haben, hielt sie sich das Mäulchen zu, schaute sich prüfend um und zog sich rasch zwischen ein paar Sträucher zurück, die einen gewissen Sichtschutz boten.

Schön der Reihe nach, zwang sie sich selber zur Ruhe. Also verspeiste sie auch erst einmal den letzten Fisch, denn mit leerem Magen dachte es sich nicht so gut. Sie musste Lars finden, oder jemanden, der ihr über ihn Auskunft geben konnte. Wo suchen? Triga, so rekapitulierte sie, war halb so groß wie das Elfenland, hatte vier Siedlungen, die menschlichen Dörfern glichen, mit knapp 3000 Einwohnern insgesamt. Rund die Hälfte der Triganer wohnte in Jampura, dem Hauptdorf. Einige Höfe lagen irgendwo zwischen den Dörfern verstreut.

Bella hatte keine Ahnung, in welcher Himmelsrichtung die kleinen Orte überhaupt zu finden sein mochten. Also überlegte sie, wo sie sich niederlassen würde, wäre sie ein menschenähnliches Wesen. Nur gut, dass sie die Welt der Menschen schon einmal gesehen hatte! Menschen lebten meist in Häusern oder Hütten. Also musste sie bloß noch herum fliegen und diese suchen. Sie nahm sich vor, vom See aus in immer größer werdenden Spiralen zu kreisen, um möglichst rasch, möglichst viel überblicken zu können. Beschlossen – getan. Nach drei Stunden entdeckte Bella etwas, das ihre Aufmerksamkeit erregte. Etwas, das wie eine schwarze Wolke aussah, die vom Boden aufstieg. Mit schnellen Schlägen ihrer roten Schwingen strebte sie dem Ziel entgegen und erschrak gewaltig, als sie sah, was da zum Himmel aufstieg. Es war der Qualm eines verheerenden Brandes, der gerade drei schilfgedeckte Häuser zu verschlingen drohte. Eines brannte lichterloh, die Dächer der beiden anderen schwelten bereits.

Wenn man kein Wasser hat, löscht man Brände am besten mit Sand, hatte ihr Boreas eingeschärft. Man muss dem Feuer die Nahrung entziehen. Wind facht Feuer an.

„Flügelschlag macht Wind", murmelte Bella, rasch landend, um keinen zusätzlichen Schaden anzurichten. Dann grub sie mit allen vier Klauen und schaufelte Erde auf die Schwelbrände, ehe sie sich dem dritten Haus zuwandte. Sie löschte das Feuer und stellte fest, dass hier nichts mehr zu retten war. Was mochte nur mit den Bewohnern geschehen sein?

Bella klopfte an die Tür eines Hauses. Nichts rührte sich. Vorsichtig drückte sie die Klinke nieder und rief: „Hallo! Ist da jemand?" Keine Antwort. Auch der andere Hof war verlassen. Sie steckte ihren Kopf, so weit es ging, in eines der Häuser und begann wie ein Hund zu schnüffeln. Nun wusste sie zumindest, wie die Triganer rochen, die hier wohnten. Draußen nahm sie Witterung auf und fand nach ein paar Schritten ein Stoffpüppchen, welches wohl ein Kind verloren hatte, als es mit seinen Eltern vor den Angreifern fliehen musste. Bella hob es auf, betrachtete es wehmütig, und wollte es schon hinter die Schwelle legen, als ihr ein ganz anderer Einfall kam. Sekunden später startete sie, die Puppe mitnehmend, um wieder, Spiralen fliegend, nach anderen Häusern zu suchen. Sie waren alle verlassen.

Gegen Abend meldeten sich Durst, Hunger und die Sorge, den nachtaktiven Zwergen in die Hände zu fallen, die in der Dunkelheit ihre Schlupflöcher in den Felsen verlassen würden, um mordend und plündernd durch Triga zu ziehen. Bella musste dringend einen sichern Platz finden. Am besten da, woher die Zwerge kommen würden. Denn dort suchten die garantiert nicht nach Fremden.

Nachdem sie an einem Weiher getrunken und mangels Fischen ein paar Frösche verspeist hatte, um den knurrenden Magen ein bisschen zu beruhigen, schwang sie sich zum höchsten Berggipfel auf, den sie finden konnte. Fast lautlos landete sie, indem sie ihre kräftigen Krallen in den rauen Fels schlug. Sie faltete die Schwingen eng um den Körper, schmiegte sich an das Gestein, um von Ferne wie ein Teil davon auszusehen.

Bloß nicht gleich einschlafen, dachte sie und lauschte in die Nacht. Der Wind frischte auf, hin und wieder rollte ein Stein den Hang hinab. Etwas drang an ihre Ohren, das ihr gar nicht gefiel – das Weinen eines Kindes und fast im gleichen Augenblick ein hämisches Lachen. Es wurde still. Dann ein Klatschen, wie von einem Schlag, ein verhaltenes Stöhnen und erneut das böse Gelächter.

Bella zwang sich, ganz ruhig zu bleiben. Es war niemandem gedient, brachte sie sich selber in Gefahr. Sie musste zuerst herausfinden, was für finstere Spiele hier liefen, um angemessen reagieren zu können. Ein paar Meter unter ihr huschten plötzlich Gestalten über den Hang, die irgendetwas in den Händen hielten, das im Licht der Sterne funkelte. Wenn dies nicht die Eiswaffen der Zwerge waren, dann wollte sie nicht mehr Bella heißen!

Sie wartete, bis die Fremden im Wald verschwanden, dann stieg sie langsam dahin ab, wo der Eingang einer Höhle sein musste. Sie konnte deutlich riechen, dass Triganer in der Nähe waren, zudem hörte sie leises Wispern und immer wieder verhaltenes Schluchzen. Als Bellas riesiger Kopf am Eingang der Höhle erschien, begannen ein paar helle Stimmen zu wimmern.

„Ihr müsste keine Angst vor mir haben", raunte der Jungdrache. „Ich will euch helfen." Er erschien in voller Größe und ließ ein Flämmchen in seinem Rachen züngeln, um besser sehen zu können.

„Ein Drache!", staunte ein kleines Mädchen. „Ein richtiger, lebendiger Drache!"

„Ich bin Bella aus dem Elfenland." Sie kroch in die Höhle und schaute sich um. Aus blassen, verhärmten Gesichtern blickten sie Augen voller Hoffnung an. Drei Männer, drei Frauen und zwei kleine Kinder waren mit langen Ketten an die Wand der Grotte geschmiedet.

Bella schnüffelte das kleinere Mädchen an, das sich ängstlich an seine Mama klammerte. Sie kannte den Geruch. „Ich will dir nichts tun. Im Gegenteil. Ich glaube, ich habe etwas gefunden, das dir gehört. Es ist nur ein bisschen nass geworden, weil ich es sonst nicht hätte tragen können." Sie kramte das Stoffpüppchen hervor, das noch immer zwischen ihren Backenzähnen klemmte und hielt es der Kleinen entgegen.

„Aber das ist ja meine Puppe! Ist nicht schlimm, dass du sie nass gemacht hast. Die trocknet wieder. Du bist so lieb!" Die Kleine vergaß völlig, dass sie sich gerade noch vor dem Riesentier gefürchtet hatte und streichelte die scharfe Kralle, die das Spielzeug hielt.

„Ich trage euch in Sicherheit", versprach Bella den Verzweifelten.

„Wir können doch nicht weg!" Ein Mann zeigte auf die Ketten.

Bella griff nach den Haken an den Wänden und riss jene, die die Kinder hielten, einfach aus dem Gestein.

Da regte sich etwas am Hang.

„Rette dich und meine Kinder", bat die Mutter der Mädchen.

Bella musste eine Entscheidung treffen. Sie befreite die Frau, dann huschte sie mit ihr und den Kindern aus der Grotte. „Steigt auf meinen Rücken. Halte dich an meinen Hörnern, und bitte, bitte, auch die Kinder gut fest."

Dann segelte sie im Gleitflug seitwärts den Hang entlang, um aus der Reichweite der Zwerge zu kommen. Die erspähten sofort, dass drei Gefangene fehlten. Nur ahnten sie nicht, dass die Übrigen nun ein wahres Drama aufführten. Die kauerten nämlich zusammengedrängt in einer Ecke und zitterten. Auf die Frage, was los gewesen sei, stammelten alle etwas von einer blutrünstigen Bestie durcheinander, welche die drei Leidensgefährten mit Haut, Haaren und sogar mitsamt der Ketten gefressen hätte. Die Zwerge glaubten schließlich daran, denn Bellas scharfe Krallen hatten tiefe Spuren im Boden der Grotte hinterlassen.

Draußen biss die kleine tapfere Drachendame die Zähne zusammen. Bisher hatte sie nur die federleichten Elfen getragen. Immer wieder musste sie eine kurze Pause einlegen, ehe sie sich mühsam erneut in die Lüfte erheben konnte.

„Lass uns hier und fliege fort, wir kommen schon zurecht", sagte die Triganerin bei jeder Rast zu Bella, als sie erfuhr, es mit einem halbwüchsigen Drachen zu tun zu haben.

„Nein, ich lasse euch nicht im Stich. Ich bringe euch nach Hause, wie versprochen", wiederholte Bella immer wieder und schleppte sich vorwärts.

Endlich tauchten die ersehnten Häuser auf und Bella hatte Mühe, nicht wie ein Stein vom Himmel zu fallen. Ächzend setzte sie genau im Garten auf und kippte einfach um. Sie schlief auf der Stelle ein. Nur gut, dass eine halbe Stunde später die Sonne aufging. Sie wäre Angreifern hilflos ausgeliefert gewesen.

„Rasch!", flüsterte die Mutter den Kindern zu. „Sucht alle Früchte zusammen, die ihr im Garten finden könnt. Der Drache wird genau so großen Hunger haben wie wir, wenn er aufwacht."

„Dürfen wir auf den Drachen aufpassen?", bettelten die Mädchen, nachdem sie ihre Körbe abgestellt hatten, und kuschelten sich unter Bellas Flughaut, als sie die Erlaubnis der Mutter erhielten.

Nach vier Stunden wurde Bella munter. Hmm, es duftete nach Obst und Gemüse. Aber irgendwie konnte sie ihre rechte Schwinge nicht bewegen. Vorsichtig äugte sie nach der Ursache und musste lachen. Die beiden Mädchen schlummerten selig in ihre Flughaut gewickelt. Ganz verschlafen blinzelten sie in die Sonne, als Bella amüsiert vor sich hin gluckste.

„Guten Morgen, du lieber Drache!", rief die jüngere Schwester und drückte Bella einen Kuss auf die Nasenspitze.

„Wir haben etwas zu Essen für dich gesammelt", erzählte die andere, den Korb für sie auspackend.

Die Mutter stand in der Tür und schüttelte amüsiert den Kopf, weil die Schwestern nicht aufhören wollten, den roten Drachen zu streicheln. „Lasst Bella doch erst einmal in Ruhe essen. Ihr Panzer wird noch ganz dünn, vom vielen Anfassen."

„Wirklich?", flüsterte das größere Mädchen und zog erschreckt die Hände zurück.

Bella kicherte fröhlich. „Eigentlich mag ich es sehr, gekrault zu werden. Ich habe nur Angst, euch versehentlich zu beißen, wenn ich beim Essen bin. Dann sind nämlich die Finger gleich ab und ich merke es nicht mal."

Die beiden Kleinen ließen von Bella ab und schauten nur mit riesengroßen Augen zu, wie ganze Kürbisse mit einem Biss zu Matsch wurden. Erst als der Drache mit den dolchartigen Klauen über seinen Bauch strich und zufrieden seufzte, rückten sie ihm wieder auf die Pelle. Auch die Mutter setzte sich dazu und begann zu erzählen, weil Bella 1000 Fragen hatte.

„Ja, ich kenne Lars, den fliegenden Poeten. Jeder kennt ihn. Er lebte in Jampura."

„Lebte?" Bella richtete sich auf.

„Er war der Erste, der in die Sklaverei entführt wurde ..."

„Was???"

Ein trauriges Nicken antwortete Bella.

„Ja, er war der Erste. Es geschah an jenem Tag, als er sich zum Olymp aufmachen wollte, um am jährlichen Sängerwettstreit teilzunehmen. Ganz Triga hatte sich in Jampura versammelt, denn Lars' Abreise wurde immer mit einem Volksfest gefeiert. Sein fliegender Kürbis war auf dem Marktplatz vertäut und Lars hielt gerade eine Abschiedsrede in lustigen Reimen, als der Himmel dunkel wurde, sich auftat und Ares' Streitwagen mit den schwarzen Rossen heraus raste. Der finstere Gott packte Lars an der Kehle, riss ihn in sein Gefährt und preschte davon. Ein paar mutige junge Männer sind dem rasenden Gott gefolgt, und haben gesehen, wie er den Sänger in eine Felsspalte warf.

Die Männer aus unserer Siedlung brachten den Fesselballon in Sicherheit. Irgendwie muss Ares davon erfahren haben. Er kam am nächsten Tag wieder und begann Jagd auf alle zu machen, die nicht bei drei verschwunden waren. Als er uns nicht erwischte, brachte er die Zwerge mit."

Die Triganerin wischte eine Träne weg. „So, wie es aussieht, hat er den Ballon nun auch vernichtet. Er war nämlich in dem ausgebrannten Haus versteckt."

„Wirklich?" Bella spähte hinüber. „Da kommt mir doch eine Idee ..." Sie sprang auf und lief zur Ruine.

„Bleib hier! Du könntest dich verletzen!"

„Ich halte was aus, ich bin ein Drache." Bella riss eine Wand der Ruine ein und begann, die verkohlten Dielenbretter hochzuheben, deren Unterseiten aussahen, als wäre nichts geschehen. Und sie fand, was sie suchte. In einer Ecke lag, fein säuberlich zusammengefaltet, der Ballon vergraben. Bella warf die Erde wieder darüber, legte das Dielenbrett an seinen Platz und schob mit dem Schwanz einen Haufen Schutt zusammen, um das Versteck zu sichern.

Mit breitem Grinsen kehrte sie zurück. „Als ich hier ankam, brannte das Haus noch. Ich habe das Feuer selber gelöscht und gut daran getan." Mehr sagte sie nicht, aber die Triganerin war sofort im Bilde und kraulte Bella dankbar zwischen den Hörnern.

„Und Ares, ist der noch auf Triga?", fragte Bella.

„Alle paar Tage kommt er wieder und vernichtet, was die Zwerge stehen gelassen haben. Seine schwarzen ..." Die Triganerin entfärbte sich jäh und stand kurz vor einer Ohnmacht, während sie mit ausgestrecktem Finger auf den Weg vor dem Haus zeigte.

In einer Staubwolke galoppierte ein großer rabenschwarzer Hengst genau auf sie zu. Die Kinder kreischten und rannten ins Haus, um sich zu verstecken. Bella sprang auf. Da überflog der Rappe auch schon mit einem weiten Satz den Zaun und stoppte genau vor ihr. Die Mutter der Mädchen presste sich mit dem Rücken an die Hauswand. Ein Wunder dass sie nicht darin verschwand.

„Blitz? Wie kommst du denn hierher?", stammelte Bella, kaum glaubend, wen sie vor sich hatte.

Der Hengst tupfte Bella mit seiner weichen Nase an, steckte ihr den Kopf hinters Ohr und rieb ihn an ihrem Hals. Dabei schnaufte er vor Glück, die kleine Drachendame wohlbehalten gefunden zu haben.

„Sei vorsichtig, dass ist eines von Ares Pferden", hauchte die Triganerin ängstlich.

Bella lachte und korrigierte. „War eines von seinen Pferden. Blitz lebt schon lange bei uns im Elfenland. Jetzt ist er gekommen, um mich zu suchen. Ich denke, gemeinsam werden wir Ares und seine gemeinen Zwerge ordentlich ärgern."

Blitz legte seine Stirn an die von Bella, damit er sich mit der Drachenlady telepathisch unterhalten konnte. So erfuhr er, was sich in den letzten 24 Stunden ereignet und auch, was Bella alles erfahren hatte.

Ich bin so stolz auf dich, hörte sie ihn wispern. *Wir beide fliegen heute noch zur Höhle im Berg und befreien die anderen Gefangenen. Auch wenn wir nur drei hierher tragen können, haben die anderen die Chance, sich bis morgen zu verstecken und bei Tage den Heimweg anzutreten.*

„Du kannst hier fliegen?", staunte Bella, weil Blitz bisher immer auf dem Boden geblieben war.

Oh ja! Besonders wenn Ares in der Nähe ist. Dann hebt mich schon der Zorn vom Boden. Er scharrte schnaubend mit den Hufen.

„Was habt ihr vor?", fragte die Triganerin, die inzwischen begriffen hatte, dass von dem schwarzen Hengst tatsächlich keine Gefahr ausging.

„Es ist besser, wenn du es nicht weißt", antwortete Bella. „Und jetzt müssen wir uns beeilen, ehe es dunkel wird. Verbergt euch vor den Zwergen, so gut ihr es vermögt, und drückt uns fest die Daumen."

„Viel Glück", hauchte die Frau, als sich Ross und Drache Seite an Seite in den Himmel schwangen.

Schweigend zogen die beiden Kampfgefährten ihre Bahn. Blitz verließ sich auf Bellas Gespür, die Grotte wiederzufinden. Diesmal landeten sie im letzten Tageslicht am Waldrand und warteten darauf, die Zwerge verschwinden zu sehen.

Es krochen auch bald welche aus der Höhle, aber Blitz hielt Bella zurück: *Es sind noch mindestens zwei Zwerge drin.*

„Halt mir den Rücken frei, sonst stehen wir morgen noch hier", wisperte der Drache und huschte zum Eingang, wo er laut, „Ohhhhh, es riecht wieder so verführerisch nach Fleisch!", rief, und hineinschlüpfte.

Die Triganer erkannten Bella sofort und spielten ihre Rolle perfekt. Sie begannen zu wimmern und zu schreien: „Das ist die Bestie, die die Kinder und ihre Mutter gefressen hat!"

Sofort blickte Bella in zwei kristallene Eiswaffen. „Spielzeug", schnaufte sie verächtlich und spie eine Flammengarbe darauf, ehe einer der Zwerge auf den Abzug drücken konnte. Es knackte laut, dann explodierten die Kristalle. Bella griff sich die überraschten Zwerge und schlug sie mit den Köpfen zusammen. Wohl etwas heftiger, als eigentlich geplant, denn es knackte noch zwei Mal, dann lagen die Zwerge mit gebrochenem Genick tot auf dem Boden. Bella riss die Ketten aus den Ringen an der Wand und erklärte: „Eine Frau kann ich tragen, die zweite und ein Mann setzen sich sofort auf das Pferd vorm Eingang. Die anderen rennen, so schnell sie können, rechts den Berg hinab und sehen zu, dass sie bis zum Morgengrauen nicht erwischt werden. Wir kommen euch dann entgegen und bringen euch nach Hause. Los jetzt! Ehe die anderen Zwerge zurückkommen!"

In der Finsternis konnten die Triganer glücklicherweise nicht sehen, dass ein Ross des Ares vor der Grotte stand. So befolgten sie ganz brav den Befehl des Drachen. Die beiden kräftigsten Männer rannten um ihr Leben. Sie konnten gerade noch sehen, wie auch das Pferd vom Boden abhob, was sie doch höchst verwunderte. Und den beiden Reitern schlugen die Herzen bis zum Hals. Aber sie vertrauten dem Drachen, der sich stets an der Seite des Pferdes hielt. Außer dem Rauschen der Drachen-schwingen fiel kein Laut und nach zwei Stunden Flug setzten die Retter zur Landung an, weil Bella verschnaufen musste. Auch hier gab Bella nur mit den Klauen Zeichen, als sie zum Weiterflug bereit war.

Die Mutter der Mädchen hatte die ganze Zeit aus einem sicheren Versteck heraus den Hof beobachtet und die Landung der beiden ungleichen Retter sofort bemerkt. Sie dankte ihnen flüsternd und lotste die Neuankömmlinge in Sicherheit. Der Rappe und der Drache machten sich sofort wieder davon, um ebenfalls einen Platz zu finden, wo sie gefahrlos bis zum Morgen abwarten konnten.

Schlaf ein wenig, ich werde wachen, schlug Blitz vor, worauf sich Bella auf der Stelle zusammenrollte und einschlummerte. Blitz betrachtete die kleine Drachendame mit geradezu liebevollem Blick. Er hatte deutlich gespürt, wie Bella innerlich erzitterte, als man ihr die tödlichen Waffen unter die Nase hielt. Er hatte aber auch gemerkt, dass Bella sofort erkannte, wie man die Eiswaffen unschädlich machen konnte. Zudem wollte sie ihrem Ruf als blutrünstige Bestie gerecht werden. Und die fürchten sich nun mal nicht.

Bella schreckte hoch, sie hatte Wolfsgeheul vernommen und geträumt, ein Eispfeil habe sie getroffen. Blitz tupfte ihr das weiche Maul an die Wange. *Alles ist gut, kleiner Drache.* Bella nickte wieder ein. Dass die Wolfsreiter zum Greifen nah gewesen waren, würde er ihr erst bei Tage erzählen.

Kaum lugten die ersten Sonnenstrahlen aus den Wolken, war auch Bella wieder hellwach und flog mit Blitz zu den Häusern hinüber. Auf dem Hof standen ein großer Korb mit Früchten und zwei Eimer mit kristallklarem Wasser. Bella und Blitz teilten sich die Früchte, wobei Blitz darauf achtete, dass die junge Drachendame auch wirklich satt wurde. Das laute Knuspern beim gemächlichen Fressen lockte die Triganer hervor. Besonders die Kinder freuten sich, Bella wiederzusehen. Blitz betrachteten sie auch weiterhin sehr ängstlich, genau wie die Erwachsenen, die erst jetzt wirklich begriffen, wer sie hierher getragen hatte.

Eigentlich wollte Blitz allein die beiden fehlenden Triganer suchen und Bella eine Pause gönnen. Als ehemaliges Ross des Ares hätte er aber ganz schlechte Karten gehabt. Sie wären ganz bestimmt nicht aus ihrem Versteck gekommen. So zogen sie wieder gemeinsam los, in der Hoffnung, die beiden wohlbehalten aufzufinden. Nach fast drei Stunden Suche fanden sie die Männer auch. Weit waren sie nicht gekommen, konnten aber von ganzen Horden von Zwergen berichten, die durch die Nacht gezogen waren, um die Entflohenen wieder einzufangen. Bella pflückte die Männer quasi aus der dicht belaubten Krone eines riesigen Baumes, den sie zwar irgendwie erklommen hatten, aber aus eigener Kraft nicht mehr verlassen konnten. Sie setzte die beiden auf Geheiß von Blitz auf dessen Rücken und folgte ihm recht zufrieden ohne Last.

„Jetzt seid ihr zwar alle frei, aber wir haben immer noch kein Lebenszeichen von Lars", sagte Bella traurig. „Und wir wissen, dass wir ihn nicht zu zweit befreien können. Denn spätestens seit gestern Nacht, wird Ares informiert sein und sich rächen wollen."

Dann solltest du in die Elfenwelt fliegen, und Hilfe holen, schlug Blitz vor. *Ich bleibe hier und beschütze die Triganer, so gut ich es vermag. Begib dich am besten sofort auf den Weg.*

Bella nickte und teilte den anderen mit, was Blitz gesagt hatte. Wenig später war sie bereits in der Luft und eilte mit schnellen Flügelschlägen dahin, um das geheime Tor zu finden, bevor die Sonne unterging.

Das Drachenheer

In der Elfenwelt flogen Pyron und Vulkanus gerade eine gemeinsame Patrouillerunde, als etwas Großes wie aus dem Nichts genau vor ihnen auftauchte, und sie fast vom Himmel fegte.

„Oh, hab ich wohl ein neues Tor entdeckt", hörten sie es kichern und rissen erstaunt die Augen auf.

„Bella!", riefen beide, worauf die kleine Dame breit grinsend im Rüttelflug in der Luft stehen blieb. „Jawohl, in einem Stück und in voller Lebensgröße."

„Hast du Blitz getroffen?", fragte Pyron.

„Muss das nicht heißen: Hat dich der Blitz getroffen?", lachte sie fröhlich. „Doch, doch, wir haben uns getroffen. Kommt rasch mit, was ich zu sagen habe, müssen alle hören!" Sie drehte bei und ließ sich im Sturzflug Richtung Festplatz am See fallen.

Als die Freudenbezeugungen über ihre Rückkehr etwas abebbten, bat sie um Ruhe und begann mit einem Satz, der alle elektrisierte: „Auf Triga herrscht Krieg!" Dann erzählte sie fast eine Stunde lang, was in den vergangenen drei Tagen geschehen war und dass Blitz bei den Triganern geblieben war, um sie vor neuem Bösem zu bewahren. „Wir brauchen Hilfe, um Lars und ganz Triga zu retten!", rief sie und schaute bittend in die Runde.

„Die sollt ihr bekommen", erwiderte Viola. „Wir stellen das beste Heer auf, das wir im Elfenland haben."

Bella schaute zu den großen Drachen auf und Viola nickte. „Ja, kleine Lady, alle Drachen werden gemeinsam in den Kampf ziehen."

„Alle Drachen?", fragte Ruby zaghaft.

„Alle!", bestätigte Viola. „Du wirst die Aufgabe haben, die Ruine mit dem fliegenden Kürbis zu bewachen."

Bella atmete dankbar auf. Ruby wäre in einem ernsthaften Kampf nicht findig genug gewesen. Aber auch bei dieser leicht erscheinenden Aufgabe, konnten Feinde nahen, die es in die Flucht zu schlagen galt.

„Auf in die Schlacht, kleine Feldherrin!", rief Pyron. „Wir folgen dir!"

Nacheinander stiegen die Riesen in den klaren blauen Himmel und zogen in langer Reihe hinter Bella her. Zuerst die Weibchen, dann die Männchen. Pyron fungierte als Schlusslicht, um alle im Auge behalten zu können.

Äolus rieb sich die Hände. „Ich denke, diesmal kriegt Ares richtig die Jacke voll. Dass ich sowas mal erleben würde, unglaublich! Ihr habt doch hoffentlich nichts dagegen, wenn wir ein bisschen mitmischen?"

„Ganz bestimmt nicht", schmunzelte Viola. „Boreas macht sich soeben kampfbereit. Ein bisschen Aufwind für die Drachen und ein bisschen Gegenwind für Ares und die Zwerge sollten schon sein."

Aurëus nickte amüsiert. „Und falls irgendeiner anzweifelt, dass Bella eine vollwertige Wächterin ist, den lege ich eigenhändig übers Knie und bläue ihm die Antwort ein."

Marc stupste ihn mit dem Ellenbogen an. „Hättest du jemals gedacht, dass die Drachen des Aurëus-Clans als Heer ausziehen, um eine fremde Welt zu retten?"

„Weder das noch, dass sie von einem halbwüchsigen Weibchen in die Schlacht geführt werden", gab Aurëus zu. „Ich bin mächtig stolz auf unsere Bella."

Und die hatte inzwischen das Tor wiedergefunden und ließ sich von der Luftsäule nach oben tragen. Magmatus half am Ausgang Ruby, die zwischen Zephyra und ihm flog, in der Luft zu bleiben, als der scharfe Gegenstrom einsetzte. Als alle Triga erreicht hatten, führte Bella den Trupp geradenwegs dahin, wo ein freudiges Wiehern ertönte.

Bella war noch dabei, den Triganern alle Drachen namentlich vorzustellen, als die Windmänner erschienen. Blitz tänzelte aufgeregt. Mit so viel Unterstützung sollte es gelingen, das kleine Volk zu befreien, Lars zu retten und Ares eine Lektion zu erteilen, die der garantiert nie mehr vergessen werde.

Mit Hilfe der Triganer zeichnete Boreas eine Karte des kleinen Landes auf den Boden, markierte die wenigen Orte, den Verlauf der Bergketten und die bekannten Schlupflöcher der Zwerge. Blitz und Bella fügten Wasserläufe und Teiche hinzu.

„Es ist zu erwarten, dass in allen Felsspalten und Grotten Sklaven gehalten werden, die für die Zwerge unter Tage Erz schürfen müssen", bemerkte einer der Triganer.

„Das herauszufinden, ist unsere Aufgabe", erklärte Boreas. „Und zwar vorrangig. Wir werden noch in der nächsten Stunde ausfliegen und jeden Quadratmeter der Berge unter die Lupe nehmen.

Bella nickte. „Wir werden nichts unternehmen, bis ihr wieder da seid, es sei denn, man griffe uns an. Wir werden bis dahin auch auf dem Boden bleiben, um nicht gesehen zu werden."

„Weise Worte kleiner Drache", lobte Boreas.

Ein paar Minuten später tanzten fünf Staubteufel aus dem Hof und im nächsten Moment rauschten die Wälder, weil die Winde kräftig Tempo machten. Die Drachen ruhten inzwischen aus. Bella und Ruby genossen es, von den beiden kleinen Mädchen gekrault zu werden. An die großen Drachen, wie auch an Blitz, traute sich niemand ganz nahe heran.

Mit Einbruch der Dunkelheit waren die Winde wieder da und berichteten von drei Höhlen, in denen mehrere hundert Triganer zusammengepfercht dahinvegetierten.

„Es sind viele Kinder darunter, die besonders leiden", klagte Euros an. „Ich habe gesehen, wie die Zwerge einen Mann mit der Kristallwaffe berührt haben, weil er zu schwach zum Arbeiten war. Er erstarrte im Bruchteil eines Wimpernschlags zu Eis."

„Wir müssen die Zwerge herauslocken", überlegte Bella laut. „Aber so, dass der Lockvogel nicht auch vereist wird. Sieht aus, als müsste ich das tun. Ihr Großen seid doch hervorragende Zielscheiben."

„Wir verwandeln aber vorher die Berghänge in Rutschbahnen, damit die Zwerge die Macht des Eises selber auch zu schmecken bekommen", schlug Zephyra vor. „Dann können die Männer zuschlagen und mit Feuer die kleinen Mistkerle pulverisieren."

„Blitz und die Windmänner setzen wir auf Ares an", lachte Bella. „Bin ich auf das dumme Gesicht gespannt! Wir müssen ihn irgendwie zwingen, das Versteck preiszugeben, wo sie Lars gefangen halten."

„Falls er noch lebt", murmelte Vulkanus.

„Wenn nicht", funkelte Zephyra, „schließe ich Ares in einen Eisblock ein, den ich via Luftpost zum Nordpol der Menschenwelt schicken werde und wenn ich dafür selber Lars' Ballon bis dorthin ziehen muss!"

„Wir sollten starten", riet Bella und alle Kämpfer machten sich bereit. Sie tupfte ihre Schwester mit der Nase an. „Halt die Ohren steif und das Areal von Zwergen und Wölfen rein."

„Ich werde mir die größte Mühe geben", versprach Ruby, der davonfliegenden Meute nachschauend.

Da ahnte noch keiner, was im nahen Wald lauerte. Die Triganer zogen sich alle gemeinsam in den Keller eines Hauses zurück, vor dem Ruby Wache halten sollte. Sie sah die Drachen hinterm Wald verschwinden, drehte sich um und schaute in den aufgerissenen Rachen eines riesigen Wolfs, der sich lautlos angeschlichen hatte. Ruby fasste instinktiv zu, erwischte den Wolf am Hals und zerfetzte ihm mit ihren scharfen Krallen die Halsschlagader. Sie ließ ihre Beute fallen und flüsterte: „Ja, genau, das ist wie auf der Jagd. Ich muss lauern, zufassen, zubeißen und ausweichen, wenn sich einer wehrt. Dann wird es auch was, andere zu beschützen."

Dass dieses Prinzip funktionierte, mussten in den nächsten Stunden noch sieben weitere Wölfe erfahren. Dann ging endlich die Sonne auf und die Triganer lugten zur Tür heraus.

„Hat jemand Lust auf einen warmen Pelz", gähnte Ruby, auf den Haufen toter Wölfe zeigend und sich mitten auf dem Hof zum Schlaf zusammenringelnd.

„Aber immer!", schmunzelten die Triganer. Die Männer zogen den Wölfen die Pelze ab, wie es ihnen von den Windbrüdern erklärt worden war, die Kadaver selber legten sie in den Schatten, denn es war zu erwarten, dass der Schwarm Drachen und vor allem Ruby sehr hungrig sein würden. Für die Windmänner stellten sie frisches Brot und Marmelade bereit. Für Blitz war alles im Garten frei, was fressbar war. Selbst wenn er die Zierpflanzen anknabbern sollte, wäre das für niemanden ein Ärgernis gewesen. Die Krieger kehrten erst gegen Mittag heim und wirkten überaus zufrieden. Ruby wachte von dem plötzlichen Tohuwabohu auf und präsentierte ihre Beute.

„Schau an, was unser kleiner Tollpatsch zuwege gebracht hat!", staunte Pyron, Ruby liebevoll mit dem Kopf anstupsend. „Diese Viecher sind nicht gerade klein zu nennen."

Ruby strahlte. „Ich teile mir mit Bella eine Mahlzeit, das andere könnt ihr alles haben. Und nach dem Essen müsst ihr erzählen, wie es euch ergangen ist."

Das Brechen der Knochen, als die Drachen ihre Zähne in die toten Wölfe schlugen, war bis ins Haus zu hören und jagte den Triganern einen kalten Schauer über den Rücken. Kaum zu glauben, dass die beiden Drachenschwestern, mit denen die Kinder so gern schmusten, in Minutenschnelle ein so großes Tier verschlingen konnten.

„Darf ich mir noch einen Kürbis zum Nachtisch holen?", bat Bella, als die Mutter der Mädchen vorm Haus erschien.

Die schüttelte amüsiert den Kopf. „Aber natürlich! Wir werden keinen Hunger leiden. Auf der Wiese wachsen doch auch noch wilde Früchte."

„Ach, dann hole ich mir lieber so einen. Ich muss euch doch nicht ausräubern, wenn es auch anders geht." Bella schwebte mit einem eleganten Satz über den Zaun und suchte laut schnüffelnd nach den begehrten Leckereien. Ruby folgte ihr sofort. Für einen Nachtisch war im Magen immer Platz. Blitz war auch schon da. Er hatte bereits ein paar Früchte mit den Hufen zerstampft, um an das schmackhafte Innere zu gelangen. Die Drachenschwestern vertilgten lieber das, was er übrig ließ, als neue Früchte zu ernten. Schließlich wusste niemand, wie lange der Kampf gegen die Zwerge dauern würde.

Als die drei von der Wiese zurückkamen, begann Zephyra zu erzählen, was in der Nacht geschehen war. Sie hatte, bevor sie sich paarweise auf die Suche machen wollten, den halben Gebirgszug mit einer mehrere Zentimeter dicken Eisschicht überzogen. Durch die plötzliche Kälte waren die Zwerge aus ihren Schlupflöchern gekommen, um nachzuschauen, was da gerade geschah. In der Annahme, ihre Kameraden seien bereits auf der Jagd nach neuen Opfern, waren sie sträflich leichtsinnig. Sie trugen ihre Waffen mit den Kristallspitzen nach oben und Bella rasierte diese mit einem gezielten Feuerstrahl glatt ab, indem sie im Tiefflug auf die Zwerge zuraste. Während die Drachenmänner den Zwergen den Garaus machten, eilten Zephyra und Bella zur nächsten Grotte weiter, um das Spiel zu wiederholen. Auch hier gelang es ohne Mühen, die verhassten Zwerge zu vernichten. An der dritten Grotte auf der Rückseite des Berges, dauerte es mehrere Stunden, die Zwerge aus dem Berg zu treiben. Ohne die Windmänner wäre es wohl sogar völlig unmöglich gewesen.

Natürlich hatten die Zwerge so die Gelegenheit gehabt, Ares zu informieren, und es war nur eine Frage der Zeit, wann der auf Triga erschiene. Zudem konnte der finstere Kriegsgott zu jeder beliebigen Stunde eintreffen, da er ja nicht an die Dunkelheit gebunden war. Und noch eine schlechte Nachricht gab es für die Triganer: Die Drachenkämpfer hatten nicht einen einzigen Wolf zu Gesicht bekommen. Die mussten wohl alle in den Wäldern stecken, um den Triganern aufzulauern.

„Wie viele es von denen gibt, wissen wir nicht", gab Zephyra zu. „Wie dem auch sei ... wir haben die gefangenen Triganer befreit. Bis auf Lars, von dem fehlt weiter jede Spur."

Blitz begann auf der Stelle zu tänzeln, er legte die Ohren an, schnaubte und scharrte mit den Hufen. Zephyros tippte Boreas an und deutete nach oben, wo sich mehrere Wolken um ein Zentrum zu drehen begannen, das immer finsterer wurde. „Er kommt."

Die Triganer verschanzten sich im Haus, die Drachenkämpfer machten sich bereit, die Winde lösten sich auf und lauerten im Hinterhalt. Da fuhr auch schon der Kriegsgott mit seinem

Streitwagen herab. Bella nutzte die günstige Gelegenheit, weil Ares auf die großen Drachen fixiert war, mit einem kurzen Feuerstoß Zügel und Riemen seines Gefährtes in Brand zu stecken. Der Zügel riss, die Pferde scheuten, der Wagen schleuderte und Ares flog zum wiederholten Mal in hohem Bogen heraus. Obwohl ihm gewaltig der Schreck in die Glieder gefahren war, rollte er geschickt ab, sprang mit gezogenem Schwert auf und wollte Bella zu Hackfleisch verarbeiten. Seine Rosse versuchten, mit den Hufen auf die anderen Drachen loszugehen.

Der Schuss ging komplett nach hinten los, denn Bella spie kurze Feuergarben auf die Klinge seiner Waffe, die sich so extrem erhitzte, dass sie der Gott fallen lassen musste, wollte er nicht die Hand einbüßen. Die anderen Drachen wehrten sich ebenfalls mit Feuer und versengten den Pferden derart Mähnen, Schweife und Fell, dass Blitz in lautes Wiehern ausbrach, welches überdeutlich schadenfrohem Gelächter glich. Die halbnackten Pferde sahen aber auch wirklich bemitleidenswert komisch aus. Während die männlichen Drachen die Pferde vertrieben, widmeten sich die Damen dem wütenden Kriegsgott. Ruby krallte sich das Schwert und verscharrte es in der Erde. Bella versperrte den Weg ins Haus. Zephyra hauchte unbemerkt Ares' Beine an, die sofort ihren Dienst versagten. Da stand er nun, einen Dolch in der erhobenen Hand und konnte sich hüftabwärts nicht mehr rühren. Zornig schleuderte er die Waffe auf Zephyra, ohne sie zu treffen, denn Euros Luftstrom lenkte sie haarscharf an ihr vorbei.

„Nun, Meister Wüterich, was tust du jetzt?", fragte Zephyra mit zusammengekniffenen Augen.

„Ich werde dir den Hals umdrehen!"

Zephyra brach in schallendes Lachen aus. „Dass du ein Aufschneider bist, weiß ich nicht erst seit heute. Hast dir wieder mal die falschen Spielkameraden ausgesucht, als du über Triga hergefallen bist. Ich mache dir einen Vorschlag, den du dir gut überlegen solltest: Du gibst mir Lars und ich taue dich wieder auf."

Ares' hämisches Grinsen ließ das Drachenweibchen kalt. Und das im wahrsten Sinne des Wortes. Sie blies noch ein Eiswölkchen auf ihren Gefangenen. Nun konnte der völlig entsetzte Gott nur noch den Kopf drehen.

„Du wirst Lars nie bekommen", stieß er gehässig aus. „Den habe ich in die Unterwelt zu Hades gebracht. Und was der einmal hat, gibt er nicht mehr heraus."

Zepyra zuckte mit den Schultern. „Dann wirst du ihm gleich für alle Zeiten Gesellschaft leisten." Sie öffnete den Rachen und hauchte einen dunkelblauen Energieball in die Luft, den sich die unsichtbaren Windmänner gegenseitig zubliesen, ohne dass es Ares merkte. Zephyra bewegte ihre Klauen in der Luft, als dirigiere sie die tödliche Kugel.

Plötzlich schnippte sie mit den Krallen, der Ball zerplatzte und Zephyra ging ganz nah an Ares heran. „Kopf abbeißen macht viel mehr Spaß. Vor allem wenn die Knochen so schön knacken." Sie öffnete erneut die Kiefer, als wolle sie Maß nehmen.

„Du ... du kannst mich nicht einfach fressen! Ich bin ein Gott!"

„Pühhhh!" Zephyra winkte ab.

„Ich ... ich bin der Sohn von Zeus!"

„Ein ziemlich missratener." Zephyra nahm ihm den Helm ab und schien noch einmal Maß zu nehmen.

„Hades wird mich rächen, der ist nämlich mein Onkel."

„Glaube ich nicht, der ist ja nicht mal wirklich ein Olympier, den wird sich Zeus schon zurechtlegen."

Ares sah alle Hoffnungen vernichtet und wurde still.

Zephyra tippte ihm mit der Kralle auf die Brust. „Einen einzigen Pluspunkt bekommst du, weil du nicht um den Leben winselst, obwohl du weißt, dass du keine Chance mehr hast. Ich gebe dir, von dieser Minute an, fünf Tage. Innerhalb dieser Frist wirst du mir Lars auf die Windinsel bringen. Tust du es nicht, werde ich dich jagen und zur Strecke bringen." Sie begann, ihn mit ihrem heißen Drachenatem aufzutauen.

Kaum konnte sich der Gott wieder bewegen, streckte er befehlend die Hand gegen Blitz aus, weil er ihn als Reittier haben wollte. Der kam auch sofort heran, aber nur, um Ares kräftig in die Finger zu beißen und mit erhobenem Kopf gemächlich auf seinen

Platz zurück zu tänzeln. Im selben Moment war Ares verschwunden.

„Und nun?", fragte Bella.

„Gehen wir auf Wolfsjagd", erklärte Zephyra. „Blitz und die Männer schicken wir nach Hause. Mit den paar Viechern werden wir allein fertig, jetzt, wo sie nicht mehr unter dem Einfluss der Zwerge stehen und sich fast wieder wie normale Tiere verhalten."

„Ich darf auch hierbleiben?", fragte Ruby erfreut.

„Natürlich. Du bist uns doch etliche Wölfe voraus und weißt, wie es geht", lachte Bella.

„Ihr müsst alle erwischen", riet Boreas. „Sie haben auf Triga nichts zu suchen und würden das ganze Gleichgewicht durchein-anderbringen."

Zephyros meldete sich. „Ich werde auch noch ein paar Tage helfen, indem ich die Höhlen inspiziere. Dann können wir sicher sein, dass keine Zwerge mehr nachrücken."

„Und du kommst im Wald besser zwischen die Bäume", schmunzelte Bella. „Treib uns die Viecher zu. Den Rest erledigen wir."

„Wir freuen uns auf die Pelze", schmunzelten die Triganer. „Auf denen liegt es sich angenehmer, als auf einem Strohsack."

„Ach, ich hatte mich schon gewundert, weil hier doch auch ewiger Sommer ist", murmelte Bella. „Ich hab in der Menschenwelt mal auf einem weichen Polstersofa unter einer Kuscheldecke geschlafen. Ein Drache braucht so was nicht, aber schön war es trotzdem."

„Du warst auch schon in der Menschenwelt?", staunten die Triganer. „Das musst du uns ganz genau erzählen!"

„Geht klar. Aber erst nach der abendlichen Jagd", versprach Bella. „Was soll aus den Kadavern werden, die wir nicht fressen?", wollte sie wissen.

„Die sollten verbrannt werden", schlugen die Triganer vor. „Wir essen doch kein Fleisch."

„Aha. Also sind Triganer eigentlich Veganer", grinste Bella und amüsierte sich über die verständnislosen Blicke. „Ist auch ein

Begriff aus der Menschenwelt. Aber der trifft nicht wirklich auf euch zu, weil ihr ja Milch, Eier und alle Dinge nutzt, die ihr, außer Fleisch, von euern Haustieren bekommt. Bei den Veganern kommt nämlich nichts in die Tüte, was tierischen Ursprungs ist."

„Und was ist eine Tüte?", fragte da auch schon jemand.

„Ein anderes Wort für Beutel", sagte Bella schnell, weil sie keine Lust hatte, auch noch das Einkaufsverhalten der Menschen erklären zu müssen.

„Perfekt aus der Affäre gezogen", lachte Zephyra, als alle drei Richtung Wald flogen, wo sie sich auf die Lauer legen wollten.

Nach zwei Stunden hatte Bella vom Warten die Nase voll. „Ich hole mir jetzt eine Ziege!"

„Gib mir auch was ab!", rief Ruby.

Bella begann zu kichern. „Ich will die doch nicht fressen. Die soll mit ihrem strengen Geruch die Wölfe aus dem Wald locken."

„Du bist aber heute vornehm", gluckste Zephyra.

„Okay, okay, dann eben mit ihrem bestialischen Gestank." Bella hob ab und borgte sich tatsächlich eine Ziege aus. Die hatte ganz und gar etwas dagegen, fliegen zu müssen und meckerte, was das Zeug hielt. Das Wolfsrudel tauchte also auch schon auf, bevor Bella überhaupt mit ihrem unfreiwilligen Passagier gelandet war. „Sie stecken zwischen den Büschen am Waldrand", gab sie bekannt, die Ziege gewissenhaft anpflockend. „Ich habe versprochen, dass dem Tier nichts Böses geschieht, und möchte nicht als Lügnerin dastehen", erklärte sie.

„Hast du denn wenigstens gesehen, wie viele Wölfe im Gebüsch lauern?"

„Mehr als zehn. Viel mehr." Bella schmiegte sich an den Boden, wie es auch die beiden anderen machten, um die Wölfe in Sicherheit zu wiegen.

Der verführerische Duft des immer noch verärgert vor sich hin meckernden Lockvogels trieb die Wölfe geradezu zum Angriff. An den Triganern selber durften sie sich nicht sattfressen, solange die Zwerge das Sagen hatten. Da gab es Hiebe. Die wenigen verbliebenen Hirten hatten ihre kleinen Herden mit Mistgabeln und Äxten verteidigt und so war der Hunger immer größer geworden. Nun hetzten die ersten riesigen Wölfe heran, um die angebundene Ziege zu zerreißen. Feuer hätte die Felle für die Triganer unbrauchbar gemacht, zum Erwürgen war keine Zeit, also vereiste Zephyra kurzerhand den größten Teil der Meute und ihre Töchter machten den restlichen fünf Tieren mit schnellen Bissen den Garaus. Bella beeilte sich, die nun völlig verängstigte Ziege nach Hause zu bringen und gleichzeitig den Triganern zu sagen, wo sie sich die Pelze abholen konnten. Dann warteten die Drachen ab, bis die ersten beiden Wölfe abgehäutet waren, ehe sie diese mit Genuss verspeisten. Die restlichen Kadaver pulverisierten sie, nachdem die Triganer sie abgezogen hatten.

Zephyros kam am späten Nachmittag zurück. Außer dankbaren Einheimischen, die ihre zerstörten Häuser wieder aufbauten, war ihm nichts Lebendiges begegnet. Die Nacht verbrachte er unter Zephyras Schwingen, wobei er sich mit zwei Wolfspelzen zudeckte. Das Angebot der Triganer, im Haus zu schlafen, hatte er dankend abgelehnt. Die hatten schließlich genug zu tun, ihren Nachbarn aus dem zerstörten Haus zu beherbergen.

Am nächsten Morgen flogen die Drachen in das einzige zusammenhängende Waldgebiet, welches es in der winzigen Dimension gab. Zephyros zog weiter ins Gebirge. Er hatte vor, die Grotte zuzuschütten und somit das Portal zu versiegeln, durch welches die Zwerge hierher gelangt waren.

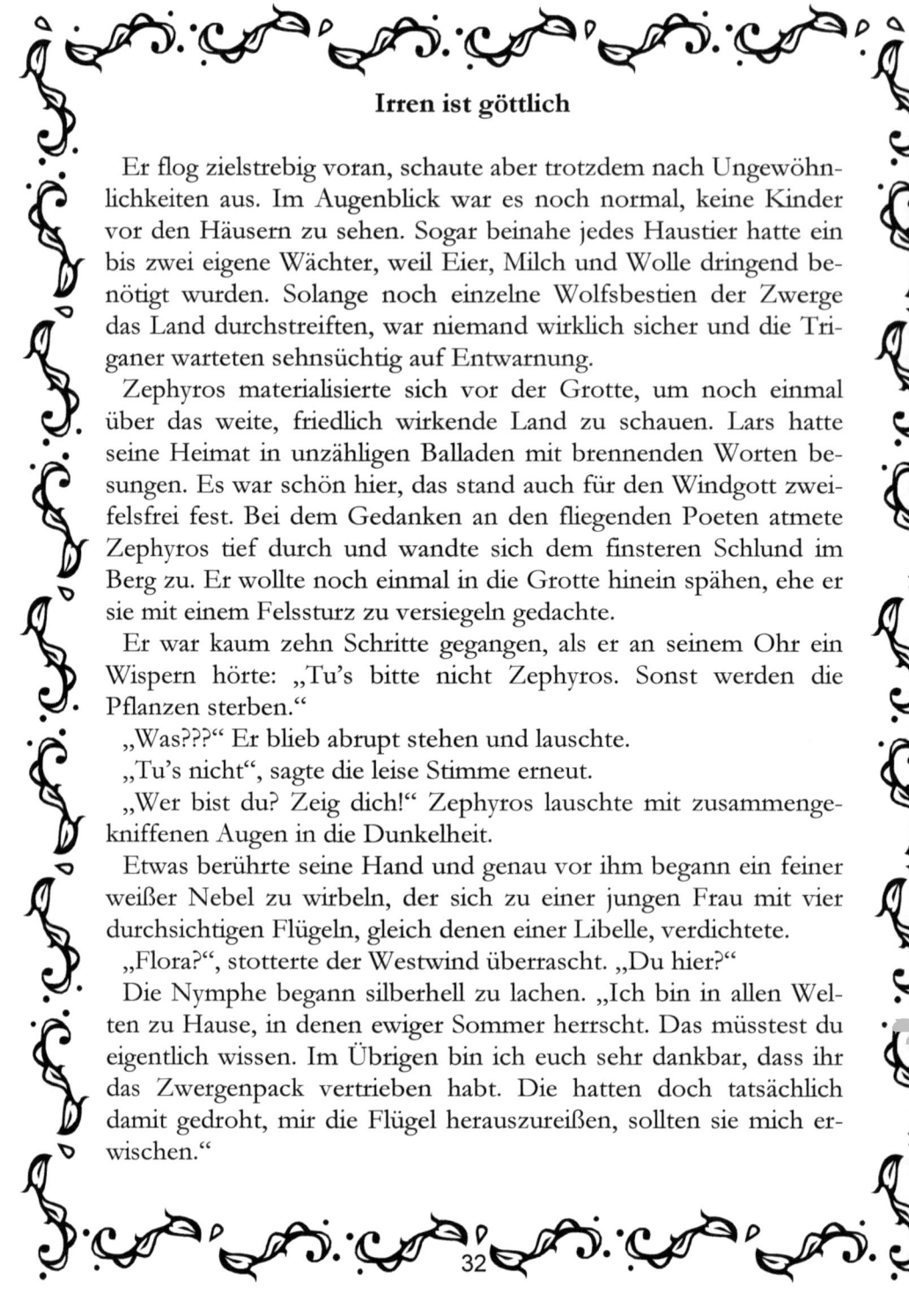

Irren ist göttlich

Er flog zielstrebig voran, schaute aber trotzdem nach Ungewöhnlichkeiten aus. Im Augenblick war es noch normal, keine Kinder vor den Häusern zu sehen. Sogar beinahe jedes Haustier hatte ein bis zwei eigene Wächter, weil Eier, Milch und Wolle dringend benötigt wurden. Solange noch einzelne Wolfsbestien der Zwerge das Land durchstreiften, war niemand wirklich sicher und die Triganer warteten sehnsüchtig auf Entwarnung.

Zephyros materialisierte sich vor der Grotte, um noch einmal über das weite, friedlich wirkende Land zu schauen. Lars hatte seine Heimat in unzähligen Balladen mit brennenden Worten besungen. Es war schön hier, das stand auch für den Windgott zweifelsfrei fest. Bei dem Gedanken an den fliegenden Poeten atmete Zephyros tief durch und wandte sich dem finsteren Schlund im Berg zu. Er wollte noch einmal in die Grotte hinein spähen, ehe er sie mit einem Felssturz zu versiegeln gedachte.

Er war kaum zehn Schritte gegangen, als er an seinem Ohr ein Wispern hörte: „Tu's bitte nicht Zephyros. Sonst werden die Pflanzen sterben."

„Was???" Er blieb abrupt stehen und lauschte.

„Tu's nicht", sagte die leise Stimme erneut.

„Wer bist du? Zeig dich!" Zephyros lauschte mit zusammengekniffenen Augen in die Dunkelheit.

Etwas berührte seine Hand und genau vor ihm begann ein feiner weißer Nebel zu wirbeln, der sich zu einer jungen Frau mit vier durchsichtigen Flügeln, gleich denen einer Libelle, verdichtete.

„Flora?", stotterte der Westwind überrascht. „Du hier?"

Die Nymphe begann silberhell zu lachen. „Ich bin in allen Welten zu Hause, in denen ewiger Sommer herrscht. Das müsstest du eigentlich wissen. Im Übrigen bin ich euch sehr dankbar, dass ihr das Zwergenpack vertrieben habt. Die hatten doch tatsächlich damit gedroht, mir die Flügel herauszureißen, sollten sie mich erwischen."

Zephyros machte eine Bewegung, als wolle er sie schützend in den Arm nehmen, worauf Flora einen Schritt zurückwich.

„Oh, tut mir leid. Ich wollte dich nicht erschrecken", murmelte der Windgott, die Arme sinken lassend.

Die Nymphe lächelte kaum merklich. „Was hältst du davon, wenn du mich heute begleitest. Ich habe immer noch Furcht, in den Wäldern einem Zwerg in die Hände zu fallen."

Zephyros nickte erfreut, obwohl er wusste, dass sich Flora unsichtbar machen konnte. Das Portal zu versiegeln, welches Flora, die Nymphe, die die Pflanzen sprießen und die Früchte reifen ließ, nutzen musste, um hierher zu gelangen, hätte er um nichts in der Welt mehr getan. Sie nahm ihn einfach bei der Hand, führte ihn vor den Eingang der Höhle und zog ihn mit flirrenden Flügeln hinter sich her. Zephyros ließ Flora gewähren, drehte sich mit ihr in schnellem Reigen, schaute zu, wie sie Knospen berührte, halbreifes Obst streichelte, das plötzlich leuchtende Farben annahm und wie sie immer wieder Blüten küsste, die sofort einen betörenden Duft ausströmten.

„Hast du für mich auch einen Kuss übrig?", fragte Zehpyros nach einigen Stunden.

Flora landete, nahm ihn an beiden Händen, schaute tief in seine braunen Augen, schmiegte sich in seine Arme und hauchte: „Nicht nur einen."

Den ersten Kuss holte sich Zephyros sofort. Dann fragte er: „Kommst du mit zu den Drachen? Ich möchte ihnen Bericht erstatten."

„Auch über uns?", schmunzelte Flora.

Zephyros blinzelte. „Wenn du es möchtest, auch darüber."

Sie reichte ihm die Hand und bald schon landeten sie in dem kleinen Ort, wo die Drachen warteten.

„Oh, Zephyros hat eine Elfe mitgebracht!", staunte Bella. „Guten Tag."

„Ich bin eine Nymphe und heiße Flora", erwiderte die Fremde lächelnd. „Und du bist Bella aus dem Elfenland." Sie nannte auch die anderen beim Namen.

„Jetzt dämmert's mir!", rief Bella. „Du bringst den Frühling! Da passt du ja perfekt zum Westwind ..." Sie schüttelte eine Klaue, als habe sie sich verbrannt und murmelte: „Au weia, mitten ins Fettnäpfchen."

Flora lachte fröhlich. „Keine Sorge, kleiner Drache, das nehme ich dir ganz bestimmt nicht übel. Wir haben in der Tat vor, ein bisschen Zeit miteinander zu verbringen. Und wer weiß? Vielleicht behältst du ja sogar recht?"

Zephyros hatte Floras Hand noch nicht losgelassen und es sah auch nicht so aus, als habe er es in den nächsten Augenblicken vor.

„Ich liebe gute Nachrichten!", strahlte Zephyra.

„Habt ihr denn auch welche für uns?", fragte der Westwind.

Zephyra nickte. „Vier erlegte Wölfe und keine weiteren Sichtungen. Wir sind ein bisschen herumgeflogen und haben die Triganer befragt."

„Das heißt, wir können ins Elfenland zurückkehren?"

„Das ist richtig. Ich werde den Ballon von Lars mitnehmen. Die Triganer haben ihn schon transportfähig verpackt." Zephyra deutete auf einen großen Sack am Zaun. „Kommt ihr beide auch mit?"

„Warum nicht? Ich wollte schon immer das Elfenland kennenlernen", freute sich Flora. „Ich bin doch sonst nur für zwei, drei Stunden auf der Durchreise."

„Hmmm, auch was, das du mit Zephyros gemeinsam hast", kicherte Bella und wurde prompt von Flora zwischen den Hörnern gekrault.

Bella nutzte die Gelegenheit, Flora etwas ins Ohr zu flüstern, die daraufhin nickte. Dann wandte sich die Nymphe an die Triganer, die sich bisher nicht näher herangetraut hatten, um die Fee des ewigen Sommers in ihrer Dimension nicht versehentlich zu verärgern, und erklärte: „Ich habe noch etwas zu tun, bevor ich Triga verlasse. Mir hat gerade ein kleiner Drache geflüstert, dass das Drachenheer großen Appetit hatte und eure Gärten fast leer gegessen hat." Sie schwebte über die Beete und verteilte einen in der Sonne glitzernden Staub. Unter Bellas neugierigen Blicken blähte sich ein walnußgroßer Kürbis zu einem wahren Giganten auf, dem viele weitere folgten. Die Erdbeeren erreichten Apfelgröße und die Kohlköpfe waren plötzlich drei Mal so groß wie üblich. Flora schnippte mit den Fingern und eine Glitzerwolke hüllte die Obstbäume ein. Wie im Zeitraffer erschienen tausende neue Blüten, zwischen denen pralle reife Früchte darauf warteten, geerntet zu werden. Die herzlichen Dankesworte der Einheimischen quittierte sie mit einem warmherzigen Lächeln. Augenblicke später entschwebte sie mit Zephyros im Pulk der Drachen.

Die Ankunft im Elfenland wurde gleich wieder mit einem Fest gefeiert. Die Aurëus-Elfen nahmen die zauberkundige Flora besonders herzlich in ihren Kreis auf. Die kleinen Elfen kamen aus Wald und Flur, um wenigstens ein Mal im Leben mit eigenen Augen die Frau zu sehen, die ihnen ganzjährig Blüten und Früchte bescherte. Und wie alle anderen Gäste vor ihr, schaute Flora mit riesengroßen Augen die Einhörner an. Und wie viele andere traute sie sich kaum, die silberweiße Mähne des Leithengsts zu fassen, als er sie eine Runde um den Nixen-See trug.

„Halt dein Glück gut fest", sagte der Hengst.

Flora verstand die Anspielung und lachte fröhlich. „Du hast gut reden! Hast du schon mal versucht, den Wind festzuhalten?"

„Fang ihn mit deinen Flügeln ein", erwiderte das Einhorn blinzelnd.

„Dann weiß ich, was ich tun muss", freute sich Flora, das strahlend weiße Tier dankbar streichelnd.

Zephyros hob Flora vom Rücken des Einhorns, obwohl sie hätte fliegen können, womit er weitere Pluspunkte sammelte. „Ein Mal diese Flügel berühren", flüsterte er, weil die Sonne alle Regenbogenfarben in den durchsichtigen Gebilden erstrahlen ließ.

Flora horchte auf. „Dann tu es doch! Aber ... Zu spät. Ich wollte dich noch warnen, dass du die funkelnden Partikelchen der allerersten Berührung niemals mehr von deiner Haut wischen kannst."

Zephyros betrachtete die Spitze des Mittelfingers seiner rechten Hand, die im Sonnenlicht wie mit Diamantstaub bepudert glänzte.

„Fantastisch! Ich werde also eine ewige Erinnerung haben, die mir niemand mehr wegnehmen kann, egal was eines Tages kommen mag." Er zog Flora einfach an seine Brust und küsste sie zärtlich.

„Na endlich!", murmelte Äolus. „Ich dachte schon, ich muss ihm mit Gewalt eine Frau besorgen."

„Wie das endet, weißt du aber?", kicherte Stella.

Äolus zog eine gespielt komische Grimasse. „Äh, ich glaube schon."

„Die Ballade?", fragte Flora kurz und erstaunt.

Boreas begann zu lachen. „Oh ja! Lars besingt die Wahrheit und nichts als die Wahrheit. Die Damen haben uns damals verdroschen, dass uns Hören und Sehen vergingen."

Flora schaute durchweg in fröhlich lachende Gesichter. „Ich habe die Triganer erzählen hören, Bella sei die Befehlshaberin beim Kampf um Triga gewesen."

„Auch das ist richtig", bestätigte Viola. „Sie hat den Kampf eröffnet, indem sie viele Gefangene befreite. Blitz hat ihr geholfen, diese in Sicherheit zu bringen."

Ein Zug des Begreifens ging über Floras Gesicht. „Ich glaube, die Geschichten, wie Blitz zu euch kam und wie Bella Blitz' Sohn gerettet hat, kenne ich auch aus den Liedern von Lars. Deshalb ist er sicher der beste Kampfpartner gewesen, weil er alles für Bella tun würde."

„Genau das." Viola klopfte dankbar den Hals des stattlichen Hengstes. „Morgen reisen wir übrigens zur Insel der Winde, wo uns Ares Lars zurückgeben soll."

„Und ihr denkt, das macht er?"

„Ach, da bin ich ziemlich sicher", schmunzelte Pyron, sonst lernt er nämlich meine Gefährtin etwas näher kennen, die ganz schön ruppig werden kann.

„Ach du Armer", hauchte Flora, etwas völlig Falsches denkend, worüber die Feiernden in kaum enden wollendes Gelächter ausbrachen.

„So schnell bekommt man den Status einer Bestie", kicherte Zephyra, während Flora ein paar Entschuldigungen stammelte und, weil darüber alle noch mehr lachten, rasch die Drachenlady zwischen den Hörnern kraulte.

Wenn die Elfenweltbewohner gewusst hätten, wie es Ares in den veranschlagten fünf Tagen ergangen war, hätten sie vor Lachen einen glatten Ohnmachtsanfall erlitten.

Der finstere Kriegsgott war regelrecht nach Hause geflohen. Die erneute Niederlage gegen die Elfenweltbewohner schmerzte genauso so sehr, wie der Biss seines ehemaligen Lieblings-streitrosses. Er fühlte deutlich, dass es der schwarze Hengst für unter seiner Würde gehalten hatte, gegen seinen verhassten alten Herrn mehr zu unternehmen. Und dieses Wissen, nicht mal einem Pferd eine Aktion wert zu sein, kratzte Ares an der Ehre. Am liebsten hätte er zwar allen den Hals umgedreht, nur war das noch schwieriger, als mit einem Sieb einen Eimer Wasser leer zu schöpfen. Die Schicksalsgöttinnen hatten sich geschlossen gegen ihn verschworen und jede Unternehmung gegen die Elfen-weltwesen endete in einem kompletten Fiasko. Ares wusste, dass die Olympier nicht mehr nur hinter vorgehaltener Hand über ihn lachten. Er mochte sich die giftige Schadenfreude gar nicht vorstellen, machte diese Zephyra wirklich Jagd auf ihn. Die war durchaus imstande, ihm den Garaus zu bereiten und ihn auf ewig in die Unterwelt zu verbannen. Dann war Schluss mit lustig und irgendein Emporkömmling würde seinen überaus einträglichen Posten übernehmen. Ares spitzte die Lippen. Also was tun, um den vermaledeiten Triganer von Hades zurückzubekommen?

Er wollte als Erstes um ein Treffen auf neutralem Boden bitten. Am besten weit weg von Wasser und Wind, damit weder die Lüftchen noch die Quellnymphen etwas davon ausposaunen konnten. Vorgenommen und getan. Hades sagte sogar zu. Na ja, hin und wieder kam das schon vor. *Ich bin ja auch nicht irgendwer,* dachte sich der Kriegsgott mit einigem Stolz. Als Ort des Zusammentreffens wählte er eine Grotte hoch im Gebirge.

Hades erschien zur vereinbarten Zeit, wobei er Ares von oben bis unten betrachtete, sodass der das äußerst unangenehme Gefühl hatte, mit Blicken seziert zu werden.

Was bildet sich dieser Unterweltler eigentlich ein? Der ist nicht mal ein wirklicher Olympier! Selbst Zephyra sagte das mit Nachdruck, überlegte Ares angesäuert. Und einen Wimpernschlag später. *Verdammt! Was geht mich dieser blöde Drache an?!*

„Beginnende Demenz oder hältst du Selbstgespräche?", hörte er da auch schon Hades lästern, weil er bei diesen Gedanken ziemlich dumm aus der Wäsche geschaut haben musste. Im Normalfall wäre Ares jetzt aufgebraust. Äußerst mühsam konnte er sich zügeln, denn er war hier der Bittsteller.

„Siehst ein bisschen bedrückt aus", ätzte Hades weiter und trieb damit den Stachel immer tiefer in Ares' Fleisch. „Wirst doch wohl nicht schon bei mir um Aufnahme ersuchen wollen?"

Ares knirschte mit den Zähnen, dann sagte er betont liebenswürdig: „Um Aufnahme nicht, aber um die Freigabe meines Gefangenen, den ich dir in Obhut gab."

„Welchen meinst du?", fragte Hades gespielt naiv. „Durch deine vielen Kriege kommen Millionen armer Seelen zu mir. Wie sollte ich mich da an einen Einzelnen erinnern?"

„Und da wirfst du mir Demenz vor?", schnappte Ares. „Hast wohl die Nebel des Styx inhaliert? Das sollte man in deinem Alter nicht zu oft tun, weil es bleibende Schäden verursachen kann."

Diesmal war es an Hades, pikiert zu schauen.

„Aber weil wir gerade bei Millionen sind, die ich dir bringe", hakte Ares ein, „wird es dir doch nichts ausmachen, mir den Einen zurückzugeben."

Hades grinste breit. „Falsch mein Lieber! Darf ich dich an das Gesetz erinnern, dass auf ewig mir gehört, was den Styx überquert hat? Egal ob tot oder lebendig."

„Na, zumindest scheint dein Erinnerungsvermögen wieder einzusetzen", stichelte Ares.

„Ja, in der Tat", kicherte Hades. „Du kannst den Triganer trotzdem nicht wiederhaben. Ich möchte um nichts in der Welt auf seine amüsanten Balladen und Reime verzichten. Besonders die, von deinem Zusammentreffen mit Viola, der sanftmütigen Auréus-Elfe, höre ich mir gar zu gern an."

Ares ballte die Fäuste. Am liebsten wäre er Hades damit durchs Gesicht marschiert, um dessen süffisantes Grinsen wegzuwischen, aber dann bekäme er Lars niemals mehr zurück. Er hatte ja so schon nur noch vier Tage und die Zeit lief. Also warf er ein: „Ich kenne aber Fälle, wo du Lebende hast wieder gehen lassen."

„Ach was, Ausnahmen bestätigen die Regel!", winkte Hades ab.

„Ich muss den Triganer haben!", rief Ares aufgebracht.

Hades horchte auf. Der Kriegsgott schien nicht freiwillig um den Triganer zu schachern. Das klang nach Spaß auf dessen Kosten, den er sich jetzt bereiten werde. „Ja, was machen wir denn da?", fragte er lauernd. „Die Toten aus deinen Kriegen bekomme ich ja sowieso. Sieht schlecht für dich aus."

„Drück einfach beide Augen zu und gib mir den Kerl", forderte Ares.

„Lass mir einen Monat Bedenkzeit", sagte Hades, Ares sehr genau beobachtend.

Der zuckte so deutlich zusammen, dass der Gott der Unterwelt in schallendes Gelächter ausbrach. „Du hast doch nicht etwa Zeitnot? Du? Als Unsterblicher?"

„Ja, verdammt! Ich kann nicht wochenlang warten. Ich brauche den Triganer jetzt! Sofort! Auf der Stelle!" Ares hob so hilflos die Hände, dass Hades sogar Tränen über die Wangen liefen, weil er sich kaum mehr beruhigen konnte.

„Ich ... kann ... mich ... gar ... nicht ... erinnern ... wann ... ich ... das ... letzte ... Mal ... so ... gelahahahacht ... hahahahabe", japste Hades und wischte sich das Gesicht mit seinem Umhang trocken. „Du sollst den Triganer haben."

Ares riss die Augen auf.

„Aber", sagte da auch schon Hades, „dafür wirst du ein halbes Jahr für Charon, den Fährmann, die Toten über den Styx bringen und ein weiteres halbes Jahr Sisyphos helfen, den Stein auf die Bergspitze zu rollen."

„Aber dann kann ich dir keine Toten mehr zuspielen!", versuchte sich Ares, aus der Klemme zu ziehen.

„Geschenkt. Es gibt ja auch noch die Seuchen, die mich reichlich mit Seelen beliefern." Hades lauerte auf Ares' Antwort.

„Abgemacht. Ich habe keine Wahl", schnaufte Ares. „Aber ich will die Zusage, dass ich sowohl den Kahn, als auch den Tartaros nach Ablauf der Frist wieder verlassen kann."

„Dein Glück, dass du das angesprochen hast. Sonst hättest du auf ewig ein schönes Plätzchen bei uns bekommen. Mir wäre auch bestimmt was Besseres eingefallen, als Damokles' Schwert und solcher Kinderkram." Hades leckte sich genüsslich die Lippen. „Wann trittst du deinen Dienst bei mir an?"

„Gib mir morgen den Sänger. Zwei Tage später werde ich kommen", versprach Ares düster.

„Mach's bis dahin gut, mein Lieber", schmunzelte Hades, in sein Reich zurückkehrend.

„Was sonst?", stieß Ares hervor und drosch mit beiden Fäusten auf das Gestein der Grotte ein, als Hades verschwunden war.

Der Herr der Unterwelt war überaus gut gelaunt nach Hause zurückgekehrt und verblüffte alle damit, dass er immer wieder amüsiert vor sich hin grinste. Er ließ Lars rufen und offerierte ihm: „Morgen gebe ich dich an Ares zurück."

Lars wusste nicht, ob er das nun als gutes oder schlechtes Zeichen werten sollte. Hades hatte ihn von Cheiron, dem heilkundigen Zentauren aufpäppeln lassen, als er von Ares gefoltert worden war, dafür keine Kosten und Mühen gescheut, und ihn immer zuvorkommend behandelt.

„Mehr kann ich dir leider auch nicht sagen", erklärte Hades. „Sicher ist nur, dass Ares jemand im Nacken sitzt, den er mehr fürchtet, als alles sonst auf der Welt." Er erzählte, behaglich schmunzelnd, auf welchen Handel der Kriegsgott eingegangen war, um ihn irgendwie, irgendeiner Frist gemäß, aus der Unterwelt zu holen. „Ich hoffe doch sehr, dass du ein schönes Lied daraus machst", bat er am Ende.

Lars blinzelte vergnügt. „Diesen Auftrag werde ich vorrangig behandeln. Du wirst doch sicher auch beim nächsten Sängerwettstreit anwesend sein?"

Hades nickte breit lächelnd. „Nun sogar noch lieber als sonst. Pass gut auf dich auf! Und vor allem auf deine Zunge, denn die ist schärfer als jedes Schwert."

Der Triganer nickte sehr ernst. Kein Wunder, dass Ares sogar versucht hatte, sie ihm herauszureißen. Glücklicherweise ohne Erfolg. Cheiron war es gelungen, alle Schwellungen rasch zum Abklingen zu bringen, sonst wäre Lars jämmerlich erstickt. Nun verabschiedete sich der Sänger von seinem Retter und Freund.

„Wie gern würde ich dich mitnehmen", seufzte er.

Cheiron drückte Lars fest an sein Herz. „Du kennst ja meine Geschichte. Hier kann ich schmerzfrei existieren."

„Aber nur als Schatten", murmelte Lars traurig.

„Durch deine Lieder werde ich weiterleben", tröstete ihn der Zentaur. „Und nun geh. Ares wird schon wie auf glühenden Kohlen sitzen."

„Da gehört der auch hin", grollte Lars und trabte los, denn der Weg aus der Finsternis war lang.

Ares' Streitwagen parkte praktisch genau vor dem Tor zum Tartaros, argwöhnisch von Kerberos, dem dreiköpfigen Höllenhund beobachtet. Dem Triganer klopfte das Herz bis zum Hals, als er den monströsen Wächter im Schatten sitzen sah. Kerberos knurrte zwar, machte aber keinerlei Anstalten, seinen Platz zu verlassen. Lars atmete auf, als er den ersten Schritt ins Sonnenlicht ging, welches er monatelang schmerzlich vermisst hatte. Die plötzliche Helle blendete ihn. Er fühlte eine Hand an seinem Arm, die ihn führte und hörte die Worte: „Heb die Füße sehr hoch, beim Einsteigen. Ich helfe dir."

Lars glaubte zu träumen. Aber das hatte wie Ares' Stimme geklungen. Er versuchte, durch einen winzigen Schlitz zwischen den Lidern zu schauen, was die Sonne vereitelte. Der Fremde dirigierte die Finger des Triganers zum Rand des Streitwagens, was Lars aber nicht ahnte, und bat: „Halte dich bloß gut fest, es wird jetzt etwas holprig werden." Das spürte Lars auch schon, wie das, worauf er stand, vom Boden abhob. Nun dämmerte ihm, dass der, welcher ihn beinahe sanft geführt hatte, tatsächlich Ares sein musste. Nach fast zwei Stunden Flug kündigte Ares die Landung an, wobei er Lars sogar festhielt, auf dass ihm ja nichts passiere. Lars hatte noch immer Probleme mit der Helle, konnte nur Umrisse erkennen und so stolperte er beim Aussteigen. Sofort fasste Ares zu, wobei er sogar einen Schreckenslaut von sich gab.

Ach, hätte der Triganer nur die erstaunten und völlig ungläubigen Blicke seiner Freunde sehen können!

„Ich bringe dir Lars, wie gefordert", sagte der Kriegsgott zu jemandem, den der Sänger an der Silhouette als Drache identifizierte.

„Was ist mit seinen Augen?", fragte der dunkle Schatten mit Zephyras Stimme.

Ehe Ares antworten konnte, sprach Boreas. „Beruhige dich, das geht allen so, die monatelang in der Dunkelheit gefangen waren."

Zephyra atmete tief durch. „Gut. Dann hast du von mir im Augenblick nichts mehr zu befürchten. Einen guten Rat habe ich trotzdem noch: Komm mir nie wieder unter die Augen, wenn du irgendeinem meiner Freunde irgendein Leid zugefügt hast."

Ares nickte stumm, bestieg seinen Wagen und brauste davon.

Zephyra rieb ihren Kopf an Lars' Wange. „Herzlich willkommen zurück."

Er streichelte seine große Freundin. „Dann hab ich es also dir zu verdanken, dass sich Ares fast einen Fleck ins Hemd gemacht hätte, als ich vorhin strauchelte! Vielen lieben Dank!"

„Ja, ich habe Ares das Fürchten gelehrt", lachte Zephyra.

Lars schmiegte sich fest an die Drachendame. „Das musst du mir unbedingt erzählen und dann verrate ich euch was, das ihr nicht für möglich halten werdet! Ich will mich aber erst einmal unter deine Schwinge setzen, damit sich meine Augen langsam wieder ans Licht gewöhnen können", schlug er vor. Er machte es sich auch sogleich bequem und hielt einen Moment darauf inne, denn er hatte eine fremde Stimme in der Runde seiner Freunde vernommen.

„Sie heißt Flora und hat wundervoll durchsichtige Flügel", schwärmte Zephyra.

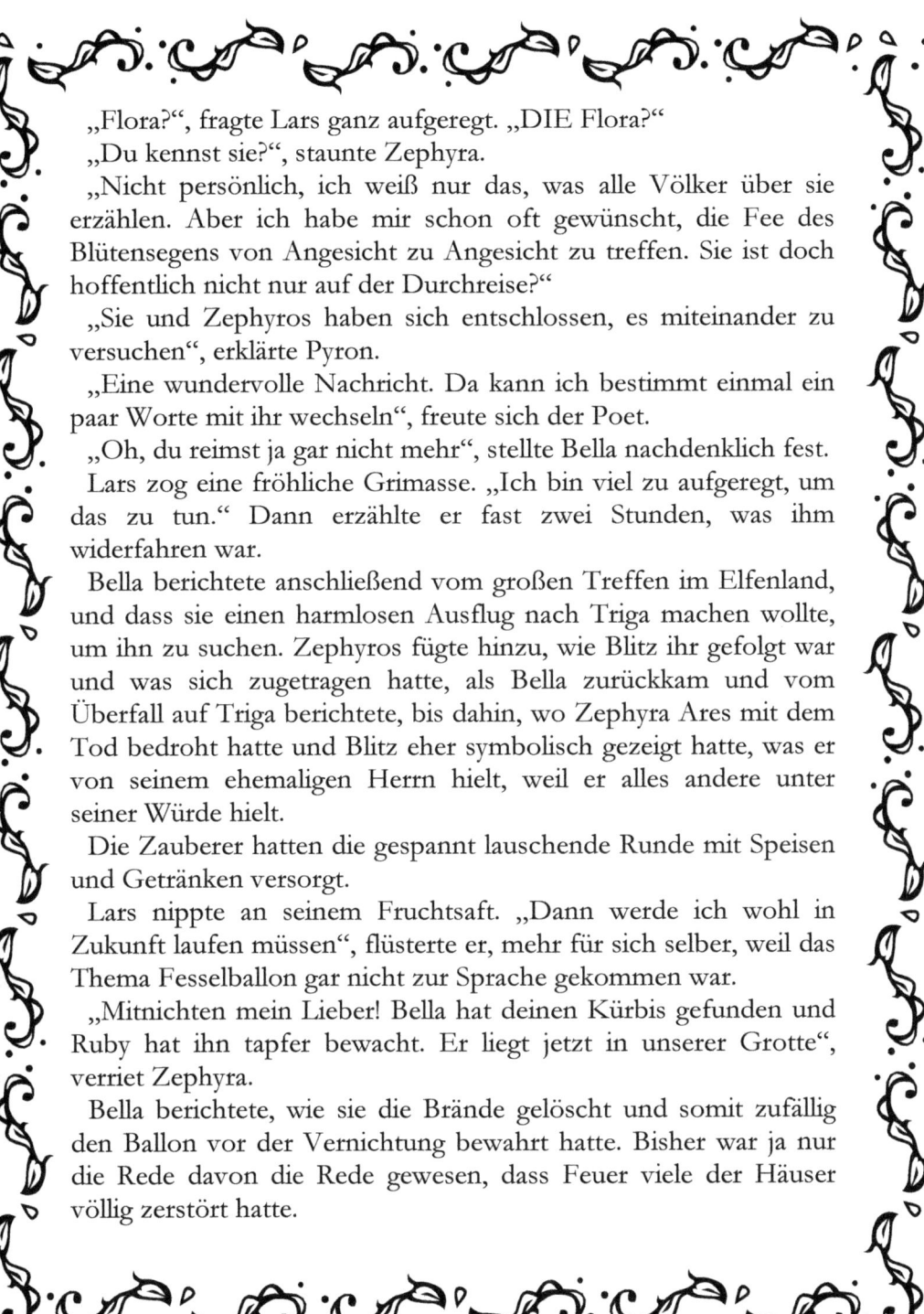

„Flora?", fragte Lars ganz aufgeregt. „DIE Flora?"

„Du kennst sie?", staunte Zephyra.

„Nicht persönlich, ich weiß nur das, was alle Völker über sie erzählen. Aber ich habe mir schon oft gewünscht, die Fee des Blütensegens von Angesicht zu Angesicht zu treffen. Sie ist doch hoffentlich nicht nur auf der Durchreise?"

„Sie und Zephyros haben sich entschlossen, es miteinander zu versuchen", erklärte Pyron.

„Eine wundervolle Nachricht. Da kann ich bestimmt einmal ein paar Worte mit ihr wechseln", freute sich der Poet.

„Oh, du reimst ja gar nicht mehr", stellte Bella nachdenklich fest.

Lars zog eine fröhliche Grimasse. „Ich bin viel zu aufgeregt, um das zu tun." Dann erzählte er fast zwei Stunden, was ihm widerfahren war.

Bella berichtete anschließend vom großen Treffen im Elfenland, und dass sie einen harmlosen Ausflug nach Triga machen wollte, um ihn zu suchen. Zephyros fügte hinzu, wie Blitz ihr gefolgt war und was sich zugetragen hatte, als Bella zurückkam und vom Überfall auf Triga berichtete, bis dahin, wo Zephyra Ares mit dem Tod bedroht hatte und Blitz eher symbolisch gezeigt hatte, was er von seinem ehemaligen Herrn hielt, weil er alles andere unter seiner Würde hielt.

Die Zauberer hatten die gespannt lauschende Runde mit Speisen und Getränken versorgt.

Lars nippte an seinem Fruchtsaft. „Dann werde ich wohl in Zukunft laufen müssen", flüsterte er, mehr für sich selber, weil das Thema Fesselballon gar nicht zur Sprache gekommen war.

„Mitnichten mein Lieber! Bella hat deinen Kürbis gefunden und Ruby hat ihn tapfer bewacht. Er liegt jetzt in unserer Grotte", verriet Zephyra.

Bella berichtete, wie sie die Brände gelöscht und somit zufällig den Ballon vor der Vernichtung bewahrt hatte. Bisher war ja nur die Rede davon die Rede gewesen, dass Feuer viele der Häuser völlig zerstört hatte.

„Kommt her, meine Kleinen! Lasst euch herzen!", rief Lars, den Jungdrachen die Arme entgegenstreckend. „Ich glaube, langsam tun die Augen wieder ihren Dienst", atmete der fliegende Poet auf. „Seid ihr groß geworden! Ich habe mir vorhin kaum vorstellen können, dass Bella gleich drei Personen getragen hat. Nun sehe ich, dass das nicht völlig unmöglich ist."

„Ich glaube es ja fast selber nicht, dass ich es geschafft habe!", schmunzelte Bella. „Es war auch ziemlich anstrengend. Und hinterher bin ich auf der Stelle umgekippt wie ein gefällter Baum und habe nur noch geschlafen."

„Das kann ich mir lebhaft vorstellen", rief Lars.

„Ich bin mächtig stolz auf meine Schwester", erklärte Ruby, diese mit der Nasenspitze antupfend. „Und ich glaube, dass es hier niemanden gibt, der es nicht ist."

„Denn wo kleine Drachen wachen, kann auch Ares nicht viel machen", kicherte Lars amüsiert.

„Na endlich reimt er wieder!", jauchzte Bella, ihm einen dicken Kuss auf die Wange schmatzend. „Nun weiß ich, dass alles wieder gut wird."

„Und für den Übeltäter geht es los, mit dem Stein vom Sisyphos", fügte der Triganer noch treuherzig blinzend hinzu, worauf Pyron lustig die Augen verdrehte und sagte: „Aber erst muss zum er zum Styx, und dagegen hilft auch nix."

„Au weia", murmelte Zephyra unter dem Gelächter der Freunde. Es war damit zu rechnen, dass sich die beiden gegenseitig aufschaukelten, bis kein vernünftiges Wort mehr aus ihnen herauszubekommen wäre.

„Erzähle uns noch ein bisschen von Cheiron", bat Bella. „Du weißt doch, dass ich alles mag, was irgendwie ein wenig nach Pferd aussieht."

Lars nickte. „Ich bin traurig, dass er für immer dort unten bei Hades bleiben muss. Hab ihm auch gesagt, dass ich ihn gern mitgenommen hätte. Er ist wirklich so, wie ihn alle beschrieben haben. Er ist sanftmütig, sehr weise und ein Freund, auf den man sich felsenfest verlassen kann." Lars wischte sich bei den

Gedanken an den Zentauren ein paar Tränen aus den Augenwinkeln. Bella rieb ihren Kopf an seiner Schulter.

„Wie ihr sicher alle wisst, hat er seine Unsterblichkeit damals, als er von Herakles versehentlich mit einem Pfeil getroffen wurde, Prometheus geopfert, weil die Qualen durch das Hydrengift unerträglich wurden. Ich will gar nicht daran denken, wie viele Helden er ausgebildet und wie viele Kranke er geheilt hat, dann könnte ich mir die Haare raufen! Kann man denn da nicht ein bisschen die Regeln lockern? Gibt es nicht irgendeine Hintertür, die man auftun, damit er der Finsternis entkommen kann?" Lars hatte sich in Wallung geredet.

„Lass diesen Gedanken mal wirken", flüsterte Viola. „Wir sind doch die Meister der verborgenen Pforten."

„Und Zeus ist nicht mehr der, der er damals war", setzte Boreas blinzelnd hinzu.

Lars schaute beide groß an. „Ihr meint ..."

„Pssssssssst!", unterbrachen ihn alle im Chor.

Flora schüttelte belustigt den Kopf. Sie hatte nie glauben wollen, was sie allerorten von den außergewöhnlichen Abenteuern der Elfenweltbewohner hörte. Nun steckte sie mitten drin und hatte schon zwei Aktionen mit eigenen Augen gesehen – die Befreiung Trigas und die eigentlich völlig unmögliche Herausgabe des berühmten fliegenden Poeten. Dass der verhasste und gefürchtete Ares vor Zephyra kuschte, hatte sie bis jetzt noch nicht ganz begriffen.

„Klopf, klopf!", rief es vom Strand. „Darf ich eintreten?"

„Triton!" Diandra sprang auf, um den Meeresgott freudig zu begrüßen.

„Du immer!", rief Äolus, Triton die offenen Arme zeigend.

Pyron eilte als Reittier herbei. „Heute ohne die Najaden?", fragte er erstaunt.

„Die feiern euch seit ein paar Stunden mit den Quellnymphen, weil Ares wieder mal die Hucke voll bekommen hat", schmunzelte Triton.

Die Freunde wussten nur zu gut Bescheid, warum. Hatte Ares doch oft Wasserstellen und Brunnen zuschütten oder vergiften lassen, um das Blatt für seine unterstützte Kriegspartei herumzureißen, wodurch dann auch die jeweilige Nymphe, die das Gewässer bewohnte, sterben musste, weil sie meist keine Möglichkeit fand, um zu fliehen. Kein Wunder, dass die halbe Dimension der Olympier in einem Freudentaumel lag.

Triton begrüßte die Anwesenden, ließ sich unter Pyrons Schwinge nieder und erklärte: „Ich hab so viele wundersame Sachen gehört, dass ich mir persönlich Klarheit verschaffen muss. Hat Ares wirklich vor Zephyra gekniffen und ist nun in der Unterwelt?"

„Leider nicht für immer", seufzte das Drachenweibchen. „Es wäre toll, wenn es keine Kriege mehr gäbe. Aber wenigstens habe ich es geschafft, ihn für einige Zeit aus dem Dunstkreis seiner Verehrer zu ziehen. Da werden sie ihm vergeblich huldigen und vielleicht ihre bösen Unterfangen aufgeben, wenn er sich nicht meldet."

„Deine Worte in die Ohren aller guten Götter", erwiderte Triton.

„Kann natürlich sein, dass er noch bösartiger ist, wenn er zurückkehrt", murmelte Auräus und bekam Zustimmung von allen Seiten.

Auch Zephyra nickte. „Wir werden ganz einfach auf der Hut sein."

„Woher weißt du eigentlich von der ganzen Sache?", fragte Boreas, den Meergott neugierig musternd.

Der lachte vergnügt. „Na von den Quellnymphen. Alles, was fließt, muss auch irgendwann durch die Unterwelt. Und der gute alte Styx ist, genau betrachtet, ja auch nur ein Fluss. Wer nun wann das Ohr direkt an oder in der Quelle der Informationen hatte, lässt sich sicher kaum ermitteln. Jedenfalls war die Kunde, dass Lars den Styx in der Gegenrichtung zum Üblichen überquerte, genau so schnell verbreitet, wie jene, dass Ares bald Charon helfen muss. Und, bei Zeus, die Wasser der Unterwelt werden es ihm zur Hölle machen!"

„Das trifft auch keinen Falschen", kicherte Äolus. „Einzig die armen Seelen tun mir leid, die das erleben müssen."

„Ach, darüber mach dir keine Sorgen", tröstete ihn Lars, „das kann Hades ganz gut steuern. Da wird es auch immer die Richtigen erwischen."

„Ihr habt mit Triton Lars' Harfe von Poseidon zurück geholt, stimmt's", fragte Flora.

„Oh ja! Das war ein Spaß!", rief der Meergott. „Diandra hat dem alten Zausel ein Liedchen gesungen, das es in sich hatte."

„Kann sie dann nicht auch eins singen, das die Unterweltler schlafen lässt?" Flora hielt sich rasch den Mund zu.

„Du bist genial!" Zephyros drückte sie fest an sein Herz.

„Dafür wäre aber einiges zu klären", erörterte Boreas. „Ich weiß sicher, dass die Wasser des Styx unverwundbar machen, wenn sie äußerlich angewendet werden, was für uns ja von Vorteil ist. Auch, dass bei Wortbruch eines Schwures für neun Jahre die Stimme verloren geht, ist verbürgt. Das sollte uns weniger Sorgen machen, weil wir uns Schwüre auf den Fluss verkneifen können und zudem nie einer von uns bis heute wortbrüchig geworden ist. Allerdings soll Alexander der Große mit Wasser vom Styx vergiftet worden sein und das bereitet mir Kopfschmerzen."

„Kann das jemand bezeugen?", fragte Aurëus.

„Nein. Niemand." Darüber waren sich die Winde einig.

„Mag ja sein, dass Wasser des Styx im Becher war, halt nur nicht pur", merkte Aurëus an.

Marc und Alfons nickten dazu. Sie wussten beide, dass Alexander erkrankt war und auch mit welchen Mitteln man damals Erbrechen hervorrief. Dieses verdünnte Gift hatte wohl, zu oft angewendet, dem von einer Infektion geschwächten Körper den Rest gegeben.

„Wenn ich jetzt alles richtig verstanden habe, dann soll ich in den Styx schwimmen und Hades samt Hofstaat lahm legen", murmelte Diandra, während Bromer finster vor sich hinstarrte.

„So in etwa denke ich mir das", gab Aurëus zu.

Triton klopfte Bromer auf die Schulter. „Sie wird nicht allein gehen. Ich sorge dafür, dass die zehn kühnsten Quellnymphen an

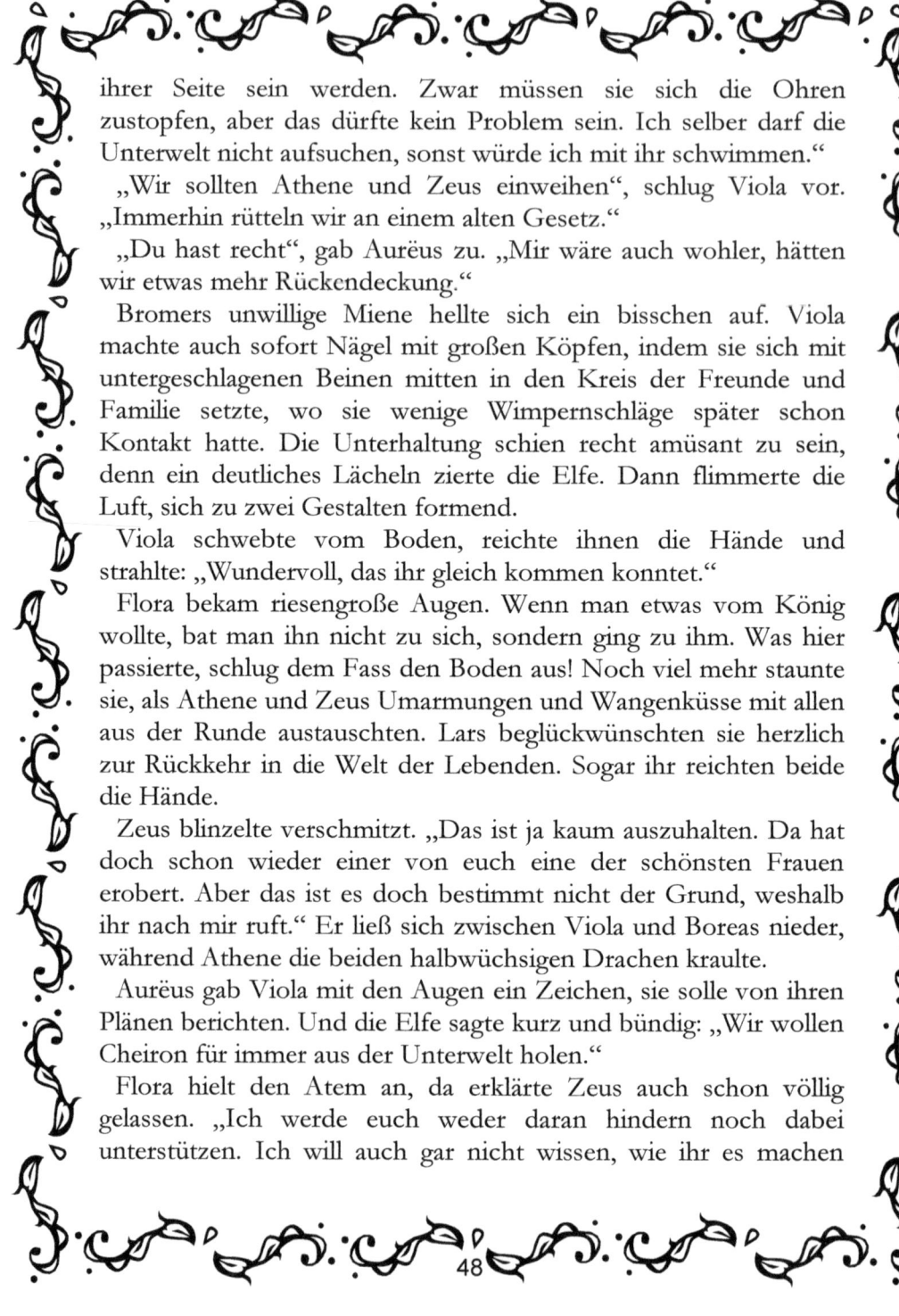

ihrer Seite sein werden. Zwar müssen sie sich die Ohren zustopfen, aber das dürfte kein Problem sein. Ich selber darf die Unterwelt nicht aufsuchen, sonst würde ich mit ihr schwimmen."

„Wir sollten Athene und Zeus einweihen", schlug Viola vor. „Immerhin rütteln wir an einem alten Gesetz."

„Du hast recht", gab Aurëus zu. „Mir wäre auch wohler, hätten wir etwas mehr Rückendeckung."

Bromers unwillige Miene hellte sich ein bisschen auf. Viola machte auch sofort Nägel mit großen Köpfen, indem sie sich mit untergeschlagenen Beinen mitten in den Kreis der Freunde und Familie setzte, wo sie wenige Wimpernschläge später schon Kontakt hatte. Die Unterhaltung schien recht amüsant zu sein, denn ein deutliches Lächeln zierte die Elfe. Dann flimmerte die Luft, sich zu zwei Gestalten formend.

Viola schwebte vom Boden, reichte ihnen die Hände und strahlte: „Wundervoll, das ihr gleich kommen konntet."

Flora bekam riesengroße Augen. Wenn man etwas vom König wollte, bat man ihn nicht zu sich, sondern ging zu ihm. Was hier passierte, schlug dem Fass den Boden aus! Noch viel mehr staunte sie, als Athene und Zeus Umarmungen und Wangenküsse mit allen aus der Runde austauschten. Lars beglückwünschten sie herzlich zur Rückkehr in die Welt der Lebenden. Sogar ihr reichten beide die Hände.

Zeus blinzelte verschmitzt. „Das ist ja kaum auszuhalten. Da hat doch schon wieder einer von euch eine der schönsten Frauen erobert. Aber das ist es doch bestimmt nicht der Grund, weshalb ihr nach mir ruft." Er ließ sich zwischen Viola und Boreas nieder, während Athene die beiden halbwüchsigen Drachen kraulte.

Aurëus gab Viola mit den Augen ein Zeichen, sie solle von ihren Plänen berichten. Und die Elfe sagte kurz und bündig: „Wir wollen Cheiron für immer aus der Unterwelt holen."

Flora hielt den Atem an, da erklärte Zeus auch schon völlig gelassen. „Ich werde euch weder daran hindern noch dabei unterstützen. Ich will auch gar nicht wissen, wie ihr es machen wollt. Ich habe nur die Bedingung, dass die Ordnung der Unterwelt nicht länger als drei Tage gestört werden darf."

Viola reichte ihm die Hand. „Abgemacht! Das ist mehr, als wir erhofft haben."

Damit schien das Thema Cheiron auch schon erledigt zu sein, denn Zeus ließ sich von Galantha ein leckeres Eis aus einem Becher Fruchtsaft zaubern und befragte lieber Zephyra und Lars eingehend dazu, wie der verblüffende Handel mit Ares zustande gekommen war.

Über das treuherzige Blinzeln der Drachendame brach er in wieherndes Gelächter aus. „Ihr solltet den dritten Streitwagen am besten auch noch Poseidon übereignen. Dann wird er ganz sicher keinen einzigen Finger rühren, wenn jemand von Hades' Leuten Zeter und Mordio schreit.

„Darum kümmere ich mich", versprach Aurëus und verschwand, als sei er nie dagewesen.

Zeus kratzte sich am Ohr. „Ihr habt es aber eilig."

„Natürlich", schmunzelte Stella. „Mann muss die Zeit nutzen, in der Ares nicht dazwischen funken kann. So ein Jahr ist schnell rum."

Das dachte sich auch wohl Aurëus, der nicht einmal eine Viertelstunde für seine Rückkehr brauchte. „Die Triganer haben sich von den Überbleibseln ferngehalten, wie der Teufel vom Weihwasser", kicherte er. „Die haben ganz tief aufgeatmet, als ich mich um die Entsorgung kümmerte." Er zog das geschrumpfte Gefährt aus der Hosentasche, ließ es auf Normalgröße wachsen und murmelte. „Manchmal ist es ganz hilfreich, ein Zauberer zu sein."

„Komm, wir fliegen ein Stückchen auf das Meer hinaus", riet Pyron, Aurëus auf den Rücken, den Streitwagen danach aus der Luft mit allen vier Klauen nehmend.

Ein paar Seemeilen von der Windinsel entfernt, begann er zu kreisen und Aurëus nach Poseidon zu rufen. Sie wollten schon fast aufgeben, als der Herrscher der Meere von einem gigantischen

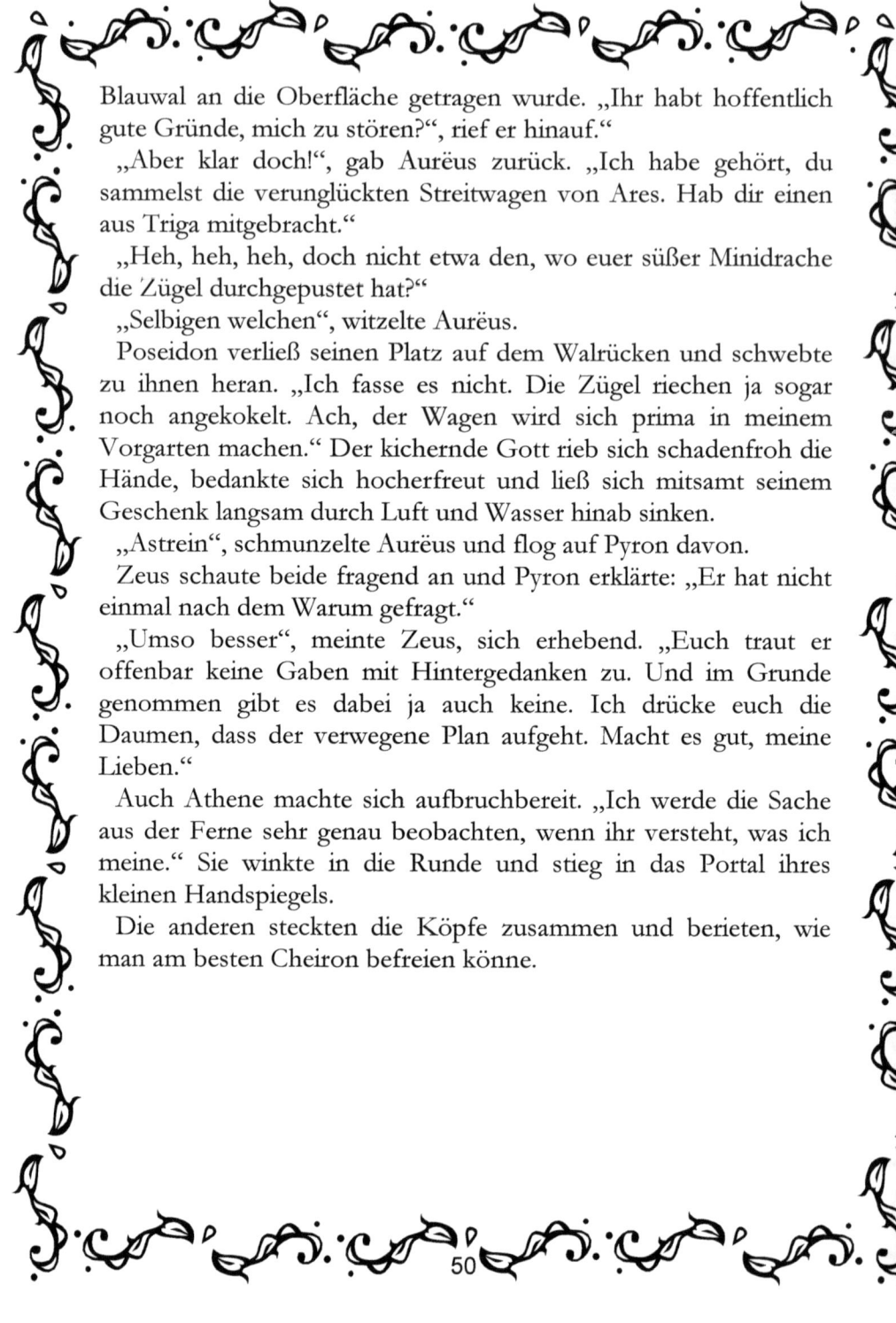

Blauwal an die Oberfläche getragen wurde. „Ihr habt hoffentlich gute Gründe, mich zu stören?", rief er hinauf."

„Aber klar doch!", gab Aurëus zurück. „Ich habe gehört, du sammelst die verunglückten Streitwagen von Ares. Hab dir einen aus Triga mitgebracht."

„Heh, heh, heh, doch nicht etwa den, wo euer süßer Minidrache die Zügel durchgepustet hat?"

„Selbigen welchen", witzelte Aurëus.

Poseidon verließ seinen Platz auf dem Walrücken und schwebte zu ihnen heran. „Ich fasse es nicht. Die Zügel riechen ja sogar noch angekokelt. Ach, der Wagen wird sich prima in meinem Vorgarten machen." Der kichernde Gott rieb sich schadenfroh die Hände, bedankte sich hocherfreut und ließ sich mitsamt seinem Geschenk langsam durch Luft und Wasser hinab sinken.

„Astrein", schmunzelte Aurëus und flog auf Pyron davon.

Zeus schaute beide fragend an und Pyron erklärte: „Er hat nicht einmal nach dem Warum gefragt."

„Umso besser", meinte Zeus, sich erhebend. „Euch traut er offenbar keine Gaben mit Hintergedanken zu. Und im Grunde genommen gibt es dabei ja auch keine. Ich drücke euch die Daumen, dass der verwegene Plan aufgeht. Macht es gut, meine Lieben."

Auch Athene machte sich aufbruchbereit. „Ich werde die Sache aus der Ferne sehr genau beobachten, wenn ihr versteht, was ich meine." Sie winkte in die Runde und stieg in das Portal ihres kleinen Handspiegels.

Die anderen steckten die Köpfe zusammen und berieten, wie man am besten Cheiron befreien könne.

Pferde stehlen

Mit jedem Tag wurden sie zuversichtlicher und dann kam der große Augenblick. Die Quellnymphen waren instruiert, Diandra hatte den Plan von Hades' Reich im Kopf und nun hieß es rasch und heimlich agieren. Äolus und seine Söhne sperrten die Winde und Lüftchen auf der Felseninsel ein, damit sie keine Kunde vom Geschehen verbreiten konnten. Pyron trug Diandra in die Nähe einer Quelle zur Unterwelt, an der sie von den Nymphen mit Handzeichen empfangen wurde. Dann legte er sich mit Zephyra und Bella in der Nähe des Höllenschlundes, wo Kerberos wachte, auf die Lauer.

Diandra folgten indes den Flussmädchen. Sie wusste, dass es auf dem Weg hinein keine Möglichkeit gab, abzukürzen. Sie musste volle fünf Runden der neun Spiralen des Styx schwimmen, um in das Gebiet zu kommen, wo der Zentaur zu finden sein sollte. Als der Übergang vom oberirdischen Bächlein in den Styx vor ihr lag, hielt die Nixe den Atem an. Ein wenig Furcht war schon geblieben, das Wasser könne giftig sein. Sie schloss die Augen, dann wagte sie die ersten Schläge mit ihrer Monoflosse, die seit vielen Jahren ihren Fischschwanz ersetzte. Diesmal folgten ihr die anderen, denn nur Diandra kannte das Ziel und den Weg dahin.

Gegen Abend, was nur die innere Uhr der Nixe verriet, weil hier alles immer in tiefstes Dunkel gehüllt war, näherten sie sich jenem Ort, an dem sich Lars von Cheiron verabschiedet hatte. Sie spähte nach etwas aus, das halb einem Pferd, halb einem Mann ähneln und Wasser trinken musste, weil es nicht wie die anderen Schatten körperlos war. Die Mädchen schauten Diandra fragend an, weil weit und breit nichts dergleichen zu entdecken war. Diandra schüttelte den Kopf und legte beide Hände an die Wange, um anzudeuten, dass sie wohl zu spät gekommen waren und das Geschöpf schon schlief. Sie ließ sich auch auf den Grund des Flusses sinken, um nicht entdeckt zu werden.

Sie war so auf ihre Mission fixiert, dass sie nicht einmal darüber nachdachte, was in den letzten Stunden geschehen war. Mit allen

Sinnen tastete sie in die Finsternis und wartete. Die Quellnymphen beobachteten ihrerseits die Nixe. Sollte diese aufs Trockene gehen, mussten sie sich in Sicherheit bringen, so schnell sie konnten. Die Stille der schwebenden Schatten wurde durch ein Geräusch unterbrochen, das sich langsam näherte und welches Diandra als den langsamen Schritt eines Pferdes identifizierte. Sie öffnete die Augen und starrte zur Oberfläche. Da tauchte auch schon die Silhouette eines muskulösen Mannes auf, der ganz eindeutig in einen Pferdeleib überging. Er beugte sich herab, um mit den Händen Wasser zu schöpfen, und erstarrte mitten in der Bewegung.

Im Bruchteil eines Wimpernschlags begriff Diandra, dass er ihre Augen entdeckt haben musste. Sie ließ sich langsam nach oben treiben, wobei sie einen Finger auf ihre Lippen legte. Cheiron war staunend stehen geblieben. Die Fremde gehörte nicht hierher und sie schien, ihm etwas mitteilen zu wollen.

Da zog sie sich auch schon beinahe geräuschlos aus dem Wasser, winkte ihm, sein Ohr an ihren Mund zu legen, und wisperte: „Lars schickt mich. Du wirst jetzt genau tun, was ich dir sage. Hab bitte Vertrauen." Sie zog zwei große weiche Pfropfen hervor und bat: „Stecke das tief in deine Ohren, nimm mich auf deinen Rücken und lauf wie der Wind geradeaus. Ich werde deine Schulterblätter berühren, um dir die Richtung zu weisen. Tippe ich an deinen Genick, dann galoppiere, so schnell du kannst, geradeaus." Sie schwang sich auf seinen Rücken und befahl: „Los!"

Cheiron preschte davon, vergaß auch nicht, sich die Ohren zu verstopfen. Er hatte nichts zu verlieren, war aber neugierig, wohin ihn die Fremde führen werde. Dreimal trieb sie ihn direkt durch den Styx und Cheiron begann sich zu wundern, dass ihnen gar keine Wächter begegneten. Charon, der Fährmann, stand zwar auf seinem Kahn, schien aber zu schlafen. Dann wurde es plötzlich heller. Cheiron fühlte, wie die Frau auf seinem Rücken mit etwas hantierte, das sie ihm plötzlich über die Augen schob. Es umspannte recht fest seinen Kopf und verdunkelte für einen Moment die Sicht fast völlig. Dann begriff der Zentaur, dass sie direkt auf den Ausgang aus der Unterwelt zustoben und er erwartete, jeden Augenblick von Kerberos zurückgetrieben zu werden. Aber auch der mehrköpfige hässliche Köter schlief selig wie ein sattes Baby. Cheiron übersprang mit klopfendem Herz die Schwelle zur Welt der Lebenden und stürmte weiter, ohne langsamer zu werden. Die Frau auf seinem Rücken zog ihm einen der Ohrstöpsel heraus und rief: „Du kannst stehen bleiben, jetzt übernehmen andere die Weiterreise."

Cheiron stoppte den rasenden Lauf und wäre fast noch mit Pyron zusammengeprallt, der hinter einem Felsen hervorkam. Die Fremde sprang von seinem Rücken, fasste seine Hand, um ihn zu beruhigen, gab dem Drachen ein Zeichen und schon kamen noch zwei kleinere Drachen und ein Mann hervor, die dem völlig perplexen Zentauren zwei breite Gurte unterm Pferdebauch hindurch zogen.

„Halt dich am vorderen Gurt fest und sei bitte ganz still", bat die Fremde, sich auf den Rücken des größeren roten Drachen schwingend.

Da fühlte sich Cheiron auch schon emporgehoben. Sein Transportmittel, der riesige schwarze Drache, zog gleichmäßig und schweigend seine Bahn, begleitet von den beiden anderen. Cheiron fühlte sich geborgen und begann, seine Retter eingehend zu betrachten. Der kleine rote Drache spürte wohl den Blick, denn er kam etwas näher heran, um zu fragen: „Geht es einigermaßen?"

In diesem Moment setzte auch endlich Cheirons Denkapparat wieder richtig ein. „Du musst Bella sein, von der mir Lars erzählt hat." Die hübsche Fremde hatte zumindest davon gesprochen, von Lars zu kommen.

„Richtig. Ich hoffe sehr, du weißt jetzt, dass du von uns nichts zu befürchten hast."

„Wohin bringt ihr mich?"

„Zuerst auf die Insel der Winde und dann ... ach, lass dich einfach überraschen!" Bella schlug vor Vergnügen einen Salto in der Luft.

„Alles in Ordnung da unten?", wollte nun auch der Mann wissen, der auf dem Rücken des schwarzen Drachen saß.

„Bestens! Ich habe mich nie wohler gefühlt!", rief Cheiron hinauf. „Fliegen ist wundervoll!"

Die Frau, die ihn ans Licht geführt hatte, saß auf ihrem Drachen, den der Zentaur als Zephyra identifizierte, und lächelte glücklich.

„Wer sind die beiden?", wandte sich Cheiron an Bella.

„Diandra und Bromer."

„Ach, stimmt, Lars hat ja erzählt, dass sie die einzige Nixe ist, die Beine hat. Jetzt verstehe ich auch, weshalb ich mir die Ohren verstopfen sollte und warum alle im Tiefschlaf lagen, an denen wir vorüber kamen!" Cheiron nickte seiner Retterin dankbar zu, die fröhlich zurückwinkte.

Sie deutete auf ihren Hals und Bella übersetzte: „Sie ist völlig heiser vom stundenlangen Singen."

„Das kann ich gut verstehen", murmelte der Zentaur.

„Achtung! Wir landen gleich!", gab Bromer bekannt und Cheiron sah zum ersten Mal die schier unendliche Weite des Meeres von ganz weit oben.

Dann tauchte die Insel auf, wurde immer größer und der Zentaur gewahrte mehrere Personen, die gespannt nach oben schauten und applaudierten, als die Drachen, einer nach dem anderen aufsetzten.

Bromer sprang von Pyrons Rücken, fing Diandra auf, die sich von Zephyra rutschen ließ, schloss sie fest in die Arme, tanzte mit ihr umher und rief überschwänglich: „Du hast es geschafft, du hast es tatsächlich geschafft!"

„Aber nur, weil Cheiron jedem Befehl sofort gehorcht hat", krächzte Diandra mühsam. „Wer weiß, was geschehen wäre, hätte er zu diskutieren begonnen."

Der Zentaur lächelte glücklich. „Ich glaube, ich bin auf der Stelle dem Zauber der Nixen erlegen. Da hat selten einer diskutiert, die haben sich alle mit seligem Blick ertränken lassen."

„So kann man es natürlich auch sehen", schmunzelte Bromer.

„Apropos erlegen sein", hüstelte Diandra, „Cheiron, die Quellmädchen und ich dürften jetzt kugelfest sein."

Aurëus nickte begeistert. „Für Cheiron musst du das aber in eine verständliche Form bringen, der kann mit kugelfest nichts anfangen."

„Dann eben unverwundbar", lachte Diandra.

„Sag aaaaaaaaaaaa", bat Aurëus, weil die Stimme der Nixe wirklich schlimm klang.

Diandra öffnete gehorsam den Mund, der Zauberer schaute sich den geröteten Hals an, reichte ihr nach kurzem Zögern eine Tasse heiße Milch mit Honig. „Das wird wieder."

„Sie haben es getan!", ertönte eine männliche Stimme hinter einem Busch und eine weibliche antwortete: „Hast du jemals daran gezweifelt?"

Cheiron tänzelte herum und glaubte, zu träumen. Da standen wirklich Zeus und Athene und waren kein bisschen überrascht, ihn hier zu sehen.

„Ich soll euch von Triton sagen, die Mädchen sind unversehrt zurückgekehrt", erklärte Athene.

„Klasse!", strahlte Diandra. „Sie waren wirklich unglaublich. Hat Spaß gemacht, mit ihnen zu schwimmen."

Zeus wandte sich flüsternd an Aurëus. „Ihr solltet Cheiron besser noch heute von hier fort bringen. Aus den Augen, aus dem Sinn."

„Baust du uns ein Portal? Dann gehen wir jetzt gleich", antwortete Aurëus.

Sekunden später erschien ein flimmerndes Tor, das die Retter mit Cheiron durchschritten.

Der Zentaur konnte sich beim besten Willen nicht ausmalen, was man mit ihm vorhatte. Sicher war nur, dass man ihn unter Einsatz des eigenen Lebens im Handstreich aus der Finsternis befreit hatte. Er war aufgeregt, wie nie zuvor.

„So, das ist deine neue Heimat", hörte er den Mann sagen, der sich ihm als Aurëus vorgestellt hatte.

Cheiron zuckte zusammen. Er schaute sich um, als sei er soeben aus einem schweren Traum erwacht. Sie standen am Ufer eines wundervollen Sees inmitten einer Wiese mit unzähligen Blumen und sattgrünem Gras. In der Ferne waren Wälder und Gebirge zu sehen. „Was ist das für ein Land?", fragte er leise.

„Das Elfenland, wo ewig Sommer und Frieden herrschen. Herzlich willkommen in meinem Königreich!" Viola reichte dem neuen Mitglied der Gemeinschaft beide Hände.

Der Zentaur fuhr sich mit beiden Händen durch das Gesicht, wo er das seltsame Ding vor seinen Augen berührte.

„Lass die Brille noch auf, deine Augen würden die Sonne nicht vertragen", schlug Diandra vor und Cheiron ließ die Hände sinken. Dieser Nixe, die wie ein Mensch aussah, würde er immer gehorchen.

Von allen Seiten fanden sich die unterschiedlichsten Wesen ein, um ihn zu begrüßen. Cheiron stand staunend da. Es war keine Übertreibung gewesen, als ihm Lars die Welt seiner Freunde beschrieben hatte. Drei weitere Drachen kamen aus dem Gebirge geflogen und auf einem hockte Lars, der Poet, der sich jubelnd in Cheirons Arme warf, lachte und gleichzeitig weinte.

Das Trommeln von Hufen ließ Cheiron innehalten. „Die Einhörner", hauchte er überwältigt. Dann entdeckte er Blitz, Flecki und Silber.

„Was denkst du? Hältst du es hier aus?" Lars boxte ihn fröhlich in die Rippen.

„Du kannst dir eine Höhle suchen oder ein Häuschen bauen, ganz wie du möchtest. Du wirst Pfeil und Bogen bekommen und kannst auf die Jagd gehen, wann immer du willst. Im See sind nicht nur vorwitzige Nixen und Wassermänner, sondern auch fette Fische", erklärte Boreas. „Jeder ist hier für jeden da, zum helfen, Spaß haben und einfach nur reden. Du kannst mit Pferden und Einhörnern herumstreifen oder mit den Drachen fliegen. Wo wirklich Gefahren lauern, zeigen wir dir natürlich auch."

Cheiron schaute sich immer wieder nach allen Seiten um. „Lasst mir bitte ein bisschen Zeit, das alles zu begreifen. Ich bin aus tiefstem Herzen dankbar für das, was ihr für mich getan habt."

Die Zauberer ließen wieder einmal eine Riesentafel erscheinen, Blitz und Flecki trugen die Nixen und Wassermänner aufs

Trockene, dann näherte sich die riesige schillernde Wolke der kleinen Elfen. Die ließen sich, wie es sich im Laufe der Zeit ergeben hatte, kichernd auf den Rücken der Einhörner und Pferde nieder und sparten nun auch Cheiron nicht aus, der das mit einem warmherzigen Lächeln über sich ergehen ließ. Ihr Angebot, ihm im Wald die besten Pilz- und Beerenstellen zu zeigen, nahm er dankend an. Natürlich versprach er ihnen, im Gegenzug für sie Kürbisse und harte Obstsorten in mundgerechte Happen zu zerlegen.

„Sieht ganz so aus, als knüpfe er schon erste Beziehungen", freute sich Viola.

Flecki betrachtete den Neuankömmling besonders interessiert. Er ging sogar ganz nahe an Cheiron heran, um sich zu überzeugen, dass das wirklich ein Körper im Ganzen und keine optische Täuschung war. Blitz schnaubte.

Cheiron lächelte. „Lass ihn ruhig schnuppern. Ich weiß doch, dass ich für die meisten hier das Wundertier schlechthin bin. Aber ich denke, sie werden sich an meinen Anblick gewöhnen."

„Ach, das war das richtige Stichwort!", rief Aurëus. „Du kannst die Brille abnehmen, die Sonne geht ja schon langsam unter und dürfte dich nicht mehr blenden."

„Morgen kommen unsere Lieben, die in der Menschenwelt leben", verriet Viola. „Du wirst sie mögen. Ich glaube, du und Marc, ihr könntet beste Freunde werden."

„Marc? Ist das der Mann, der eure Welt gerettet hat?"

„Na, du bist aber gut informiert!", staunte Viola.

Der Zentaur lachte herzlich. „Kein Wunder! Lars hat mit solcher Inbrunst über euch gesprochen, dass ich völlig gebannt zugehört habe. Ich weiß also auch, dass er dein Großvater ist. Ich freue mich sehr darauf, alle kennenzulernen." Er schaute zum See, wo Diandra mit ihren Schwestern kunstvolle Sprünge vollführte. „Wie geht es ihrer Stimme?"

„Schon viel besser. Diandra ist unsere Geheimwaffe, wenn immer es um Wasser geht", erzählte Viola.

„Ja, das habe ich gemerkt." Cheiron dachte an jenen Moment zurück, wo ihn zwei strahlende Augen aus dem Styx heraus beobachtet hatten. „Womit könnte ich ihr eine Freude machen?"

„Damit, dass du bei uns wirklich heimisch wirst", erwiderte Viola lächelnd. „Sie hat es geschafft, dich ins Licht zurückzubringen, das ist für sie der allergrößte Grund zur Freude. Die Idee, Diandra zu dir zu schicken, stammt aber von Flora."

„Dann habe ich mich doch nicht geirrt! Sie war die Frau, die ich bei Äolus an Zephyros' Seite gesehen habe!"

„Ja, mein Lieber, wir sind eine verschworene Gemeinschaft der unterschiedlichsten Wesen."

Aurëus ließ Kerzen auf dem Tisch erscheinen, denn der Abend neigte sich dem Ende und erste Sterne funkelten am samtschwarzen Himmel.

Pyron näherte sich. „Cheiron, du solltest heute Nacht in unserer Grotte schlafen und morgen ganz in Ruhe diese Welt erkunden. Bella wird dich begleiten, und dir die einzigen Tücken dieses Landes zeigen."

Cheiron seufzte. „Ja, das wird wohl das Beste sein. Obwohl es für mich noch sehr ungewohnt ist, in Drachenwesen keine Gefahr zu sehen."

„Mach dir keinen Kopf, mein Guter!", rief Lars. „Ich schlafe auch in der Drachengrotte. Und das haben ich und meine Freunde immer getan und wir leben noch. Im Wald laufen wesentlich schmackhaftere Bissen herum, als wir es sind."

„Wenn du möchtest, bekommst du einen Dolch", schlug Pyron vor.

Cheiron schüttelte den Kopf. „Nein. Ich werde euch, die ihr mir geholfen habt, nicht bewaffnet ins Haus kommen. Ich habe keine Furcht. Es ist nur neu für mich. Ich schätze, ihr werdet mich dahin tragen wollen."

„Ja, darauf läuft es hinaus", gab Zephyra zu. „Aber bis an den Fuß des Berges darfst du traben, wenn du möchtest. Dann geht es aber beinahe senkrecht nach oben."

„Ach, was soll es! Ich bin zu jedem Abenteuer bereit! Wenn es euch lieber ist, dann fliegt ab hier mit mir."

Aurëus ließ wieder zwei breite Gurte erscheinen, half Lars, diese dem Zentauren anzulegen und dann begaben sich alle auf den Weg zu ihren Schlafstätten. Zephyra trug Lars, Pyron Cheiron, Diandra und Bromer saßen auf Vulkanus. Der lud die beiden auch zuerst an der Grotte ab, weil sie so Cheiron in Empfang nehmen und mit dem Gurtwerk helfen konnten. Bromer ließ einen Lichtball zwischen seinen Händen erstrahlen, damit Cheiron den Weg hinein gut sehen konnte.

„Grandios!", flüsterte der Zentaur, als er an den blankgeputzten Ritterrüstungen verschiedener Jahrhunderte vorbeiging, die seit Jahren den langen Gang in die Grotte schmückten. Drinnen blieb er überrascht stehen, schaute und staunte. Er erkannte alles wieder, was Lars in unzähligen Gesprächen und seinen Liedern beschrieben hatte. Da war der Traumfänger mit den bunten Federn, der Sims mit den Bildern und der Silberplatte, die Feuerstelle, auf der die Freunde der Drachen wundervolle Gerichte kochten, der geheimnisvolle Spiegel mit dem Portal und der Seitenstollen mit den Schlafplätzen. Es duftete nach frischem Heu und Heilkräutern, die separat lagen, um jederzeit erreichbar zu sein.

„Die sortieren die kleinen Elfen und unsere Freunde aus dem Heu, weil wir mit unseren großen Krallen nicht so feine Arbeiten verrichten können", erklärte Zephyra. „Oben auf dem Gipfel haben wir einen kleinen Garten, wo Obst, Gemüse und Würzkräuter wachsen. Selbstgemacht schmeckt eben doch am besten."

Verblüfft schaute der Zentaur das Drachenweibchen an.

„Wenn Marc da ist, teleportiert er dich bestimmt hoch, damit du es mit eigenen Augen sehen kannst."

Die drei anderen Schlafgäste nahmen Cheiron mit in den Seitenraum, wo sich jeder ganz nach Belieben ein Lager aus Heu aufschüttete. Der Zentaur suchte sich eine Ecke, um nicht versehentlich im Schlaf jemanden mit seinen Hufen zu verletzten.

„Ach, tut das gut", seufzte er. „Einschlafen und sich darauf freuen, am nächsten Morgen die Sonne zu sehen. Welch ein Gefühl! Gute Nacht, liebe Freunde!"

„Gute Nacht, Cheiron!", antworteten alle im Chor.

Nur war für Cheiron an sofort schlafen, nicht zu denken. Er war viel zu aufgewühlt und ging den völlig verrückten Tag immer wieder in Gedanken durch. Und als er dann endlich schlief, hatte er ständig das Bild zweier Augen vor sich, die ihn neugierig und sehr erfreut gemustert hatten und die mitsamt einer wundervollen Nixe langsam zur Wasseroberfläche aufgestiegen waren, um ihn in ein Wechselbad widersprüchlicher Empfindungen zu stürzen.

Am Morgen weckte ihn das leise Schleifen der Drachenkrallen auf dem Steinboden. *Sie fliegen wohl gerade zur Jagd,* überlegte er. Er hob witternd die Nase. *Nein, sie müssen schon erfolgreich gewesen sein, es riecht nach Blut.* Ganz vorsichtig stand er auf und versuchte, die Hufe möglichst geräuscharm auf den Boden zu setzen. Dann lugte er etwas zaghaft um die Ecke. Was werde wohl geschehen, störte er die beiden beim Fressen?

„Guten Morgen!", flüsterte da auch schon Zephyra. „Komm ruhig näher. Ich mache gleich Feuer, damit die Grotte etwas wärmer wird." Schnell spie sie eine Feuergarbe ins Holz und danach heißen Atmen auf den Boden der Höhle, der sich sofort angenehm erwärmte. „Unsere zweibeinigen Freunde mögen es kuschelig", erklärte sie schmunzelnd. „Möchtest du etwas Warmes trinken? Kamille, Pfefferminz oder bunt gemischt?" Sie deutete auf den Wassertopf und stellte ein einfaches Holztablett mit mehreren Bechern auf den Tisch.

„Gern", freute sich der Zentaur, sich den Kräuterbündeln zuwendend. Ein Blättchen hiervon, eins von da und von etwas, das er gar nicht kannte, das aber verführerisch duftete, steckte er in seinen Becher.

„Einen Löffel, um den Grünkram dann aus dem Becher zu fischen, musst du dir aus dem Kasten da hinten holen", erklärte Zephyra, was Cheiron auch sofort machte.

Dabei staunte er über all die Sachen, die noch in der kleinen Nische standen oder lagen. Hier schien wirklich alles auf zweibeinige Gäste eingerichtet zu sein. Er stand gerade mit dem Schweif zum Spiegelportal und auch noch genau davor, als er einen heftigen Stoß erhielt und erschreckt einen Satz nach vorn machte.

Der Mann, den es mit Schwung hinausbefördert hatte, begann zu lachen. „Ich hätte fast gesagt, da steht ein Pferd auf dem Flur. Ich hoffe, du bist mir jetzt nicht böse." Er reichte Cheiron die Hand hinauf. „Guten Morgen, ich bin Thomas."

„Sehr erfreut! Ich bin Cheiron."

Da quollen auch schon die anderen aus dem Portal und purzelten wieder einmal wild übereinander.

„Au weia", murmelte der Zentaur. „Ist das jetzt meine Schuld?"

„Nein, nein", wiegelte der nächste Mann ab. „Das macht es öfter, um uns zu necken. Schön, dass du da bist. Mein Name ist Marc."

Cheiron half ihm rasch auf und auch den anderen, die lachend auf dem Boden lagen, weil das Tor diesmal die Passage besonders schwungvoll gestaltete. Allerdings konnte er das Gewicht der beiden Elfen nicht einschätzen und zog mit etwas zu viel Kraft. Das Ende vom Lied, die beiden flogen kichernd bis an die Decke.

„Oh je, oh je", hauchte Cheiron. „Hoffentlich seid ihr mir jetzt nicht böse."

„Ganz bestimmt nicht", riefen Galantha und Stella im Chor.

Das fröhliche Tohuwabohu lockte Bromer, Lars und Diandra aus dem Heu.

Martha war schon im Frühstücksmodus. Sie legte Besteck auf, verteilte die Becher und bat Cheiron, ganz einfach den Platz zu wählen, den er gern haben mochte. „Hier nimmt jeder, was gerade frei ist. Wenn du das untere Tischende haben möchtest, weil du dich da nicht so eingeengt fühlst, dann sollst du es haben."

„Hat jemand Appetit auf Wildschwein?", fragte Pyron. „Ich habe einen kapitalen Keiler erlegt!"

„Her mit dem Speck!", jubelte Thomas und Marc griff nach einem großen Messer.

„Darf ich helfen?", bat Cheiron leise.

Pyron und Marc nickten erfreut.

Und der Drache fügte hinzu: „Perfekt! Da kann ich ja gleich hier hocken bleiben. Zwei kräftige Männer packen das auch allein."

Wie es Viola vorhergesagt hatte, ergänzten sich die beiden unterschiedlichen Wesen ideal, hatten Zeit, sich kennenzulernen und freuten sich auf gemeinsame Stunden.

„Das Fleisch decken wir mit den Schilden da hinten ab, wegen der Raben. Die Schlachtabfälle holen sich dann gleich die Drachen, bevor die Vögel die besten Stücke stehlen", erklärte Marc, Cheiron den Speck gebend, damit Galantha schon einige Streifen scharf anbraten konnte.

Die Drachen eilten auch wirklich sofort zum Eingang der Grotte, um Futterdieben zuvorzukommen. Das Brechen der Knochen konnte man bis zum Tisch hören, wie der Zentaur überrascht feststellte.

„Ich habe deinen Tee warm gehalten", verriet Stella, als der Zentaur ungläubig den heißen Becher zwischen den Fingern drehte.

Ein Zug des Begreifens ging über Cheirons Gesicht. „Lieben Dank! Ich habe schon wieder völlig ausgeblendet, dass sehr viele von euch unglaubliche Fähigkeiten haben."

„Da passt du doch hervorragend dazu", schmunzelte Marc.

„Ich??? Wieso? Was kann ich schon Besonderes?" Cheiron schaute betreten in die Runde.

Marc lächelte breit: „Erstens bist du ein Zentaur, schon das ist etwas Besonderes. Zweitens singt man dir allerorten in der Menschenwelt, aber auch bei den Halbgöttern Loblieder in den höchsten Tönen, weil du ein weiser Erzieher bist. Drittens bist du heilkundig und viertens von den Toten auferstanden, was dich jetzt erneut unsterblich macht. Dass du seit den unfreiwilligen Bädern im Styx, zu denen dich Diandra genötigt hat, unverwundbar bist, ist erst recht nicht die Regel. Also: Herzlich willkommen in unserer Gemeinschaft der ein bisschen anderen."

Marc reichte ihm die Hand und Cheiron schlug ein, weil er spürte, dass das von ganzem Herzen kam.

Alfons beobachtete Cheiron besonders erfreut, denn schließlich hatte er sich in seinem menschlichen Leben Jahrzehnte mit den griechischen Sagen und somit auch Cheiron befasst.

„Achtung der Speck ist fertig", rief Galantha und tafelte für Cheiron als Ersten auf.

Diandras Magen begann zu knurren. Sofort schob Cheiron sein Brettchen zu ihr hinüber. „Nur ein Stückchen", lachte die Nixe, es sich nehmend. „Ich weiß auch nicht, warum ich heute so hungrig bin."

„Vielleicht, weil du gestern wie ein Wirbelwind durch den See getobt bist", blinzelte Cheiron, worauf Bromer heftig nickte.

Diandra war so euphorisch über ihre schier unmögliche Heldentat gewesen, dass sie an jedem noch so verrückten Nixenspiel teilgenommen hatte, um sich abzureagieren. Cheiron steckte sich ebenfalls ein Stück der knusprigen Leckerei in den Mund, um es mit halb geschlossenen Augen zu genießen.

„Du zelebrierst es, endlich wieder richtige Speisen zu dir zu nehmen", stellte Marc lächelnd fest.

„Oh ja, und daraus mache ich kein Geheimnis", seufzte Cheiron. „Ich lebe und das kann ich mit jeder Faser meines Körpers spüren."

Lars setzte ein genüssliches Grinsen auf. „Ach, das ist so beinahe das Schönste, was mir widerfahren konnte, einem lieben, hoch geschätzten Freund eine kleine Gefälligkeit zu erweisen. Da möchte ich Ares fast schon dankbar sein, dass er mich zu Hades verfrachtet hat."

„Kleine Gefälligkeit?", entsetzte sich Cheiron.

„Jawohl, eine ganz kleine Gefälligkeit, denn du hast mir so beinahe alles gerettet, was ich habe. Ich habe allen erzählt, was du für Mühen auf dich genommen hast, damit ich nicht erstickt bin. Ohne meine Zunge hätte ich nie wieder singen können. Genau das war es ja, was Ares wollte. Aber ohne meine vielen Freunde, die nun auch deine sind, wären wir beide nicht hier. Zephyra ist die,

die den Stein ins Rollen gebracht hat. Ein dreifaches donnerndes Hoch auf eine wundervolle Drachendame!"

„Nein", rief Zephyra, „hätte Bella nicht die Zügel durchtrennt, wäre vielleicht alles anders gekommen. Sie war auch diejenige, die zuerst nach Lars gesucht hat."

„Habe ich gerade meinen Namen vernommen?", tönte es vom Eingang der Höhle und einen Moment später kam Bella herein. „Guten Morgen, meine Lieben, ich habe euch ein Brontornis-Ei mitgebracht."

„Du hast doch nicht etwa ...?!" Zephyra schaute ihre Tochter erschreckt an.

„Doch, ich habe. Ich bin schließlich meines Vaters Tochter." Bella grinste vergnügt Pyron an und ließ das riesige Ei aus ihrer Flughaut in Marcs Hände gleiten. „Es ist zwar für jeden nur ein Löffelchen voll, aber zur Feier des Tages, erschien es mir angemessen." Sie ließ sich neben Cheiron nieder, der seine neue Tischnachbarin neugierig musterte. Das war also der Drache, der Ares zu Fall gebracht hatte und nun sofort fragte: „Ist bei dir alles in Ordnung? Hast du gut geschlafen?"

„Aber ja! Mir ging es schon sehr lange nicht mehr so gut."

Bella rieb ganz vorsichtig ihren Kopf an seiner Schulter.

„Drachen mögen es, wenn man sie zwischen den Hörnern krault", rief Diandra blinzelnd über den Tisch.

„So?", fragte Cheiron, seine Finger auf Bellas Kopf kreisen lassend.

„Ja, ja, ja", schmunzelte die kleine Drachendame mit selig verdrehten Augen. „Hach, fantastisch. Es ist toll, wenn ein Tag so beginnt", seufzte sie unter dem Gelächter der Freunde. „Hab ich mir doch genau den richtigen Platz am Tisch ausgesucht."

„Mich reißt es die ganze Zeit, Cheiron zu streicheln", murmelte Martha.

„Wirklich?!", staunte der Zentaur, der die Worte sehr wohl vernommen hatte. „Sonst haben sich immer alle vor mir gefürchtet. Immer, wenn einer einen Kinderschreck brauchte, mussten die Zentauren her halten."

„Das weiß ich", erwiderte Martha sanft. „Aber auch, dass man es mit gemeiner List und Tücke so hingebogen hat, dass sie immer als die Bösen dastanden."

Cheiron nickte. „Ja, genau so war es. Wenn du es wirklich möchtest, dann darfst du gern mein Fell anfassen."

Martha kam auch sofort heran, um ihre Hand sacht über Cheirons Pferderücken gleiten zu lassen. „Es fühlt sich anders an, als das Fell von Blitz – dichter und nicht so glatt."

Der Zentaur schaute sie überrascht an. „Blitz lässt sich streicheln?"

„Aber ja. Wir kuscheln sehr oft mit ihm. Ich glaube, er holt alles nach, was ihm früher gefehlt hat. Liebe hat er wohl erst bei uns kennengelernt."

„Na, das wundert mich nicht", gab Cheiron zu. „Ares sieht in seinen Rappen willenlose Kriegsgeräte, die zu gehorchen und zu funktionieren haben. Dass mein Fell nicht so glatt ist, liegt wohl daran, dass ich mein ganzes Leben im Gebirge zugebracht habe. Da war dichte Unterwolle nötig, um die Kälte zu ertragen."

Ares' Sklavendienst

Während sich Cheiron ganz langsam daran gewöhnte, wieder in der Welt der Lebenden zu weilen, und neue Kontakte knüpfte, erging es Ares alles andere, als gut.

Der Gott des Krieges hatte seinen Dienst bei Hades überpünktlich begonnen, um bloß nicht noch irgendwelchen Zusatzärger zu bekommen. Kerberos hatte ihn mit einem unwilligen Schnaufen passieren lassen, weil er es hasste, wenn er auf Geheiß seines Herrn Lebende einlassen musste.

Ares ging erhobenen Hauptes und festen Schrittes seinen Weg in die Finsternis, glaubte er doch, zuerst ein Gespräch mit Hades führen zu können. Nur sah er plötzlich den verlassenen Nachen am Ufer des Styx, der die Seelen der Verstorbenen ins Reich der Schatten übersetzte. Von Charon, dem Fährmann, fehlte jede Spur. Ares wartete lange – sehr lange. Dann begriff er. Zähneknirschend machte er das Tau los, fasste nach den Rudern, wohl wissend, dass er sie für die Dauer seines Hierseins nicht mehr losbekommen werde, genau so wenig, wie er den Kahn verlassen konnte.

Mit einem Gesicht, noch finsterer als die dunkelsten Schatten, fügte er sich in sein Schicksal. Welche Tageszeit war, oder gar wie viele Tage vergangen waren, hätte er nie genau sagen können. Dafür hätte er die Mahlzeiten zählen müssen, die ihm Charon reichte. Es gab ein Mal kaltes und ein Mal warmes Essen. Ab dem dritten Zyklus, der wohl auch der dritte Tag sein musste, teilte sich Ares die Nahrungsmittel sorgfältig ein, um immer etwas essen zu können, wenn der Magen knurrte. Der Krug Wasser, im Boot zu seinen Füßen, füllte sich jedenfalls immer von allein wieder bis an den Rand. Wurde er müde, konnte er nur auf seiner Ruderbank schlafen, um sofort zur Stelle zu sein, wenn eine neue Seele die Anlegestelle erreichte.

Am unwohlsten fühlte er sich, wenn er Schatten übersetzen musste, die durch seine angezettelten Krieg ums Leben gekommen waren. Mal waren es die Kämpfer selber, mal einfache Leute, die zur falschen Zeit am falschen Ort gewesen und getötet worden waren. Aber auch jene, die als Kriegsbeute verschleppt, als Sklaven verkauft worden und so unter menschenunwürdigen Bedingungen elendig verreckt waren, kamen hier an.

Die stummen Schatten hockten in seinem Kahn und starrten ihn an. Die einen anklagend, die anderen mit unverhohlener Schadenfreude. Ihre Blicke würde er wohl nie wieder vergessen. Nicht etwa, dass sie sein Herz anrührten! Entweder hatte er keins, oder es war aus Granit. Das völlig lautlose Starren ärgerte ihn ganz einfach zutiefst. Nur wagte er nicht, sein Mütchen an den Schatten zu kühlen, indem er sie anfauchte. Hades war ein gestrenger Herr und er im Augenblick dessen Sklave. So biss er die Zähne zusammen und gehorchte. Dass die Wut auf Zephyra und ihre Freunde fast ins Grenzenlose stieg, verstand sich fast von selbst. Nicht er war Schuld an dem, was er gerade erlebte, das waren einzig und allein die anderen.

Charon mied Ares, wann immer es sich einrichten ließ. Und wenn er gezwungen war, zu ihm zu gehen, um ihm die Speisen zu reichen, schwieg er genau so beharrlich wie die Schatten. Aber er genoss es, den verhassten Gott leiden zu sehen. Immerhin war der es doch, der ihn an manchen Tagen keinen Augenblick zur Ruhe kommen ließ, wenn Hunderte Einlass in das Reich der Finsternis begehrten und über den Fluss gebracht werden mussten.

Am Anfang hatte Ares noch versucht, Charon zu bewegen, Hades zu ihm zu bitten. Der Fährmann hatte stumm den Kopf geschüttelt und mit der rechten Hand eine Bewegung gemacht, als wische er etwas vom Tisch. Womit für ihn das Thema Botendienst auch von selbigem war. Was scherten ihn Ares' Befindlichkeiten?

Als das halbe Jahr Plackerei am Styx zu Ende ging, und Hermes erschien, um Ares zu Sisyphos zu bringen, warf Ares Charon die Ruder des Nachens vor die Füße, womit er sich Charon ganz bestimmt nicht noch zum Freund machte. Der hob sie schweigend auf und wandte sich ohne erkennbare Regung seiner angestammten Arbeit zu.

Ares wusste, dass Hermes damals Sisyphos zu Hades gebracht

hatte, wie alle anderen Seelen. Genau so war ihm bekannt, dass es Sisyphos, dem renitenten König von Korinth, mehrmals gelungen war, aus dem Reich der Schatten zu entfliehen, beziehungsweise nach seinem Tod gar nicht erst dort anzutraben. Also ein Mann, ganz nach seinem Geschmack.

Aber auch Hermes galt als listig ...

Nur hatte Ares bisher nie etwas ausgelassen, diesen zu verärgern. Nun wartete der Kriegsgott auf Ansprache durch seinen Begleiter, die er nicht bekam. *Kaum zu glauben, dass dieser maulfaule Kerl mein Halbbruder ist,* überlegte er missmutig. *Schöne Verwandtschaft!*

Dass ebenjener Halbbruder, und Bote des gemeinsamen Vaters Zeus, nur mit den Schultern zuckte, nahm er sehr persönlich. Als der dann auch noch halblaut sagte: „Es gibt da einen ganz feinen Unterschied zwischen uns, nämlich, dass ich zu 100 Prozent verlässlich gegen meine Auftraggeber bin", entgleisten Ares regelrecht die Gesichtszüge.

Müßig, zu erklären, dass im Augenblick Hades die Aufträge vergab. Hermes führte Ares auf kürzestem Weg zu jenem Berg, auf dessen Spitze Sisyphos den Felsbrocken ablegen sollte, wenn er endlich Frieden finden wollte.

„Dürfen wir zu zweit den Stein nach oben bringen?", fragte Ares hintergründig.

„Definitiv nicht. Nur einer von euch darf ihn jeweils berühren", erklärte Hermes und fügte hinzu, als er das schlecht versteckte Leuchten in Ares' Augen gewahrte: „Lass dir nicht einfallen, mit irgendwelchen Tricks arbeiten zu wollen. Hier unten funktionieren deine göttlichen Kräfte nicht. Sisyphos Aufgabe, die nun für Monate deine ist, gilt dann als erfüllt, wenn der Stein ohne Hilfsmittel auf dem Gipfel liegen bleibt. Das heißt auch, dass der Untergrund dort oben nicht bearbeitet werden darf."

Lautes Poltern deutete an, dass der letzte Fehlversuch erst den Bruchteil einer Sekunde her war. Dem rollenden Stein folgte eine halbe Stunde später Sisyphos. Schweißüberströmt und mit leerem Blick stolperte er den Hang herab. Ihm schien noch niemand

gesagt zu haben, dass er ein halbes Jahr Galgenfrist zur Erholung bekommen sollte.

„Kein Scherz?", fragte er sehr vorsichtig, als ihm Hermes die Ruhepause offerierte.

„Nein. Hades hat es so bestimmt", erklärte Hermes, worauf Sisyphos einen Jubelschrei ausstieß, der mit jeder Sirene mithalten konnte. „Du musst Ares nur mit Wasser und Nahrung versorgen. Kleiner Hinweis, damit du nicht versehentlich in eine Falle tappst, aus der du noch schlechter hervorgehst: Nur Ares darf bis auf Widerruf den Stein berühren. Auch für ihn gilt, der Untergrund darf nicht verändert werden."

Ares knirschte so deutlich mit den Zähnen, dass Sisyphos beschloss, auf äußerster Hut zu sein. Seine Strafe war jetzt schon eine furchtbare Tortur. Tag für Tag musste er mehrmals den Felsblock bergauf wälzen, der sich meist schon auf halber Strecke selbstständig machte und ins Tal zurückrollte. Was Ares ausgefressen hatte, um so bestraft zu werden, wollte er lieber gar nicht wissen. Dann fiel ihm ein, dass Hades ja gar kein Olympier war, Ares hingegen schon ...

Nein, ich will es nicht wissen. Ohren zu und gut! Sisyphos holte frisches Wasser aus der nahen Quelle und übernahm von einem der dienstbaren Geister hier unten warmes Fladenbrot für den Kriegsgott, der mit zusammengekniffenen Augen sowohl den Berg als auch den Felsbrocken taxierte.

Hoffentlich muss ich es nicht ausbaden, wenn Ares Dummheiten macht, überlegte Sisyphos beunruhigt, weil der Gott nicht aussah, als wolle er heute den Felsblock überhaupt ein Mal von der Stelle bewegen.

Da nahte aber auch schon jener Schatten, der auch Sisyphos stets angetrieben hatte und wisperte: „Auf Verweigerung steht Nahrungsentzug. Es liegt ganz an dir, ob du ausreichend Essen bekommst."

Mit einem giftigen Knurren stemmte sich Ares gegen den Stein und begann, ihn den Hang hinauf zu bugsieren. Nach etwa einhundert Metern glaubte er, die Sache im Griff zu haben, als ihm der riesige Brocken entglitt und sich auf den Weg nach unten machte.

„Verdammter Dreck!", tobte Ares und startete den zweiten Versuch, kurz darauf den dritten, den vierten ...

Völlig ausgepumpt gab er es für diesen Tag auf. Er hatte bei neun aufgehört, zu zählen. Und während er auf der Stelle einschlief, lag Sisyphos noch ewig wach, sein ganzes Leben und was danach gekommen war, gründlich überdenkend. Nicht zum ersten Mal, wie er sich eingestand.

Das leise Klappern von Krug und Schüssel weckte den Kriegsgott am Morgen. Fast hätte er Sisyphos unwirsch angefahren, wie er es wagen könne, ihn aus dem Schlaf zu reißen. In allerletzter Sekunde fiel ihm ein, wo er sich befand, und biss sich auf die Zunge. Das ewige Halbdunkel, hier im Reich der Schatten, schlug ihm zudem auf das Gemüt. Keine Sterne am Himmel, keine Sonne, nur Grau in Grau. Dabei wusste er ganz genau, dass es auch hier Orte gab, an denen es hell war und wo Blumen aus dem Gras hervorlugten.

Hades hatte den triganischen Sänger an solch einem Ort gefangen gehalten. Beim Gedanken an den Triganer verzog sich Ares' Gesicht zu einer wüsten Fratze. Oh, wie er diesen Kerl und seine vermaledeiten Freunde hasste!

Ares wandte sich der Schüssel zu und konnte gerade noch sehen, wie sich die Hälfte des Inhaltes in Luft auflöste. „Heh! Was soll das?!"

„Du bist zu spät aufgestanden", versuchte Sisyphos zu erklären, worauf ihn der aufgebrachte Gott anfauchte: „Mach du mir noch Vorschriften! Wärst du nicht so ein Vollidiot gewesen, müsste ich jetzt nicht diesen Stein da hoch wuchten!"

Sisyphos presste die Lippen zusammen. *Auch du wirst deine Lektion lernen,* hämmerte es in seinem Hirn. Dann entdeckte er, dass das was aus Ares' Schüssel verschwunden war, in seiner lag. Mit einem breiten Grinsen ließ er es sich schmecken. *Danke Hades!*

Zutiefst verwundert registrierte der Herr der Unterwelt die Dankbezeugung.

Am nächsten Morgen versuchte Sisyphos, Ares pünktlich zu wecken. Das Donnerwetter fiel erheblich größer aus, als der kleine Hinweis am Vortag. Sisyphos zuckte mit den Schultern und ließ sich mit bestem Gewissen die Dreiviertelration schmecken, die Hades Ares vom Frühstück abzog. Sisyphos verschwendete auch keinen Gedanken mehr daran, Ares ein paar Ratschläge geben zu wollen, damit der den Felsbrocken kraftsparend rollen konnte. Sollte der arrogante Schnösel doch seine Erfahrungen selbst und besonders schmerzhaft sammeln, weil er es offenbar nicht anders wollte. Sisyphos fand einen Stein, der wie ein Faustkeil geformt war und begann Bilder in den lehmigen Boden zu ritzen, um nicht sinnlos herumzusitzen.

Ares bekam einen Wutanfall, als er dies gewahrte, während er zum wer weiß wievielten Mal unverrichteter Dinge vom Berg herab wankte. Er trampelte auf dem kleinen Kunstwerk herum und tobte wie ein Irrer. Sisyphos, gewohnt alles immer wieder von vorn beginnen zu müssen, machte sich mit stoischer Ruhe daran, das Bild neu zu erschaffen. Hades, der wegen des Gebrülls des Kriegsgottes unsichtbar erschienen war, um nach dem Rechten zu sehen, grinste sich eins. Sisyphos machte sich nicht einmal die Mühe, dem Tobenden aus dem Weg zu gehen, womit er Ares noch mehr reizte.

Nach ein paar Tagen fand Sisyphos eine kleine Tongrube. Er begann eine Figur zu kneten, die Persephone, der Gattin des Hades täuschend ähnlichsah. Natürlich unter den unsichtbaren Augen des Herrn der Unterwelt, der beschloss, Sisyphos um das fertige Figürchen zu bitten. Der schaffte es sogar, von Ares unbehelligt, den Ton zu brennen. Aber nur, weil der Kriegsgott vorgenommen hatte, ihm besonders sadistisch eins auszuwischen. Kaum war die kleine Statuette fertig, schmetterte sie Ares an den erstbesten Felsen, wo sie in tausend Stücke zersprang.

Sisyphos atmete tief durch und holte sich einen neuen Klumpen Ton. Hades knirschte mit den Zähnen. Als Ares das nächste Figürchen zerstören wollte, verschwand es zu seinem Entsetzen aus seiner Hand. Zugleich füllte sich Sisyphos' Essenschale mit

Weintrauben, die sich dieser mit Dankbarkeit an den edlen Spender besonders gut schmecken ließ. Dann zierte ein so behagliches Lächeln sein Gesicht, dass Ares am liebsten vor Wut mit den Fäusten darin herummarschiert wäre.

Auch hatte Ares nach drei Monaten die Nase voll von der sinnlosen Plackerei mit dem Felsbrocken. Als ihm wieder einmal der Stein entglitt, als er schon auf der Bergspitze angekommen war, blieb er fast eine Stunde vor Ort, um sich den Boden etwas näher anzuschauen. Die fast waagerechte, völlig ebene Fläche war in der Tat so winzig, dass selbst ein Atemhauch genügte, den Felsblock aus dem Lot zu bringen, falls man es denn überhaupt schaffte, den schweren Brocken bis hierhin zu rollen. Ein Künstler, der dann noch die Kraft hatte, den Schwerpunkt genau auszutarieren.

Wozu soll ich es überhaupt schaffen, überlegte er angesäuert. *Damit dieser Kerl da unten ins Reich der Schatten einziehen kann. Was kümmert es mich? Ich bin in paar Wochen wieder weg, egal ob der Stein oben liegt oder nicht. Ich werde mich aber nun ganz stark zurückhalten, jetzt, wo ich weiß, dass er niemals liegen bleiben wird.*

Nur war da halt noch die Regel mit dem Essen, die Ares nicht ins Kalkül gezogen hatte ...

Es dauerte keine drei Tage, da trabte er ganz brav wieder mehrmals mit seiner unseligen Last bergan.

Am letzten Tag Sklavendienst konnte es sich Ares nicht verkneifen, Sisyphos des Langen und Breiten zu erklären, wieso und warum der Stein gar nicht liegen bleiben konnte. Dabei lauerte er auf dessen Reaktion, in der Hoffnung, Entsetzen oder tief sitzende Enttäuschung auf dessen Gesicht zu entdecken.

Stattdessen grinste Sisyphos Ares breit an. „Und du meinst, das hätte ich nicht schon nach ein paar Versuchen festgestellt? Es ist ja als Strafe für alle Ewigkeit für mich gedacht und nicht als Freizeitvergnügen. Wer hätte, außer mir, ein Interesse daran, dass der Stein da oben bleibt? Keiner, mein Bester. Dich hat es nie wirklich interessiert, weil du sicher warst, heute gehen zu können. Wozu solltest du dir da den Buckel für einen anderen krumm arbeiten. Auch wenn du, zu deinem eigenen Schaden, meinen Rat immer verschmäht hast, gebe ich dir noch einen mit auf deinen Weg nach Hause: Überdenke dein Leben. Auch Götter sind nicht völlig unsterblich. Die Sache mit dem Stein ist nur eine geringe Strafe, im Gegensatz zu dem, was einigen anderen hier unten widerfährt. Und trotzdem Lebewohl und nicht auf Wiedersehen."

Sisyphos schob Ares beiseite, obwohl noch fast zwei Stunden Zeit waren, bis dessen Dienst wirklich endete, strich mit der Hand sanft über den Felsbrocken und murmelte: „Dann wollen wir mal ..."

Ares' Unterkiefer klappte fast bis auf die Spitzen seiner Sandalen.

Irgendwann erschien Hermes, der ihn aus der Unterwelt wieder zurück ins Licht führen sollte. Der Gott des Krieges schaute sich nach ein paar Metern noch einmal um und glaubte nicht, was er sah. Sisyphos deponierte soeben den Felsblock auf dem Gipfel des Berges, riss triumphierend beide Arme nach oben und zerfloss mit einem weithin schallenden Jubelschrei zu einem Schatten.

„Eigentlich erstaunlich, wie oft deine Bösartigkeiten zu etwas Gutem führen", schmunzelte Hermes. „Sisyphos hat endlich seine Ruhe gefunden, Cheiron ist wieder im Licht ..."

„Was???" Ares fuhr herum und starrte seinen Halbbruder in einer Mischung aus Unglauben und Entsetzen an. „Was habe ich mit Cheiron zu schaffen?"

„Mit ihm zwar nichts", grinste Hermes, „aber mit Lars, dem Triganer. Der hat dafür gesorgt, dass der gute alte Cheiron wieder auf satten Wiesen unter einem blauen Himmel wandeln kann. Und falls du dich wunderst, warum Sisyphos plötzlich erlöst wurde – der hat aufrichtigen Herzens alles versucht, um dich vor Schäden und Strafen zu bewahren. Er war bei deinem Verhalten ehrlich entsetzt, wie tief man noch sinken kann."

Ares hob schon an, Hermes in die Parade zu fahren, als dieser hinzufügte: „Mäßige dich, solange wir nicht wenigstens am Styx sind. Es könnte sonst sein, dass ich von deiner Seite verschwinde. Du weißt, wie das endet."

Ja, Ares wusste aus vielen Beispielen, was dann geschah – eine viele Jahre lange Suche nach dem Ausgang, den die meisten allerdings niemals aus eigener Kraft fanden.

„Soll ich dir noch einen guten Rat zum Abschied geben?", sprach Hermes weiter, und ohne auf Zustimmung zu warten: „Halte dich einfach von den Elfenweltbewohnern und ihren Freunden fern."

Der Blick, mit welchem Ares Hermes daraufhin bedachte, ließ Hermes hell auflachen. Es war wohl noch öfter damit zu rechnen, den Kriegsgott in selbst verbocktem Schlamassel zu erleben. Denn der werde sich nicht zügeln können.

„Eine feste Größe im Weltgefüge", grinste Hermes und wechselte zum wiederholten Mal komplett die Richtung, ohne dass überhaupt ein Weg zu sehen gewesen war.

Als Ares noch überlegte, ob er das nur tat, um ihn zu verwirren, tauchte in der Ferne der fast nachtschwarz glitzernde Styx auf. Vorsichtshalber, um auf den letzten Metern nicht noch etwas zu verderben, ließ sich Ares direkt bis an den Steg führen, wo Hermes im Bruchteil eines Wimpernschlages verschwand, als sei er nie da gewesen.

Charon hielt Ares die Ruder entgegen, was dieser mit einem Fingertippen an die Stirn ignorierte. Fasste er jetzt zu, müsste er auf ewig hier unten bleiben, bis es Hades anders bestimmte. Ares' schien es sogar, als habe Charon dabei gelächelt. *Kann der so was überhaupt*, huschte es durch seine Gedanken. Aber auch: *Äußerste Vorsicht auf den letzten paarhundert Metern!* Am anderen Ufer stieg er wortlos aus und würdigte Charon nicht eines Blickes.

Bei dem gemächlichen Tempo, das Ares wählte, brauchte er noch fast eine Stunde, bis das Grau der Schattenwelt langsam heller wurde und der Ausgang zu sehen war. Kerberos saß in einer Nische, um nicht vom Tageslicht getroffen zu werden, und murrte schlecht gelaunt vor sich hin, weil er Ares, wie alle anderen die den Tartaros verließen, nicht behelligen durfte.

„Halt die Klappe, hässlicher Köter", knurrte ihn der Kriegsgott in der gleichen Tonlage an, als er endlich die Schwelle zur Welt der Lebenden überschritt.

Hermes war zu Hades zurückgekehrt und erstattete Bericht. „Völlig verstockt und irgendwie ratschlagsresistent“, waren gleich die ersten Worte.

„Was glaubst du wohl, warum ich Sisyphos seinen Frieden so geschenkt habe, dass es Ares sehen konnte? Ich denke, Sisyphos wird irgendwann einen Nachfolger zum Steinerollen bekommen. Wahrscheinlich sogar jemanden, der schon kurzzeitig in diese Aufgabe hinein geschnüffelt hat.“ Hades ließ seine Fingerspitzen über das Tonfigürchen gleiten, das auf einem Tisch neben ihm stand. „Für Sisyphos wäre es ein Leichtes gewesen, sich durch ein paar kleine Gemeinheiten, täglich doppelte Ration Essen zu ergaunern. Er hat es nicht getan. Im Gegenteil. Immer wieder hat er versucht, Hades die Regeln zu erklären und ihn zu wecken, wenn er es verschlafen hat. Einmal direkt, dann immer wieder durch laute Geräusche.

Ich habe die beiden mehrmals täglich unsichtbar besucht und war erstaunt, wie gut der eine mit dem miesen Charakter des anderen umgehen konnte. Sisyphos hat Ares oft in Gedanken als Spiegel seines Lebens gesehen. Ich war nur völlig überrascht, als er begonnen hat, sich künstlerisch zu betätigen und das Schöne des Lebens darzustellen. Ich hatte erwartet, er werde sich dem Müßiggang hingeben. Und mit welcher Geduld er die Gemeinheiten von Ares ertragen hat! Selbst ich wurde ganz kribbelig, als der die erste Statuette vernichtete. Die zweite, die das gleiche Schicksal erleiden sollte, habe ich lieber gerettet, bevor der Künstler die Lust verlor und sich wieder neue Herausforderungen suchte.“

Hermes schaute Hades amüsiert an. „Kann es sein, dass du im Augenblick milder gestimmt bist, als üblich?“

Hades grinste, sich die Hände reibend. „Ich hab ja auch gute Gründe. Hier unten war schon lange nicht mehr so viel los wie in den letzten beiden Jahren. Lars' Gesellschaft war eine eindeutige Bereicherung, das Schicksal von Cheiron erfreut mich – da drücke ich sogar gern beide Augen zu, dass man ihn mir unter der Nase weg entführt hat – und dann der Spaß mit Ares. Der wird jetzt

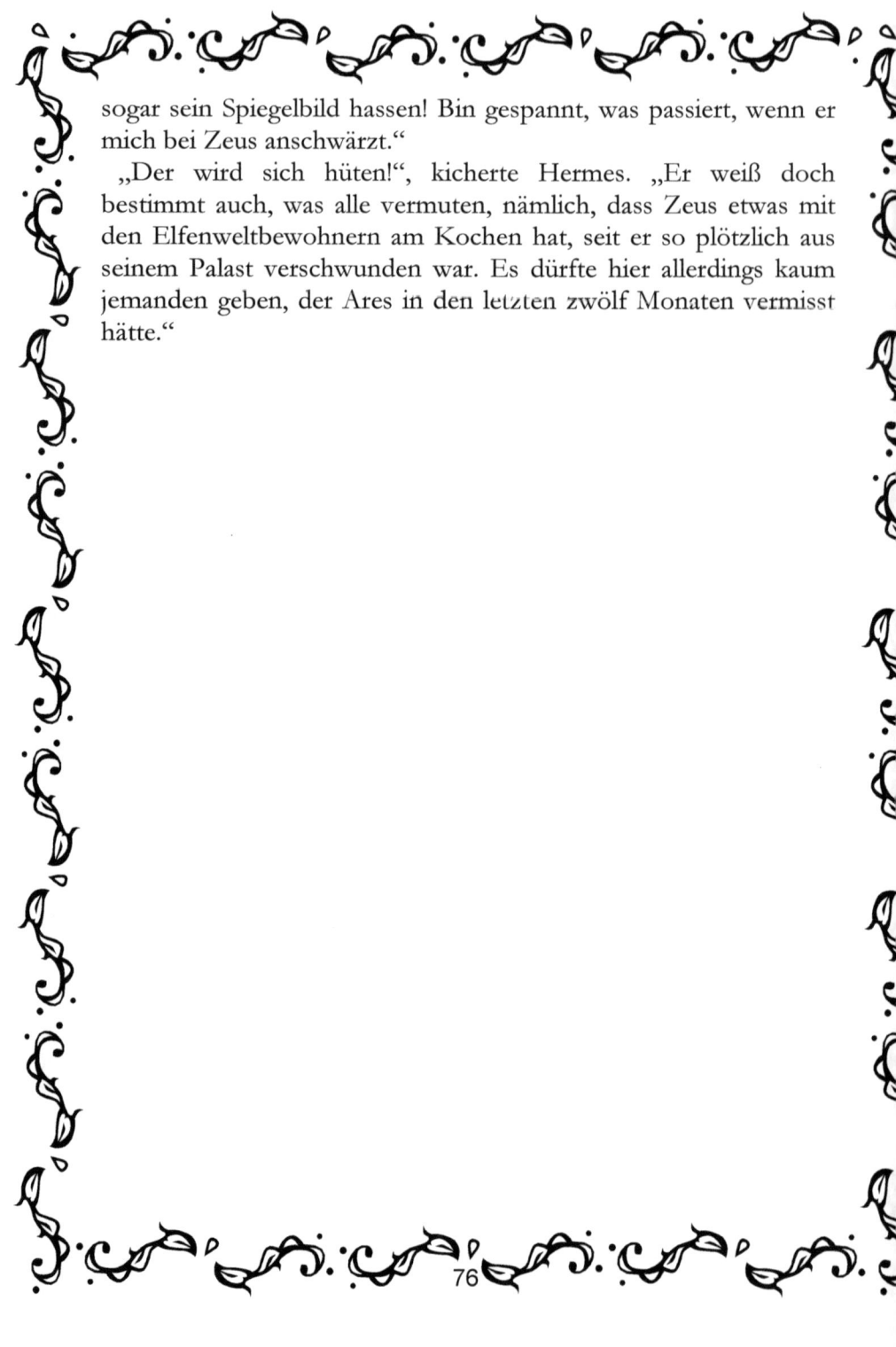

sogar sein Spiegelbild hassen! Bin gespannt, was passiert, wenn er mich bei Zeus anschwärzt."

„Der wird sich hüten!", kicherte Hermes. „Er weiß doch bestimmt auch, was alle vermuten, nämlich, dass Zeus etwas mit den Elfenweltbewohnern am Kochen hat, seit er so plötzlich aus seinem Palast verschwunden war. Es dürfte hier allerdings kaum jemanden geben, der Ares in den letzten zwölf Monaten vermisst hätte."

Neue Freunde

Bella nahm ihre Aufgabe, Cheiron das Elfenland zu zeigen, sehr ernst. Dabei erhielt sie Unterstützung von Blitz, der am besten wusste, wo man auf vier Hufen gut vorankam, wenn man die üblichen Pfade verließ. Die Zauberer hatten den Zentauren mit allem ausgestattet, was dieser aus seinem alten Leben kannte.

So trug Cheiron Pfeil und Bogen mit sich, einen scharfen Dolch und einen ledernen Sack, um all die Dinge gut unterzubringen, die er auf seinen Streifzügen fand. Und er merkte sich sehr gut, wer wo lebte, um niemandes Territorium unbedacht zu verletzen. Gern folgte er der Einladung der Einhörner, mit ihnen das weite Land zu durchstreifen. Die Einhörner zeigten ihm auch eine geräumige Höhle am Waldrand, die der Zentaur dankend als Wohnstatt annahm.

Es dauerte nicht lange, da suchten die ersten Wesen bei ihm Rat, wenn sie sich verletzt hatten. Cheiron mischte Salben, Tinkturen, legte Verbände an und hatte für jeden ein gutes Wort. Eines Tages fand er ein halb totes nacktes Rabenjunges, das ein Sturm aus dem Nest geworfen hatte und pflegte es gesund.

„Oh je!", seufzte Pyron mit lustig verdrehten Augen, denn die Raben stahlen gern etwas von seiner Jagdbeute. Dass sie überaus kluge Vögel waren, hatte er dabei immer wieder beobachten können.

Corax, wie Cheiron seinen Schützling nannte, brachte die Drachen mit seinen lustigen Streichen allerdings so oft zum Lachen, dass ihm Pyron immer wieder ein paar schmackhafte Häppchen zusteckte, wenn er glaubte, unbeobachtet zu sein. Cheiron und Corax waren fast unzertrennlich. Stets brachte der Rabe seinem Ziehpapa glänzende Kieselsteine vom Ufer des Nixen-Sees mit oder schillernde Vogelfedern, die er hoch oben im Geäst der Bäume entdeckte.

Eingedenk dessen, was Cheiron in der Drachenhöhle gesehen und von Marcs Familie gehört hatte, hob er die vielen Geschenke seines gefiederten Freundes gut auf. Als er dann einen Baum fand, dessen Harz hervorragend klebte und lange elastisch blieb, begann er, eine Wand seiner Grotte mit einem wundervollen Mosaik aus den vielen Steinchen zu bekleben. Corax schaute mit geneigtem Kopf zu, hin und wieder zufrieden krächzend. Unten begann Cheiron mit Mäandern aus dunklen Steinen, deren freie Flächen mit weißen Kieseln gefüllt waren, oben und unten durch je eine waagerechte Reihe rötlicher Steine begrenzt. Darüber zeichnete er mit einem Stück Holzkohle aus seiner Feuerstelle einen Baum und darüber Sonne, Mond und Sterne vor, die er später auszugestalten gedachte. Corax hatte schnell begriffen, dass er für jeden Stein etwas Fressbares bekam und so ging Cheiron nie das Material für seine künstlerische Arbeit aus.

Corax hüpfte auch gern auf Bellas Rücken herum, die den putzigen Kerl ebenfalls sehr mochte. Hin und wieder ließ sich der Rabe sogar von ihr durch die Lüfte tragen, wodurch er schließlich auch in die kleine Welt des Wolkenschlosses, wo Viola und Boreas residierten.

„Du hast einen Vogel", kicherte Ruby, als ihre Schwester das erste Mal mit ihrem schwarzen Reiter erschien.

Bella lachte. „War ja klar, dass der Spruch kommen musste. So wie der herum spektakelt, wenn ihm die Richtung nicht passt, muss er aber mit einem Navigationssystem verwandt sein. Ich werde das nächste Mal Marc fragen, ob in der Menschenwelt eins vermisst wird."

Natürlich gab Corax seinen Senf dazu, in Form eines lautstarken: „Krahhhh, krahhhh, krahhh!"

„Lässt der sich abschalten?", fragte Magmatus grinsend, weil sich Corax gar nicht mehr beruhigen wollte.

„Mit einem Bröckchen Futter funktioniert das meist", erklärte Bella. „Was ihn jetzt allerdings so aufregt, habe ich noch nicht herausgefunden."

„Krahhhh, krahhhh, krahhh, krahhh!"

„Dann, schau dich mal um!"

Bella folgte der Aufforderung und dem Blick des Raben. „Der fliegende Kürbis! Na, den kennt er natürlich noch nicht und stuft ihn als Gefahr für mich ein", schmunzelte sie. „Der verrückte Vogel wird möglicherweise sogar Lars attackieren, wenn der Cheiron um den Hals fallen will. Der Beschützerinstinkt des Kleinen kann manchmal recht nervig sein."

„Wenn das schon ein Drache sagt, werde ich es wohl glauben müssen", schmunzelte Magmatus.

So wunderte sich auch keiner wirklich, als Corax wie eine Rakete Richtung Fesselballon startete. Bella folgte ihm sofort und hielt ganz einfach ihre Schwinge so, dass sie den Raben abfing, bevor er Unsinn anstellen konnte.

„Lass das!", herrschte sie ihn an.

Lars schüttelte amüsiert den Kopf. „Gehört der kampflustige Vogel dir?"

„Gott bewahre!", lachte Bella. „Das ist Cheirons Zögling. Ich bin heute nur als Reittier mit ihm unterwegs."

„Ach! Zu faul zum Fliegen ist er auch noch!", grinste Lars, während sich Corax nicht traute, noch einmal auf ihn einzustürmen. Lars kramte in seinem Korb herum, hielt dem Raben ein kleines Stück Fladenbrot hin und fragte: „Frieden?"

Corax beäugte das Angebot argwöhnisch, trippelte auf Bellas Rücken langsam näher und zupfte es dem Triganer vorsichtig aus der Hand. Dann zerdrückte er es mit seinem kräftigen Schnabel, schluckte, worauf er ein freudiges „Krahhh, Krahhh" ertönen ließ.

Lars ließ sich nicht lumpen und rückte ein noch größeres Stück heraus, mit dem Corax zur Wolkenwelt zurück segelte, wo er es genüsslich verspeiste.

„Was sagt eigentlich Pyron zu Cheirons Haustier?", fragte Lars neugierig. „So weit ich weiß, mag er Raben nicht sonderlich."

„Diesen schon", blinzelte Bella. „Corax hat tausend Tricks und Späße drauf, mit denen er Pyrons Herz im Sturm eroberte. Aus welchen Gründen Corax aber ausgerechnet einen Narren an mir gefressen hat, werde ich wohl nie erfahren. Bei mir ist er bestimmt genau so oft, wie bei Cheiron. Heute hat es mich halt wieder einmal ganztägig erwischt. Kein Flügelschlag ohne meinen winzigen schwarzen Schatten."

„Stimmt. Da ist er wieder", staunte der fliegende Poet, als Corax ganz selbstverständlich zwischen Bellas Hörnern Platz nahm. „Ich fliege runter zur Zentaurengrotte", erklärte Lars. „Cheiron wird sich bestimmt freuen."

Kaum war der Name Cheiron gefallen, hüpfte Corax auf den Rand der Gondel des Ballons, mit dem festen Willen, nun Lars zu begleiten.

„Viel Spaß ihr beiden!", lachte Bella, sich rasch aus dem Staub machend.

„Hoffentlich geht das gut", murmelte Lars erschreckt. „Hier hast du noch ein Stückchen Brot. Tust du mir nichts, tu ich dir auch nichts. Oh je, oh je jetzt fliege ich mit einem Vogel spazieren. Ich sehe es schon kommen, dass ich dir auch irgendwann ein paar Liedzeilen widme."

„Krahhh", machte Corax und begann den Korb zu inspizieren, wie er es mit allen neuen Dingen tat.

Lars ließ ihn in Ruhe, weil Corax auch wirklich nur schaute, ohne irgendetwas mit seinem Schnabel zu bearbeiten, vor dem der Poet doch einigen Respekt hatte.

Hin und wieder gab Corax ein paar Töne von sich, die einem zufriedenen vor sich hin Murmeln glichen, und die Lars schmunzeln ließen. Einige Male schaute der Rabe Lars mit schief gelegtem Kopf an, gab sich schließlich einen Ruck, hüpfte wieder auf den Rand der Gondel, um ganz gezielt Kontakt zu suchen. Er schob Lars seinen Kopf unter die Finger, bis der begriff, dass Corax schmusen wollte.

„Ja, ich mag dich auch", erklärte Lars sichtlich gerührt, sanft das glatte Gefieder streichelnd.

Cheiron glaubte, zu träumen, als er Corax im Korb des Fesselballons entdeckte. „Ihr habt schon Freundschaft geschlossen, wie ich sehe", lachte er.

„Krahhh", schnäbelte Corax vergnügt, auf den Arm seines Herrchens hüpfend, auf dessen Schulter balancierend und den Kopf an seiner Wange reibend.

„Der Kleine kann nämlich manchmal recht abweisend reagieren", erklärte Cheiron, während er Lars half, den fliegenden Kürbis an einem Baum zu vertäuen. „Umso mehr freue ich mich, dass er dich ins Herz geschlossen hat. Woher weißt du eigentlich den Weg zu meiner Behausung?"

„Den hat mir zwar kein Vögelchen, aber eine junge Drachendame gesungen", schmunzelte Lars. „Den Rest hat dein gefiederter Pfadfinder erledigt. Bella hatte mich schon kichernd darauf hingewiesen, dass ich nur dem aufgeregten Krächzen folgen muss. Und wie du siehst, hat es bestens funktioniert. Hast du dich denn schon ein bisschen eingelebt?"

„Ich kann nicht klagen", gab der Zentaur mit einem zufriedenen Lächeln bekannt, während er für seinen Gast heißen Tee bereitete. „Ich habe begonnen, mir einige Tongefäße zu brennen, und werde versuchen, die vielen wundervollen Früchte zu Wein zu vergären. Marc hat mir einige gute Tipps gegeben, damit die Sache auch funktioniert. Ich bin nun mal nicht gern von anderen abhängig."

Lars schaute den Freund fragend an.

„Nein, nein, nicht was du denkst! Ich bin kein Eremit. Ich bin täglich mit den Freunden unterwegs, um dieses wundervolle Land richtig kennenzulernen. Manchmal tragen mich sogar die Drachenmänner irgendwohin, weil ich sonst tagelang unterwegs wäre, um jenen Ort zu besuchen." Cheiron tafelte frisches Fladenbrot auf.

„Selbst gebacken, vermute ich", murmelte Lars, genüsslich kauend.

„Aber ja. Es gibt hier viele Gräser, aus deren reifen Samenständen ich schmackhaftes Mehl bereiten kann. Mal bringen mir die kleinen Elfen ein paar Körner, mal Corax, der gleich mehrere Ähren tragen kann. Mir mangelt es wirklich an nichts. Und wenn einmal ein Unwetter tobt, ist meine Grotte Zuflucht für viele Wesen. Da kommt es schon mal vor, dass sich Elfen, Vögel und Igel versammeln, um auf die Rückkehr der Sonne zu warten."

„Was sagt dein Rabe dazu?"

„Er arrangiert sich mit der Situation. Es ist ihm unter Strafe verboten, die anderen zu behelligen, solange sie in der Grotte sind. Draußen geht es dann wieder recht heftig zur Sache. Inzwischen betrachtet er zumindest die kleinen Elfen nicht mehr als Beute. Dafür bekommt er von ihnen hin und wieder ein paar süße Beeren, weil kleine Geschenke die Freundschaft erhalten."

„Apropos kleine Geschenke – ich hätte Lust, dich ein paar Tage mit nach Triga zu nehmen und dir meine Heimat zu zeigen", bemerkte Lars.

„Habt ihr etwa unterwegs schon konspiriert?", fragte Cheiron erstaunt.

Lars schüttelte den Kopf. „Das ist mir gerade erst eingefallen. Corax scheint die Idee jedenfalls gut zu finden."

„Krahhh, krahhh!" Corax' Krächzen klang wie fröhliches Lachen, als der Rabe auf den Tisch flog und Cheiron immer wieder mit dem Schnabel anstupste.

„Ist ja schon gut, du verrückter Vogel", rief Cheiron. „Ich werde versuchen, mich in den Korb zu quetschen."

Es dauerte nicht lange, da erschien Bella, um die Männer zum geselligen Beisammensein am See einzuladen. Dass sich Corax auch angesprochen fühlte, verstand sich von selbst. Lars erzählte, was ihm über Ares zu Ohren gekommen war und wie sehr es Hades begrüßte, dass Cheiron in die Welt der Lebenden zurückgefunden hatte.

„Er will nicht einmal wissen, wer ihm dazu verholfen hat!", freute er sich.

„Umso besser für uns", blinzelte Bella.

Natürlich kündigten die beiden Freunde ihr Vorhaben bezüglich des Fluges nach Triga an, wobei sie auch über ihre Befürchtung sprachen, Cheirons Pferdeleib nicht in den Korb zu bekommen.

„Ein- und Aussteigen sind wirklich die einzigen Hürden", seufzte Lars und schaute Cheiron betrübt an.

Viola betrachtete mit zusammengekniffenen Augen den Gondelkorb. „Hast du schon mal über eine Tür nachgedacht?"

„Ja", gab Lars zu. „Nur habe ich Angst, dass die einfach in der Luft aufgehen könnte."

„Und wenn wir mehrere Sicherungen einbauen?", murmelte Boreas. „Die Tür könnte als Rampe heruntergeklappt werden ... in halber Höhe ... und oben zwei Verriegelungen, die den Rand weit umfassen, damit nichts passiert."

Lars bekam große Augen. „Du klingst ja fast wie Marc! Der hätte sicher dasselbe gesagt!"

„Danke!", schmunzelte der Windgott. „Dieser Vergleich ehrt mich sehr. Wir sollten ihn trotzdem fragen, ob meine Idee, wirklich so toll ist."

Marc erschien mit Galantha wenige Augenblicke, nachdem Viola nach ihnen gerufen hatte und bestätigte Boreas, die einfache, wie geniale Lösung des Problems. Durch die Querstrebe, die das Rutengeflecht verstärkte, bekamen Cheirons Hufe zusätzlich Halt, wenn er die kurze Rampe passierte.

„Wenn du nichts dagegen hast, gestalte ich deinen Korb um", schlug Marc vor und begann, seine Kräfte auf eine der Wände zu richten.

Cheiron war dankbar dafür, dass Marc nicht mit einem Fingerschnippen zauberte, sondern Stück für Stück die Änderungen einarbeitete und ihn so von guter handwerklicher Qualität überzeugte. Boreas assistierte und freute sich, dass Marc keine Änderungen zu seinem Bauplan vornehmen musste. Unter den kritischen und neugierigen Blicken der Elfenweltbewohner betrat Cheiron schließlich den fertigen Korb. Corax untersuchte die Scharniere.

Cheiron drohte ihm mit dem Zeigefinger: „Untersteh dich, irgendwelchen Unfug anzustellen! Dann sperre ich dich in einen Käfig!"

Der Rabe fuhr erschreckt zurück, hüpfte auf Cheirons Schulter und schnäbelte leise Töne, als wolle er um Verzeihung bitten.

Pyron grinste. „Es ist doch immer wieder beeindruckend, wie brav der schwarze Racker sein kann. Passt gut auf den Kleinen auf, wenn ihr nach Triga fliegt." Und an den Raben gewandt, der ihn mit schief gelegtem Kopf beäugte: „Na komm schon her, du halbe Portion, ich habe noch ein Stückchen Brot übrig."

Das musste er auch nicht wiederholen. Mit einem erfreuten Krächzen ließ sich Corax auf seiner Klaue nieder und wartete brav, bis ihm der Drache die verheißene Leckerei vor den Schnabel hielt.

Zephyra schüttelte belustigt den Kopf. Sie wusste, dass Pyron extra einen Brotkanten für Corax aufgehoben und ein wenig mit Tee angefeuchtet hatte. Solcherart Leckerchen gab es ausschließlich von Pyron und auch nur, wenn Corax keinerlei Unsinn angestellt hatte. Der Rabe bedankte sich dann meist mit hübschen Kieselsteinchen und Körnern, die der Drache stets Cheiron übereignete, weil er selber wenig damit anfangen konnte. Aber deswegen freute er sich über die kleine Geste des Schwarzgefiederten nicht minder. Im Gegenteil, er lobte ihn stets sehr, was Corax glücklich machte.

„Wir starten morgen gleich unseren kleinen Ausflug nach Triga", erklärte Lars, nachdem er sich mit Cheiron abgesprochen hatte. „In drei Tagen sind wir wieder zurück. Ich will doch das nächste Sängertreffen auf dem Olymp nicht verpassen."

So kam es, dass die beiden Freunde, natürlich von Corax begleitet, im ersten Morgenlicht zum Sumpfland schwebten. Boreas blies unsichtbar den Ballon voran, um sicher zu sein, dass sie problemlos die Passage in den Wolken erreichten. Als der Sog den fliegenden Kürbis erfasste, drehte er ab und flog nach Hause.

Corax krallte sich erschreckt an Cheirons Köcherriemen fest. Wobei der Zentaur selber, gut vorbereitet durch Lars, interessiert beobachtete, wie die Welt unter ihnen verschwand. Da blies es sie auch schon nach Triga hinaus.

„Willkommen in meiner Heimat", flüsterte Lars ergriffen. „Wir fliegen dahin, wo mein Ballon versteckt war, als Krieg auf Triga herrschte. Dort wird man sich besonders über unseren Besuch freuen."

Als sie die drei entlegenen Gehöfte erreichten, wurde Lars unruhig. Die Gebäude und Gärten an den Häusern waren, statt mit den hübschen kleinen Zäunen, mit einem doppelten Wall aus fast vier Meter hohen, zugespitzten Palisaden umgeben.

„Hier stimmt was nicht!", rief Lars, während sich Cheiron, der Kriegserprobte, jedes Detail einprägte, das er aus der Luft erspähen konnte.

Die Triganer arbeiteten gemeinsam in einem der Gärten. Sie hoben erschreckt die Köpfe, als sie der Schatten des Fesselballons streifte.

„Es ist Lars!", riefen sie aufatmend und bedeuteten ihm, gleich neben dem großen Brunnen zu landen.

„Was ist denn hier passiert?!", fragte der Poet, die Tür für Cheiron öffnend.

Der muskulöse, bewaffnete Zentaur, mit seinem kleinen gefiederten Begleiter, wurde genau so herzlich und mit wahren Jubelstürmen begrüßt, wie Lars, ehe der Älteste aus der Gruppe die Frage beantwortete.

„Wir werden seit ein paar Wochen wieder von riesigen Wölfen heimgesucht. Nacht für Nacht kamen sie und rissen Vieh. Wir mussten unsere Tiere am Ende sogar mit in die Häuser nehmen, damit sie sicher waren. Dann bauten wir die Palisaden, um wenigstens in den Gärten am Haus arbeiten zu können, ohne Angst um die Kinder haben zu müssen."

„Wie groß sind die Wölfe?", wollte Cheiron wissen.

„Sie überragen unsere Schafe", erhielt er zur Antwort.

Cheiron wechselte einen Blick mit Lars. „Das klingt nach Ares. Es ist wohl seine Rache dafür, dass er Sklavendienst verrichten musste. Ich werde mich heute Nacht auf die Lauer legen, und schauen, was ich gegen die unnatürlichen Bestien ausrichten kann. Gibt es hier irgendwo einen Schmied, der mir ein paar ordentliche Speerspitzen anfertigen kann?"

„Ich habe welche im Keller", verriet einer der Männer. „Hätte nie gedacht, dass ich sie jemals brauchen könnte." Mit einem Blick auf den Pferdekörper eilte er davon: „Ich bringe alles hoch, was ich gehortet habe!"

Cheiron nahm ihm die Kisten am oberen Ende der Treppe ab und trug sie auf den Hof. „Streitäxte, Dolche, Pfeil- und Speerspitzen", staunte er. „Ein bisschen rostig, aber das macht nichts. Frisch geschliffen, sind die sofort wieder einsetzbar."

„Ich drehe den Schleifstein und du schärfst die Klingen", bot der junge Mann an, denn das Gerät war für Zweibeiner, die sich setzen konnten, konzipiert.

„Und das, wo wir drei Tage Urlaub machen wollten", murmelte Lars traurig.

„Nimm es nicht so tragisch, mein Freund", tröstete ihn Cheiron. „Du weißt doch, wie gern ich mich nützlich mache. Vor allem in solchen Situationen, wo mehr als ein gutes Auge für den Schuss gefragt ist. Wenn ich es mir richtig gemerkt habe, dann ist dein Volk im Jagd- und Kriegshandwerk völlig ungeübt, auch wenn das hier ganz anders aussieht." Er deutete auf die Kisten mit den Waffenteilen.

„Das ist leider wahr", gab Lars zu. „Deshalb haben sie sich ja auch verschanzt, statt zurückzuschlagen. Aber wo sind diese vielen Dinge her? Die Zwerge waren doch völlig anders ausgestattet."

Der Besitzer der ehernen Schätze lachte. „Die stammen noch von meinem Großvater. Zumindest habe ich sie bei ihm zum ersten Mal gesehen. Er hat mich schwören lassen, keiner Seele etwas davon zu erzählen. Er hat gesagt, ich würde wissen, wann die rechte Zeit gekommen sei, das Geheimnis zu offenbaren. Und, wie mir scheint, hatte er recht."

Cheiron presste die erste Speerspitze an den sich drehenden Schleifstein. „Hat dir dein Großvater noch andere Schätze hinterlassen? Ich meine Worte, die uns helfen könnten."

„Nicht, dass ich wüsste", grübelte der junge Triganer.

„Ihr seid doch fantastische Gärtner", sprach Cheiron weiter. „Hat vielleicht jemand die Kerberos-Pflanze kultiviert?"

„Die was?!", fragten alle durcheinander.

„Jene Pflanze, die aus dem Speichel des Höllenhundes Kerberos entstanden sein soll und so giftig ist, dass man sie zu Pfeilgift verarbeiten kann", erklärte Cheiron. „Dabei sieht sie wundervoll

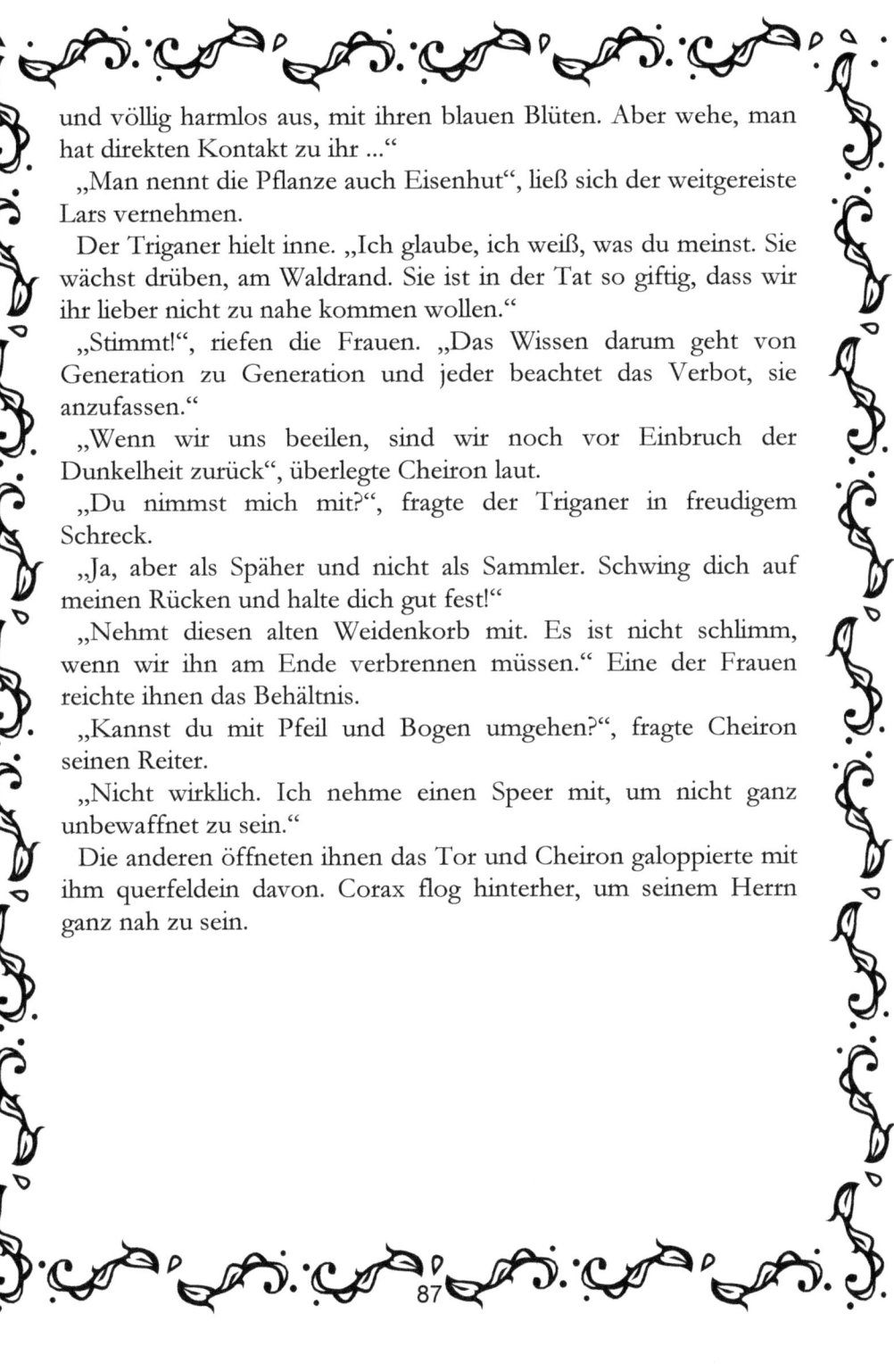

und völlig harmlos aus, mit ihren blauen Blüten. Aber wehe, man hat direkten Kontakt zu ihr ...“

„Man nennt die Pflanze auch Eisenhut“, ließ sich der weitgereiste Lars vernehmen.

Der Triganer hielt inne. „Ich glaube, ich weiß, was du meinst. Sie wächst drüben, am Waldrand. Sie ist in der Tat so giftig, dass wir ihr lieber nicht zu nahe kommen wollen.“

„Stimmt!“, riefen die Frauen. „Das Wissen darum geht von Generation zu Generation und jeder beachtet das Verbot, sie anzufassen.“

„Wenn wir uns beeilen, sind wir noch vor Einbruch der Dunkelheit zurück“, überlegte Cheiron laut.

„Du nimmst mich mit?“, fragte der Triganer in freudigem Schreck.

„Ja, aber als Späher und nicht als Sammler. Schwing dich auf meinen Rücken und halte dich gut fest!“

„Nehmt diesen alten Weidenkorb mit. Es ist nicht schlimm, wenn wir ihn am Ende verbrennen müssen.“ Eine der Frauen reichte ihnen das Behältnis.

„Kannst du mit Pfeil und Bogen umgehen?“, fragte Cheiron seinen Reiter.

„Nicht wirklich. Ich nehme einen Speer mit, um nicht ganz unbewaffnet zu sein.“

Die anderen öffneten ihnen das Tor und Cheiron galoppierte mit ihm querfeldein davon. Corax flog hinterher, um seinem Herrn ganz nah zu sein.

Auf die harte Tour

Tim, der Triganer, führte den Zentauren hervorragend. Schon von weitem waren die meterhohen Blütenstängel des Eisenhutes zu erkennen.

„Selten scheint das Kraut ja nicht zu sein", lachte Cheiron, weil sich praktisch ein blauer Gürtel um den Waldrand zog. Er kramte zwei Lederlappen aus dem Beutel, mit denen er beherzt zufasste, als er Blütenstand um Blütenstand abriss.

Tim beobachtete mit bangem Herzen den Wald, in welchem es immer wieder knackte und knirschte.

„Sie wissen, dass wir hier sind", raunte Cheiron. „Und sie beobachten uns. Da!"

Zwischen zwei Büschen tauchte ein aufgerissener Rachen auf.

Cheiron zog, weil keine Zeit blieb, nach den Waffen zu fassen, eine ganze Pflanze aus dem Boden, die er dem Angreifer in die Zunge rammte. Dann stach Tim mit der Lanze zu.

Winselnd verzog sich der Wolf.

„Das überlebt er nicht", versprach Cheiron. „Rasch, machen wir, dass wir fort kommen." Er warf sich auf den Hinterbeinen herum und preschte über das Feld zurück.

Das aufgeregte Krächzen seines Raben veranlasste ihn, über die Schulter nach hinten zu schauen.

„Nun wird es ernst, mein Junge", murmelte er. „Pass auf, dass du auf meinem Rücken bleibst." Er stoppte seinen rasenden Lauf, ließ den Korb aus der Hand gleiten und holte den Bogen von der Schulter. Zwei Pfeile nahm er aus seinem Köcher, mit deren Spitzen er die Blüten des Eisenhutes zerquetschte, bis das Metall rundherum vom Gift benetzt war. „Sicher ist sicher", kommentierte er sein Tun, diese beiden Pfeile im Korb stecken lassend und drei weitere Pfeile ohne weitere Behandlung nehmend.

Die fünf riesigen Wölfe hatten die beiden Männer schon fast erreicht, als Cheiron den ersten Pfeil von der Sehne schnellen ließ. Das getroffene Tier überschlug sich. Es blieb mit zuckenden Pfoten liegen, während Cheiron den nächsten tödlichen Gruß auf die Reise schickte. Den dritten Wolf verwunderte er nur. Die beiden anderen setzten zum Sprung an, um ihre Opfer zu zerfleischen. Cheiron riss die beiden Giftpfeile aus dem Korb und stach zu. Bei Pfeile blieben im Fleisch der Wölfe stecken. Tim wehrte sich mit der Lanze gegen das zuerst nur angeschossene Tier, das nicht aufgeben wollte. In einem wahren Kraftakt spießte er es auf. Cheiron keilte indes mit den Hufen gegen die letzten noch lebenden Wölfe aus und vertrieb sie schließlich.

„Weit werden sie nicht kommen", erklärte er, seine eigenen Kratz- und Bisswunden untersuchend.

Tim erschrak zutiefst. „Du bist verletzt!"

„Harmlos", wiegelte Cheiron ab. „Denen da", er zeigte über seine Schulter auf die Flüchtenden, „gebe ich allerdings nur noch eine halbe Stunde, ehe sie ein qualvoller Tod ereilt. Gibt es noch mehr von den Viechern?"

„Ich weiß es nicht", flüsterte Tim, dem gerade bewusst wurde, dass er zum ersten Mal in seinem Dasein ein Lebewesen getötet hatte.

Die anderen hatten auf den Gängen der Palisaden gestanden und den Kampf beobachtet.

„Warum habt ihr die beiden nicht auch noch zur Strecke gebracht?", fragte eine ältere Frau, als sie siegreich zurückkehrten.

„Die sterben von allein", erklärte Cheiron. „Ich habe ihnen Giftpfeile in die Körper gerammt."

„Ein ekliger Tod", philosophierte Lars. „Zuerst kommt die Kälte, dann Unruhegefühle und irgendwann sind die Nerven so weit gelähmt, dass das Herz stehen bleibt. Am schlimmsten sind die Schmerzen und die Tatsache, dass keine gnädige Ohnmacht die Leiden lindert. Das heißt, man erlebt sein grauenvolles Ende bei vollem Bewusstsein, ehe der letzte Atemzug, der erst nach einer dreiviertel Stunde sein kann, getan ist."

„Wo steckt eigentlich Corax?", fragte Cheiron plötzlich. „Der wird doch nicht etwa ...?"

„Nein, nein, der ist wohlauf. Er spielt mit den Kindern Murmeln." Eine der Frauen zeigte hinaus, wo der Rabe soeben eine der bunten Tonkugeln in die Rinne an einem großen Erdhaufen fallen ließ. Dann flatterte er zum unteren Ende der Bahn und trug unter dem Beifall der Schwestern die Murmel wieder nach oben, um das Ganze zu wiederholen.

„Sie haben ihm ein paar Bröckchen Brot und Beeren gegeben, damit er nicht auf die Idee kommt, sich an den Kadavern vollzufressen."

Cheiron atmete auf. „Ich war in echter Sorge. Der Kleine ist mir sehr ans Herz gewachsen. Nicht auszudenken, stieße ihm durch meine Schuld ein Unglück zu! Es wäre mir lieb, wenn er im Haus übernachten dürfte."

„Das wirst du doch hoffentlich auch!", riefen die Triganer. „Sag, was du brauchst und wir machen es dir gemütlich. Dein Hiersein ist genau so grandios, wie es die Ankunft der Drachen, von Blitz oder die der Windmänner war."

Cheiron schüttelte belustigt den Kopf. „Als halbes Pferd schlafe ich lieber im Stall. Ich brauche Platz für vier, da kann man nichts machen."

„Widerrede zwecklos", merkte Lars an. „Das habe ich oft genug erfolglos versucht. Ich habe übrigens von Marc gehört, dass Kolkraben bei guter Pflege durchaus 20 Jahre alt werden können."

„Prima!", lachte der Zentaur. „Es muss also keiner Angst haben, dass ich mich in nächster Zeit einsam fühle."

„Wascht euch die Hände und kommt rein, gleich gibt es Abendbrot", rief Grit hinaus.

Corax folgte den Mädchen zum Brunnen. Vorsichtshalber tauchte er seinen Schnabel ins Wasser, wobei er gleich noch einen großen Schluck trank. Dann ließ er sich auf der Schulter des älteren Mädchens ins Haus tragen. Dort bekam er einen Stuhl verkehrt herum an den Tisch gestellt, sodass er von der Lehne aus seinen Teller erreichen konnte, auf dem ihm die Gastgeber immer wieder Bröckchen verschiedener Speisen anboten.

Cheiron, der Zentaur, stand im Mittelpunkt des Interesses. Alle kannten Lars' Balladen über die Welt der Olympier und jeder hatte schon von Cheiron gehört, der viele Helden erzogen hatte. Und nun stand dieser mitten unter ihnen, aß und trank wie sie, hatte für jeden ein gutes Wort und freute sich, dass er ihnen hatte helfen können. Natürlich musste er den Kindern auch ganz genau erzählen, wie er das halb tote, nackte Rabenküken gefunden und aufgepäppelt hatte. Jeder wusste, wie fürsorglich Rabenvögel ihre Jungen bewachten. Auch, dass man die flugunfähigen Kleinen, die oft, einsam wirkend, auf dem Boden saßen, nicht anfassen durfte, weil sie trotzdem von den Eltern gefüttert wurden.

Corax hüpfte auf Cheirons Schulter und rieb seinen Schnabel dankbar hinter dessen Ohr. Auch, wenn er nicht sprechen konnte, so verstand er durchaus, was gesprochen wurde.

„So einen möchte ich auch mal haben", seufzte die jüngere Schwester, worauf Corax ein fröhliches „Krahhh, krahhh" erschallen ließ.

Von der Idee, im Haus zu bleiben, während sein Herr im Stall schlief, hielt der Rabe wenig. Er machte unter dem Gelächter der Versammelten seinem Unmut so lautstark Luft, dass ihm Cheiron schließlich versprach, ihn mit hinaus zu nehmen, damit endlich wieder Ruhe einkehrte.

„Er ist genau so treu, wie ein guter Wachhund", erzählte der Zentaur.

Corax begann bei dem Wort *Hund,* plötzlich täuschend echt zu kläffen, worauf erneut Gelächter aufflammte.

Cheiron lachte ebenfalls und streichelte seinen Liebling zärtlich am Bauch. „Das hat ihm Bella beigebracht, denn in der Elfenwelt gibt es keine Hunde. Auréus hatte sie in der Dimension der Menschen in einen großen Hund verwandelt, damit sie unerkannt für ein paar Stunden das Leben dort beobachten konnte.

Ja, im Imitieren von Stimmen sind Kolkraben wahre Meister. Der Kleine hat sogar mich schon oft an der Nase herumgeführt. Aber er weiß auch sehr genau, dass er auf der Jagd ganz still sein muss, um das Wild nicht zu verschrecken."

Tim, der den ganzen Abend auffallend wortkarg gewesen war, seufzte.

Cheiron wechselte zu ihm hinüber, legte ihm den Arm um die Schulter und führte ihm vor Augen: „Sie oder wir. Im Krieg gibt es keine wirklichen Gewinner. Selbst dann, wenn man das Glück hat, zu überleben, ist man im tiefsten Inneren verwundet. Und manchmal brechen diese Narben immer wieder auf, auch dann, wenn schon lange Frieden herrscht. Du hattest keine andere Wahl, dein Leben zu retten. Das waren keine natürlichen Wölfe. Das waren Bestien, die einzig zum Töten erschaffen worden sind.

Du bist vielleicht nicht der einzige Triganer, der sich je zur Wehr gesetzt hat. Wahrscheinlich stammst du sogar aus einer Ahnenreihe von kühnen Kämpfern. Sonst hätte dein Großvater sicher nicht solch einen ungewöhnlichen Schatz im Keller verborgen. Heute hast du instinktiv genau das Richtige getan. Es sind dunkle Zeiten. Dein Volk braucht Leute wie dich. Männer, die den Mut aufbringen, zu kämpfen.

Das Schicksal hat gewollt, dass wir in einer Zeit aufeinandertreffen, wo dein Volk in Gefahr ist.“

Tim nickte langsam. Er hatte am eigenen Leib erfahren, was es bedeutete, wehr- und hilflos zu sein. Er wollte nicht noch einmal als Arbeitssklave, angekettet in einer Grotte, für andere schuften. Damals hatte Bella sie alle befreit und zusammen mit Blitz in Sicherheit gebracht.

„Du hast recht“, flüsterte er. „Wir können nicht immer darauf hoffen, und auch nicht stets das Glück haben, dass andere für uns ihre Leben riskieren.“

Kurz vor Mitternacht warf Cheiron noch ein Auge auf Lars' Ballon, dann schüttete er sich ein duftendes Heulager auf, während Corax einen Schlafplatz auf einem Querbalken des Stalls gleich neben ihm wählte.

„Gute Nacht, mein kleiner Freund“, flüsterte der Zentaur, ehe er die Augen schloss.

Im Morgengrauen trat der Rabe den Beweis an, dass er mit jedem Wachhund spielend mithalten konnte. Ein singendes Geräusch weckte das neugierige Tier und lockte es hinaus. Es sah gerade noch, wie ein Kopf hinterm äußeren Palisadenring verschwand.

Mit einem nachgeahmten Drachenschrei weckte Corax die Schläfer, ehe er sich laut krächzend auf die drei Fremden stürzte. Cheiron war mit einem Satz auf den Hufen, riss seine Waffen an sich und stürmte zum Tor. Tim kam schlaftrunken aus seinem Haus gestolpert. Er wäre beinahe von dem vorbei galoppierenden Zentauren umgerissen worden.

„Es sind drei Zwerge!", hörte er Cheiron im nächsten Augenblick rufen. „Mit denen werden wir allein fertig."

Mit *wir* meinte er sich und Corax, der mit seinen wilden Schnabelhieben genau auf die Augen der Angreifer zielte. Cheiron spießte die Zwerge wie Schmetterlinge mit seiner Lanze auf. Recht schnell kehrte er mit Corax zurück, der zwar Federn gelassen hatte, sich sonst aber bester Gesundheit erfreute.

„Was haben die hier gewollt?", murmelte er immer wieder. „Die hatten ja nicht mal Waffen bei sich."

„Merkwürdig", überlegte Lars laut und wandte sich an den Raben: „Hast du eine Idee?"

Corax überlegte einen Moment, dann schwang er sich in die Luft, um über den miteinander verbundenen Grundstücken zu kreisen. Als endlich die Sonne aufging, raste Corax im Sturzflug dem Boden entgegen.

„Was ist denn jetzt los?", rief Lars entsetzt, Cheiron zum Ort des erwarteten Aufpralls folgend.

Da hatte der Rabe aber schon die Flügel ausgebreitet, landete sanft und stocherte mit dem Schnabel im Gras herum. Schließlich zog er etwas Handtellergroßes, Scheibenförmiges mit Zacken hervor, das im Licht der Sonne glänzte.

„Ein Wurfstern!" Lars betrachtete ungläubig Corax' Fundstück.

„Sucht weiter!", bat Cheiron, seinem gefiederten Freund den Stern abnehmend. Er schaute dahin, wo er außen die Spuren der Zwerge enden sah, dachte sich eine gerade Linie und erschrak. „Die wollten Lars' Ballon aufschlitzen!"

„Schlimmer", flüsterte der Poet erbleichend, auf zwei angeschnittene Seile zeigend. „Die wollten, dass wir abstürzen! Es wäre doch zu komisch, wenn sie den riesigen Ballon gar nicht getroffen, und stattdessen zwei Taue halb erwischt hätten. Das war Absicht, mein Lieber. Von wegen unbewaffnet!"

Corax und Tim fanden schließlich noch mehrere Wurfsterne, die ihr Ziel komplett verfehlt hatten. Einer steckte sogar im Weidengeflecht des Korbes.

„Ich sollte Viola und Boreas Bescheid geben, dass ich länger hier bleibe", regte Cheiron an. „Das kann euer Volk nicht allein packen."

Lars holte Pergament, Tinte und Schreibfeder heraus, um sich den Brief diktieren zu lassen. „Wer soll ihn überbringen?"

„Corax. Er ist pfiffig und so klein, dass er nicht weiter auffallen wird. Ich weiß, dass er es schaffen kann." Cheiron faltete das Blatt zusammen, stach ein kleines Loch hinein, durch welches er eine Schnur fädelte. Er hängte die Depesche seinem Raben um den Hals und schärfte diesem ein: „Du darfst es nicht verlieren! Bringe es zu Viola und Boreas, so schnell dich deine Flügel tragen."

Da war der Platz auch schon leer, an dem Corax gerade noch gesessen hatte.

„Hoffentlich hat er kapiert, was er tun soll." Lars schaute dem Raben lange hinterher.

Cheiron ließ sich nicht aus der Ruhe bringen. „Du hast ihn doch selber seit Tagen erlebt. Er wird uns nicht enttäuschen. Begraben wir lieber die Zwerge."

Tim ging mit hinaus. Es war kein schöner Anblick, der ihn erwartete. Er biss die Zähne zusammen, grub ein tiefes Grab und schaufelte es auch wieder zu, nachdem Cheiron die Toten hineingezerrt hatte. „Sollten wir das nicht lieber auch mit den Wölfen machen?", fragte er.

„Davon wird nicht mehr viel übrig sein. Die Aasfresser werden die Kadaver dankbar angenommen haben. Aber wir können ja mal nachschauen. Immerhin gibt es hier keine großen Raubtiere."

Die kleinen Fleisch- und Allesfresser hatten schon ganze Arbeit geleistet. Es war auf Triga selten, dass ihr Tisch so überreichlich gedeckt war. Dohlen und Krähen balgten sich um die wenigen Fleischfetzen, die noch an den Knochen hingen.

Tim schaute Cheiron fragend an.

„Meinetwegen kannst du die Reste vergraben."

Der Triganer beeilte sich, das zu tun. „Der Anblick der bleichen Knochen deprimiert mich", gab er zu.

„Verständlich, weil ihr kein Fleisch esst", antwortete Cheiron. „Aber die Felle der Wölfe, welche die Drachen erlegt haben, sind weiterverarbeitet worden?", fragte er sofort.

„Noch nicht. Die Frauen haben die fellfreie Seite sauber abgeschabt und sie dann getrocknet. Aber davon sind sie hart geworden. Wir kennen uns mit dem Gerben nicht aus. So haben wir sie bis heute luftig liegen lassen, aus Angst, sie durch Unwissenheit zu verderben."

Cheiron lächelte kaum merklich. „Sieht aus, als müsste ich euch ein wenig Nachhilfe geben. Aber da sind wir wieder bei toten Tieren. Denn ich brauche die Hirnmasse eines Hirsches, wenn es gut werden soll."

Tim schaute den Zentauren mit riesengroßen Augen an. „T ... t ... tote Tiere", stammelte er entsetzt.

„Ja, oder was denkst du, wir ich sonst an das Hirn komme?"

Der Triganer senkte den Blick. „Geht Gerben denn nicht auch anders?"

Cheiron blies die Luft aus dem aufgeplusterten Wangen. „Ersatzweise und nicht ganz so gut mit einem Gemisch aus Ei und Öl. Oder mit Baumrinde. Aber dann haben wir es vielleicht mit toten Bäumen zu tun und ich weiß nicht, ob das Flora so gut gefallen wird."

„Ach du großer Gott!", entsetzte sich Tim, während Cheiron in sich hinein grinste.

Hirn stank mehr, aber die Arbeit damit ging schneller und sicherer. Zudem wollte er, wenn er schon länger hierbliebe, nicht nur an Möhren nagen, wie er die viele Rohkost im Stillen bezeichnete. Da kam ihm der Hirsch gerade recht. Er konnte sich ja einen Vorrat Trockenfleisch anlegen.

„Habt ihr euch gerauft?", fragte Lars schmunzelnd, weil Tim ziemlich bedröppelt dreinschaute, als sie zurückkamen.

„Das nicht", klagte der Triganer, „aber wir haben gerade erst tote Tiere begraben, da will Cheiron schon neue machen."

Lars brach in schallendes Gelächter aus. Er kannte die zarte Besaitung seiner Landsleute und ahnte, was Tim so verwirrte. „Geht es um einen oder zwei Hirsche?"

„Zwei?", hauchte Tim fragend, zugleich ungläubig den Zentauren musternd.

Grit, die Mutter der Mädchen, stemmte die Hände in die Hüften. „So, jetzt erzählt ihr mir erst einmal, was der Auslöser für den ganzen Jammer ist."

Das tat Cheiron mir drei kurzen Sätzen.

Grit klopfte Tim auf die Schulter. „Wenn Cheiron sagt, dass Hirn das einfachste Mittel ist, dann ist das eben so. Zudem müsstest du wissen, dass ein Zentaur nicht allein von Gemüseeintopf leben kann. Genau so wenig, wie das die Drachen können. Falls bei dir das Gehirn noch arbeitet, dann müsstest du dir gemerkt haben, dass die Drachen die erlegten Wölfe aufgefressen haben, nachdem wir den Kadavern die Pelze abgezogen haben. Wenn Cheiron den Hirsch tötet, dann nicht, um das Hirn zu entnehmen und den Rest wegzuwerfen. Kapiert? Er wird ihn grillen, braten oder, zu was weiß ich, verarbeiten. Aus dem Geweih kann man Knöpfe machen oder Figuren schnitzen. Das Fell kann man enthaaren und zu feinem weichem Wildleder gerben. Hab ich recht, Cheiron?"

„Richtig!"

„Dann hol dir deinen Hirsch und lass uns an deinem Wissen teilhaben!", rief sie. „Wer weiß, wann die Zwerge wiederkehren und was noch alles geschieht."

„Ich glaube, ich muss ein neues Lied schreiben", jubelte Lars, ihr fröhlich zunickend.

Tim rang verzweifelt die Hände. „Oh, oh, ich bin ein schöner Krieger. Cheiron muss mich doch nun für einen ausgemachten Feigling halten."

Der Zentaur schüttelt den Kopf. „Nein. Ich halte dich nur für jemanden, der sehr stark mit seiner Tradition verwurzelt ist und für jemanden der ein gutes, warmes Herz hat, weil er um alle

Lebewesen trauert. Hilf Lars bei der Reparatur seines bunten Kürbisses. Ich mache mich auf die Pirsch. Es ist zwar die völlig falsche Zeit dazu, aber Not macht erfinderisch, solange wirklich Hirsche im Wald sind."

„Die sind drin. Ich schwöre es dir!", rief Tim dem davon trabenden Cheiron hinterher.

„Ihr wollt ihn doch nicht etwa allein in den Wald ziehen lassen?", fragte Grit.

Lars grinste breit. „Doch das wollen wir. Er braucht jetzt alles andere, als solche Jagdstümper wie uns. Da ist er besser beraten, wenn er sich auf seine scharfen Sinne verlässt. Machen wir lieber, was er uns aufgetragen hat – meinen Ballon reparieren."

Noch einer war auf seine scharfen Sinne angewiesen. Corax. Für einen, der die Strecke nur einmal, noch dazu in die andere Richtung gereist war, gestaltete es sich ziemlich schwierig, das Portal in die Elfenwelt zu finden. Als er schon völlig verzweifelt zu Cheiron zurückfliegen wollte, riss es ihn in das Dimensionstor. Corax packte mit dem Schnabel das Pergament, um es bloß nicht zu verlieren. Unter sich sah er bereits das Sumpfland des Elfenreiches und er nutzte den Schwung des Luftstromes, um wie ein Pfeil in Richtung des Schlosses in den Wolken zu fliegen. So schnell dich deine Flügel tragen, hatte Cheiron gefordert. Das tat der Rabe nun auch.

Wie ein Irrwisch huschte er zwischen den verblüfften Wächterdrachen hindurch und segelte durch das offene Fenster ins Arbeitszimmer des Königs. Perfekte Punktlandung auf dem Schreibtisch. Boreas kam nicht einmal zum Erschrecken.

„Krahhh, krahhh, krahhh", schnäbelte der Rabe leise, das Pergament vor seiner Brust präsentierend.

„Corax, mein Junge! Wo kommst du so plötzlich her und wer hat dich so gerupft? Wo hast du Cheiron und Lars gelassen?" Boreas nestelte vorsichtig den Faden von Corax' Hals, rief gleichzeitig nach Viola und Bella, die zusammen irgendwo am Meer stecken mussten.

Ehe er den Brief auffaltete, belohnte er den treuen Raben mit einer Nuss. Als die beiden Damen eintrafen, begann er, laut vorzulesen: *Liebe Freunde, Triga ist erneut von Wölfen heimgesucht worden. Ich werde eine Weile hierbleiben, um die völlig wehrlosen Triganer zu beschützen. Wenn es mein Corax, der übrigens ein echter Held ist, tatsächlich schafft, Euch zu finden, dann gebt ihm ein kleines Zeichen mit, das mir bestätigt, dass mein Pergament angekommen ist. Cheiron.*

„Wie wäre es, wenn wir ihm ein großes Zeichen, in Form eines kampferprobten Drachen mitgeben? Oder noch besser: Zweier kampferprobter Drachen!", fragte Boreas.

Bella zeigte sofort mit der Klaue auf sich. Corax krächzte erfreut. Boreas und Viola nickten.

„Wen nimmst du mit?", fragte Viola.

„Vulkanus, wenn ich darf", erklärte Bella. „Denn nur ein ausgewachsenes Männchen kann Cheiron im Notfall tragen. Ich möchte auch sofort aufbrechen. Der Brief ist für mich nicht nur die Information, dass Cheiron länger weg bleibt, er ist für mich ein Hilferuf."

„Es sei dir alles gewährt", rief Viola.

„Krahhh?"

„Na, du kommst logischerweise auch mit", lachte Bella. „Was soll Cheiron denn bloß ohne dich machen? Da ist er doch völlig hilflos. Halte dich gut fest. Air Bella startet gleich, um Vulkanus abzuholen."

Den hatte Viola schon telepathisch informiert und so trafen sich die Drachen auf halber Strecke zum Portal im Sumpfland. Bella forderte Corax auf, in ihre Klaue zu hüpfen – der kluge Rabe gehorchte. Wusste er doch inzwischen, wie ungemütlich der Transfer in andere Welten werden konnte.

Bella schlug sofort die Richtung zu den drei Häusern ein, Corax hockte zufrieden zwischen ihren Hörnern und Vulkanus folgte ihnen. Beim Anblick des männlichen Drachen klappten den Triganern die Unterkiefer fast bis auf die Schuhspitzen. So sah also ein kleines Zeichen der Elfenkönigin aus. Cheiron schritt gerade gemächlich mit einem Hirsch auf der Schulter über das Feld, als er die dunkle Wolke am Himmel gewahrte und schließlich erkannte, was sich da näherte. Corax hatte ganz offensichtlich seinen Auftrag exzellent ausgeführt. Cheiron trabte an. Er beeilte sich, zu seinen Freunden zu kommen.

Vulkanus landete vor den Palisaden. Er hätte sonst glatt den ganzen Innenraum allein ausgefüllt. Bella zog eine elegante Schleife über den Anwesen. Das lockte auch noch die letzten Triganer heraus.

Lars riss das Tor auf, um die Ankömmlinge freudig zu begrüßen. Corax thronte noch immer auf Bellas Kopf. Er begann wie wild zu krächzen, als Cheiron um die Ecke kam. Man merkte dem Raben an, wie glücklich er war, wieder bei dem Zentauren zu sein. Cheiron ließ den Hirsch von der Schulter gleiten, nahm Corax auf den Arm und kraulte die Drachen zwischen den Hörnern.

„Erstaunlich, was für große Schatten so ein kleiner Vogel werfen kann", lachte er. „Ich habe mit allem gerechnet, was mir Boreas als Zeichen schicken könnte, nur nicht mit einer halben Armee. Bin ich froh, dass ihr gekommen seid!"

Bella schielte mit knurrendem Magen nach Cheirons Jagdbeute. „Bleibt da ein Restchen übrig?", fragte sie vorsichtig.

„Jetzt vermutlich nicht mehr", schmunzelte der Zentaur. „Das Gehirn brauche ich zum Gerben, das Geweih bekommt Grit, einen Vorderlauf hätte ich gern zum Abendbrot, den großen Rest könnt ihr euch teilen." Er schnitt dem Tier die erwähnten Körperteile ab, die er zu verwerten gedachte.

Corax bekam den aufgebrochenen Schädel und durfte sich nach Belieben satt fressen.

Natürlich überließ er die Knochen mit reichlich Sehnen seiner großen Freundin Bella, die sie mit Appetit verspeiste. Sie hatte sich nämlich vom ganzen Tier nur eine Hinterkeule genommen, weil der große schwarze Drache mehr Nahrung brauchte, um seine gigantische Körpermaschine anzuheizen. Das Geschenk von Corax kam also gerade zur richtigen Zeit, um doch noch satt zu werden.

„Ich werde den Piepmatz nie wieder gering schätzen", gelobte Vulkanus, als ihm Grit erzählte, welchen Heldenmut der Rabe bewiesen hatte. Er schob Corax noch ein Restchen Fleisch zu, das unbemerkt im Gras gelegen hatte.

„Wetten, dass du morgen sein Reittier bist", lachte Bella, als sie es bemerkte.

Vulkanus blinzelte dem Raben zu. „Das hat er sich redlich verdient. Man sollte ihn eigentlich für so viel Mut und Treue zum Drachen ehrenhalber ernennen. Ist nicht mal so groß wie meine kleinste Kralle und geht allein auf drei sehr viel größere Feinde los. Das muss erst mal einer nachmachen!"

„Ein Lied! Ein Lied!", riefen die Mädchen.

Lars griff nach seiner Leier und dichtete aus dem Stegreif:

„Es kam einmal ein Rabe vom Elfenland hierher,
der half uns Triga retten, wir danken ihm so sehr.
Die Drachen und auch Cheiron, aus seiner Freunde Schar,
beschützen unser Volk, das ist uns allen klar."

„Künstlerisch nicht gelungen, aber die reine Wahrheit", grinste Lars, sein Instrument weglegend.

„Krahhh, krahhh, krahhh", intonierte Corax gut erkennbar die Melodie, womit er sich die nächsten Pluspunkte bei Vulkanus und erst recht bei dem fliegenden Poeten einhandelte.

„Wenigstens muss ich mir nun keine Sorgen mehr machen, wie Cheiron wieder nach Hause kommt, wenn ich zum Sänger-wettstreit fliege", atmete Lars auf.

„Das ist Bellas Verdienst", verriet Vulkanus. „Sie war so weit-sichtig, einen männlichen Drachen beim König abzufordern, weil Zephyra keinen Zentauren tragen könnte."

Als der Zentaur auf dem Hof das Hirn des Hirsches in einem kleinen Kessel kochte, ließen sich die Drachen von ihm berichten, was in den letzten beiden Tagen geschehen war, seine Handgriffe sehr genau beobachtend. Mit einem Holzlöffel trug er kleine Portionen der Masse auf die Wolfshaut auf, zog einen großen Gelenkknochen aus seinem Beutel und drückte mit diesem gerundeten Werkzeug die Masse so fest in die Häute, dass Lars schon glaubte, sie werde jeden Moment auf der anderen Seite herausquellen. Cheiron presste und rieb und wiederholte das Ganze so oft, bis zwei Häute komplett durchtränkt waren. Bella wollte gerade fragen, was denn aus dem lecker duftenden Wasser werde, als der Zentaur auch schon begann, es in gleicher Weise in die beiden Häute einzumassieren.

„So, meine Lieben, nun muss es einziehen und trocken werden", erklärte er. „Am besten wäre, wenn wir sie auf einem Gestell über dem Rauch von Holz trocknen könnten. So würden sie weicher, allerdings an der Unterseite braun werden und von unten für das Auge nicht so schön bleiben, wie sie momentan noch sind."

Grit überlegte einen Moment. „Wir nehmen sie für unsere Schlafstätten, da müssen sie nicht hell sein. Wenn wir wissen, dass die dunkle Farbe eine natürliche Ursache hat, ist doch auch alles gut."

Die Männer fertigten sofort nach Cheirons Anweisung ein Gestell an, unter dem man ein rauchendes Feuer entfachen konnte, ohne die Pelze zu verderben.

„Unglaublich, was Cheiron alles weiß", staunte Bella. Sie schaute genau so interessiert zu, wie es auch Grit tat.

„Die Hirnmasse wird nicht reichen", seufzte der Zentaur beim dritten Wolfspelz. „Ich bräuchte sehr viel mehr."

„Wenn du brav bitte sagst, lassen wir dir die Köpfe unserer Mahlzeiten übrig", grinste Vulkanus.

Cheiron lachte. „Das Geschäft gilt! Schlag ein!" Er hielt Vulkanus die Hand hin.

Der Drache reichte dem Zentauren ganz vorsichtig eine Kralle, um scherzhaft den Vertrag zu besiegeln. Corax stolzierte zwischen ihnen herum, als müsse er prüfen, ob alles seine Ordnung habe.

Grit schlug Lars kichernd auf die Schulter. „Deine Freunde gefallen mir, einer wie der andere. Wenn ich nicht so feige wäre, dann würde ich sie alle ans Herz drücken, vom kleinen Corax, bis zum gigantischen Vulkanus."

Vulkanus schaute Grit treuherzig an. „Sei versichert, wir beißen nicht, wir sehen nur so aus."

„Dann komm her du!", rief Grit, sein Vorderbein mit beiden Armen umschlingend. „Ich glaube, andersherum gäbe es Brei."

„Corax hat es bisher auch überlebt, mit uns zu kuscheln", wiegelte Bella ab. Sie berührte ganz zart die Stellen, wo die Zwerge dem Raben die Federn ausgerissen hatten. „Armer kleiner Kerl. Aber sie wachsen ja wieder nach. Dann bist du wieder wie neu."

„Krahhh", machte der Rabe, was wie ein ganz tiefer Seufzer klang.

Auch die beiden Schwestern waren traurig, dass der tapfere Rabe so zerzaust aussah. Um ihn etwas aufzumuntern, fragten sie, ob er mit ihnen Murmeln spielen wolle. Corax nickte heftig. Er durfte sich sogar eine Murmel aussuchen und wählte sogleich die glänzendste Kugel, die in dem kleinen Kistchen zu finden war.

Vulkanus schmunzelte, weil der *Piepmatz*, wie er immer zu sagen pflegte, mit voller Hingabe seine bunte Kuller wieder und wieder auf die Spitze der Hügelchens trug. „Cheiron, ich sehe es schon kommen, dass du ihm eine Murmelbahn bauen musst, wenn ihr wieder zu Hause seid."

„Ach, die kann er haben!", erwiderte der Zentaur. „Es ist doch keine Hürde, solch einen Maulwurfshügel aufzuschütten und, statt eines Kruges, ein paar Kügelchen aus Ton zu brennen. Vielleicht haben ja sogar die kleinen Elfen Lust, hin und wieder mit ihm zu spielen. Raben sind kluge Vögel, die beschäftigt sein wollen und die es lieben, schwierige Aufgaben zu lösen."

Corax war gerade wieder auf dem Weg nach unten, als er die Richtung änderte, um laut zeternd zur entlegensten Ecke der Umzäunung zu fliegen. Alle folgten ihm mit den Augen und gewahrten mehrere Wolken, die sich langsam umeinander drehten.

„Frauen und Kinder ins Haus!", befahl Cheiron, nach zwei Lanzen fassend, die neben der Tür standen. „Corax, komm zurück! Bewache die Mädchen!"

„Sauber gelöst, ihn aus der Schusslinie zu bekommen", schmunzelte Vulkanus und schüttelte lächelnd den Kopf, als der Rabe im Sturzflug seine geliebte Murmel fasste, um auch sie in Sicherheit zu bringen.

Ein kurzes Nicken von Bella, dann starteten die Drachen, das Portal umkreisend, welches wie der Trichter einer Windhose zu Boden wanderte. Cheiron blieb im eingezäunten Bereich, damit die Häuser nicht schutzlos waren.

„Kann ich helfen?", fragte Tim.

Cheiron kniff die Augen zusammen. „Du könntest mir Waffen zureichen, wenn ich danach verlange."

„Das werde ich", versprach Tim, im Schatten der Tür auf die entsprechenden Befehle wartend.

Über dem Feld öffnete sich inzwischen das Portal und spie Ares' Streitwagen aus. Der finstere Gott selber war bis an die Zähne bewaffnet.

Ares staunte. Obwohl die Pferde mit ganzer Kraft zogen, kamen sie keinen Zentimeter vorwärts. Er ahnte da noch nicht, dass sich Vulkanus den Spaß machte, das Gefährt von hinten festzuhalten. Bella ließ sich aufreizend langsam genau neben dem Gespann zu Boden sinken. Sie setzte sich auf die Hinterbeine, verschränkte die Vorderbeine vor der Brust und grinste. „Na, mein Guter, schwächeln deine Hottehüs?"

„Scheint so!", ließ sich Vulkanus vernehmen.

Ares stoppte den vergeblichen Lauf der Pferde, drehte sich im Zeitlupentempo um, erschrak gewaltig und knirschte: „Verfluchtes Drachenkropzeug!"

„Was meinst du", wandte sich Bella an Vulkanus, „ob die Pferde schmecken?"

Vulkanus spitzte das Maul. „Eher nicht. Die sind uralt. Da kannst du auch gegerbtes Leder kauen. Ares schmeckt sicher besser, der hat noch nicht ganz so oft die Peitsche bekommen."

Während dem Kriegsgott langsam der Mund aufklappte, weil man ihn wie einen Idioten vorführte, meinte Bella: „Na, das lässt sich aber ändern." Sie drosch in einer schnellen Drehung Ares ihren hartgepanzerten Schwanz über den Rücken.

Vulkanus pflückte zur gleichen Zeit so viele Waffen aus dem Wagen, wie er mit einem Griff fassen konnte. „Aus den

Zahnstochern können die Triganer sicher noch was anderes machen."

Ares riss Speer und Schild an sich, sprang aus dem Wagen und ging auf Bella los. Die war allerdings auf der Hut, wusste sie doch, dass sie durch die magischen Waffen des Gottes verwundbar war. Scheinbar spielerisch lenkte sie mit einer einzigen Kralle die Stiche und Hiebe ab, womit sie Ares noch mehr in Rage brachte.

„Cho - le - ri - ker sind ei - ne fei - ne Sa - che", sprach sie, sich wieselflink wehrend, weil auch der Gott immer schneller wurde. „Die sind so herr - lich vor - her - seh - bar." Sie schnippte Ares die Kralle an den Helm, dass es ihn rücklings über den Streitwagen katapultierte. „Ich muss erst mal Luft holen."

Vulkanus lachte Tränen.

„Passt auf!", hörten sie Tim rufen. „Hinter euch braut sich was zusammen!"

„Danke für den Tipp!", antwortete Vulkanus, die Lederriemen des Gespannes zerreißend, ehe sich Ares vollständig erholt hatte.

Er gab Bella ein Zeichen, riss den Streitwagen mit sich in die Luft und ließ ihn aus ein paar Metern Höhe fallen, sodass er zerschellte. Einen Wimpernschlag später tobte das Inferno. Das Wolkenportal entließ an die 50 Zwerge in die Welt der Triganer, die noch dazu mit Eiswaffen ausgerüstet waren.

„Jetzt wird es eng", murmelte Bella. Sie setzte noch einmal alles auf eine Karte, indem sie Ares seinen polierten Kupferschild entriss.

„Lass den nutzlosen Plunder liegen und fliehe!", rief Vulkanus.

„Im Gegenteil", schrie Bella. „Jetzt mache ich Jagd auf die kleinen Mistkerle!" Sie begann die Eisblitze mit dem Schild abzulenken.

Der schwarze Drache begriff sofort. Er klaubte die große Blechtafel auf, mit welcher der Streitwagen verziert gewesen war und eiferte ihr nach.

„Achtung! Es wird glatt!", warnte Bella, als sie fast ungebremst in die Gruppe Pferde schlitterte, die auskeilten und nach ihr zu beißen versuchten.

Auf einem der Tiere schien sich Ares bereits davongemacht zu haben, sie konnten ihn nämlich nirgends entdecken. Vom Palisadengang überschüttete Cheiron die Angreifer mit einem Pfeil- und Speerhagel. Tim assistierte tapfer, obwohl bereits ein dicker Eispanzer den Zaun überzog und fürchterliche Kälte ausstrahlte.

„Zieht an!", befahl Grit, ihnen Wolfspelze mit Loch für den Kopf entgegenhaltend. Sie vergewisserte sich, dass auch Cheiron gehorchte, dann huschte sie zum Haus zurück, so schnell es auf dem vereisten Boden ging.

„Wie viele Zwerge sind es noch?", fragte Tim verzweifelt, als kaum noch Waffen zu Verfügung standen.

„Fünfzehn, sechzehn, schätze ich", erwiderte Cheiron, den Triganer zu Boden reißend, weil den sonst ein Eisblitz getroffen hätte.

Eine nach verbranntem Fleisch stinkende Wolke trieb heran.

„Jetzt machen die Drachen ein Ende!", jubelte der Zentaur, denn beide Giganten spien ihr verheerendes Feuer auf die letzten Zwerge, nachdem sie deren Waffen zerstört hatten.

Ein markerschütternder Schrei aus Richtung der Häuser ließ Cheiron und Tim herumkreiseln. Was da geschah, konnten sie gar nicht gleich erfassen. Jemand wälzte sich auf dem Boden, wild um sich schlagend. Sie beeilten sich, von dem Gang herunter und in den inneren Ring zu kommen, den auch schon die siegreichen Drachen ansteuerten.

Die beiden fliegenden Kämpfer tauchten zur gleichen Zeit dort auf, wie die Gestalt verschwand. Nur etwas Kleines, Schwarzes blieb zurück, das sich leicht im Wind bewegte.

„Das ist Corax!", schluchzte Bella auf, deren scharfe Drachenaugen sofort erspäht hatten, was da lag.

Cheiron ging in die Knie, seinen gefiederten Gefährten vorsichtig aufnehmend. „Er lebt noch. Vielleicht kann ich ihn retten!"

Der Zentaur trabte ins Haus, wo er Corax unter den bangen Blicken der anderen auf den Tisch bettete. Die Drachen schauten durch die Fenster herein.

„Er hat einen gebrochenen Flügel, Quetschungen am ganzen Körper und braucht ein paar Tage Ruhe", hörten sie Cheiron sagen, der bereits begann, mit einem gewebten Band, das ihm Grit reichte, den Flügel zu fixieren.

„Krahhh", machte Corax matt, gleich wieder die Augen schließend.

„Was ist denn eigentlich passiert und warum war Corax draußen?", wollte Cheiron nun endlich wissen.

Grit zeigte auf ein zersplittertes Fenster. „Corax hat den Fremden eher entdeckt, als wir und sich, ohne einen Ton von sich zu geben, wie ein Irrer auf die Scheibe gestürzt. Das Glas brach, Corax flatterte raus und hat versucht, dem bewaffneten Mann die Augen auszuhacken. Er war auch überaus erfolgreich, denn der Schuft ging nach wenigen Sekunden zu Boden und schlug wild um sich. Dabei hat er Corax mehrfach ganz heftig getroffen. Aber der Kleine gab nicht auf. Er hat uns gerettet. Für einen Zwerg war der Bewaffnete jedenfalls erheblich zu groß", fügte sie noch hinzu. „Der hätte es mit der Körperhöhe mit Cheiron aufnehmen können."

„Kein Wunder", erklärte Vulkanus. „Das war Ares, der Kriegsgott, persönlich."

Grit wurde blass, hielt sich eine Hand vor den Mund und zog mit der anderen ihre beiden Töchter fest an sich, während die übrigen Triganer mit weit aufgerissenen Augen den Drachen anstarrten.

„Vulkanus hat recht. Das war wirklich Ares", bestätigte Bella. „Uns ist er entkommen, als wir gegen die Zwerge kämpften. Zudem haben wir im Anflug die Spur eines riesigen Pferdes auf die Palisaden zulaufen sehen. Ihr kennt alle Blitz, der früher eines von Ares' Schlachtrössern war. Da ist euch sicher klar, von welcher Größenordnung ich rede."

„Dann passten Reiter und Pferd perfekt zusammen", murmelte Grit. „Hoffentlich kommt Corax durch. Der ist nicht nur ein Held, der ist ... der ist ..."

„Ein Wächterdrache ehrenhalber", beendete Vulkanus den Satz. „Ich werde Viola und Boreas persönlich bitten, ihm diesen Titel ganz offiziell zu verleihen. Ich bin stolz auf unseren Piepmatz!"

„Und das, wo Cheiron immer beteuert hat, er wolle keine Helden mehr erziehen", blinzelte Lars.

Der Zentaur betrachtete liebevoll den kleinen geschundenen Körper, der auf etwas Schafwolle in einem Holzkistchen mitten auf dem Tisch lag, ehe er sich scherzhaft verteidigte: „Das war ungeplant."

„Könntest du dich trotzdem noch ein Mal durchringen, jemandem etwas Heldentum beizubringen?", fragte Tim vorsichtig. „Oder wenigstens, wie man richtig mit Schwert und Streitaxt umgeht."

Cheiron hob den Kopf und schaute in die entschlossenen Gesichter der beiden triganischen Männer. „Wie stehe ich denn da, wenn ich es nicht mache?", fragte er lachend. „Corax muss eh erst mal wieder auf die Beine kommen, bevor ihr mich loswerdet. Lars fliegt heute noch zum Olymp, Grit will gerben ..."

„... wir fliegen ein bisschen Patrouille, verschnabulieren hin und wieder etwas Großwild und passen auf, dass man euch alle in Ruhe lässt", ergänzte Bella.

„Klasse, die Drachen bleiben da!", jubelten die Kinder.

Vulkanus grinste vergnügt. „Ja, ja, schon verstanden. Klar ist auch mal Rundflug drin."

„Krahhh", erklang es matt aus dem Kistchen.

„Für dich bringen wir leckere Häppchen mit, damit du bald wieder bei Kräften bist, mein kleiner Freund", versprach Vulkanus. „Großes Drachenehrenwort."

Die Drachen eskortierten am Nachmittag Lars bis zum Portal, welches ihn zum Olymp bringen sollte, dann gingen sie auf Jagd. Es gelang ihnen tatsächlich, trotz der ungewöhnlichen Stunde, eine Hirschkuh zu erlegen, die sie im Ganzen zu Cheiron brachten, damit der sich alles nehmen konnte, was er wirklich brauchte.

Vulkanus riss Herz und Leber heraus. „Für den Kleinen. Vielleicht kann er ja schon ein paar Stückchen essen."

„Wie du sagst, ein paar Stückchen." Cheiron säbelte von beidem ein Zipfelchen ab, das auch für ihn mit reichte.

Der Rabe hob ein wenig den Kopf, als es nach roher Leber duftete.

„Ahhhhh, die Lebensgeister kehren wieder", freute sich Cheiron, seinem Schützling kleine Bröckchen in den Schnabel schiebend.

Beim vierten Häppchen stemmte sich Corax auf die Beine, um mit funkelnden Augen zuzuschauen, wie Cheiron schnabelgerechte Stücke schnitt. Am Ende trank er ganz allein ein paar Schlucke Wasser aus einer Schale, die extra für ihn bereitstand.

„Krahhh, krahhh, krahhh", schnäbelte er zufrieden, sich wieder in das Schafvlies kuschelnd.

Während Cheiron Grit und den Mädchen noch ein paar Hinweise zum Gerben gab, holte Tim die Waffen hervor. Der Unterricht im Schwertkampf konnte beginnen. Vulkanus schaute ihnen interessiert zu. Bella griff sich lieber einen Korb und begann, auf dem Schlachtfeld alles einzusammeln, was aus Metall und somit wiederverwendbar war. Selbst jenes, das die Drachenflammen geschmolzen hatten.

Sie musste mehrmals fliegen. Unterwegs fiel ihr ein, dass auch Corax akribisch jedes glänzende Stückchen aufgesammelt hätte. So unähnlich waren sich Drachen und Raben diesbezüglich wohl wirklich nicht. Bella seufzte. Die Märchen, welche die Menschenfreunde erzählt und vorgelesen hatten, als sie selber noch ganz klein war, waren wundervoll gewesen. Da war von Schätzen die Rede, die die Drachen angehäuft und manchmal den Zwergen gestohlen hatten. Umgekehrt natürlich auch oft. Die Schätze, die ihre Eltern bewachten, die alten Ritterrüstungen, der Traumfänger oder die Fotos und Zeitungsartikel aus der Menschenwelt, waren auch wundervoll. Und den riesigen Bildteller aus feinstem Silber gab es ja auch noch. Der zählte in jedem Fall, selbst bei den Menschen, als echter Schatz.

„Wie geht es Corax?", fragte sie nach dem letzten Flug.

„Krahhh, krahhh", antwortete der Rabe selber, auf den Rand des Kistchens hüpfend.

„Oh, prima, von den Toten auferstanden", schmunzelte Bella. „Aber das liegt ja in der Familie, hätte ich jetzt fast gesagt. Zumal Cheiron dein Ziehpapa ist." Sie fasste vorsichtig durch das Fenster, um Corax ganz sanft mit der Klaue zu berühren.

Der nahm das als Aufforderung, kraxelte hinauf, krallte sich fest und ließ auch nicht wieder los.

„Hilfe, Cheiron, ich bin überfallen worden!", zeterte Bella gut geschauspielert und Corax krächzte sich eins.

Der Zentaur begann schallend zu lachend. „Jetzt macht er auch noch Gefangene!"

Vulkanus und die anderen fielen in das Gelächter ein.

„Aber das lässt du bleiben", schimpfte Bella, als Corax versuchte, den Flügelverband loszuwerden. „Du wirst ganz brav warten, bis du richtig gesund bist. Und wann das ist, sagt Cheiron."

„Krahhh, krahhh", flüsterte der Rabe, seine große Freundin mit der Schnabelkante streichelnd.

Bella seufzte. „Der kleine Schlingel schafft es doch immer wieder, dass man ihm nicht böse sein kann."

Vulkanus blinzelte: „Ist halt ein echter Herzensbrecher, dem jede auf den Leim kriecht."

„Was heißt hier jede!", rief Bella, den letzten Buchstaben betonend. „Dich hat er doch auch schon um den Finger gewickelt."

„Krahhh, krahhh, krahhh", machte Corax, auf Bellas Vorderbein weiterbalancierend, bis er auf Vulkanus Klaue hüpfen konnte, die auf dem Fenstersims ruhte.

„Fall nicht runter, kleiner Drache", sagte Vulkanus besorgt und grinste burschikos, als wieder alle lachten, weil er soeben Bellas Worte bewiesen hatte.

Streifzüge

Am nächsten Tag durfte Corax frei herumhüpfen. Cheiron hackte ihm mit der Axt sogar eine Art Treppe in einen geraden Ast, damit er auf den Murmelhügel klettern konnte.

Am Abend frischte plötzlich der Wind auf. Alle schauten besorgt zum Himmel, in der Annahme, Ares käme wieder. Zwar kam auch jemand aus der Welt der Olympier, aber zwei Wesen, über deren Besuch sie sich riesig freuten – Flora und Zephyros.

Lars hatte ihnen brühwarm erzählt, was vorgefallen war, dass nun ein Teil der Ernte ausfallen werde, weil das Feld durch die Schlacht verwüstet worden war, und die Gärten durch das Eis gelitten hatten. Die beiden waren sofort losgezogen, um den Schaden zu begrenzen. Natürlich bekam Corax auch von Flora unzählige Liebkosungen, die er mit halb geschlossenen Augen genoss.

„Und wie ist es für Lars beim Sängerwettstreit gelaufen?", fragten alle.

„Diesmal war es nur der dritte Platz", verriet Zephyros. „Aber er bekam durch seine Geschichten, die er erzählen konnte, ohne die Leier zu berühren, so viel Aufmerksamkeit, wie kein anderer. Und das hat ihm sehr behagt."

„Vor allem Poseidon wollte es ganz genau wissen. Also haben sie Lars zwischen ihm und Hades, genau gegenüber von Zeus, platziert, damit er nicht alles dreimal erzählen musste", fügte Flora hinzu. „Sie hatten alle viel Spaß miteinander."

„Ares hat sich wegen diverser Unpässlichkeiten entschuldigen lassen", grinste Zephyros. „Sein geschwollenes Gesicht soll auch gar nicht gut aussehen, besonders um die Augen, haben die Quellnymphen ausgeplaudert. Na, wer wird ihm wohl so zugesetzt haben?"

Corax, den alle neugierig ansahen, schaute augenblicklich steil in die Luft und pfiff „tütütü", so wie er es sich von Bella abgeschaut die hatte, die gern Thomas imitierte. *Ich weiß gar nicht, wovon ihr sprecht,* sollte das heißen.

„Wenn der Vogel nicht absolut herrlich ist, dann weiß ich nicht, was wirklich ulkig ist", lachte Zephyros. „Bringt Ares fast an den Rand des Wahnsinns und tut dann so, als sei er gar nicht dabei gewesen."

„Du meinst, der Kleine passt zu uns, wie der Arsch auf den Nachttopf, wie Thomas zu sagen pflegt?", fragte Bella grinsend. „Oder, wie er manchmal erklärt: Mit Freunden, die auch einen an der Waffel haben, macht es den meisten Spaß."

„Au weia! Das aus dem Mund einer Dame!", rief Zephyros gespielt entrüstet.

Bella grinste noch breiter. „Dame? Ich bin ein Drache. Und Drachen dürfen das."

Flora gluckste hinter vorgehaltener Hand. Ihr fiel der lockere Umgang miteinander noch nicht ganz leicht, und viele Begriffe aus der Menschenwelt mussten ihr die anderen erst erklären. So war es eben auch mit dem Nachttopf, und mit *einen an der Waffel haben*, was eine Nymphe gar nicht kennen konnte. Auch die Triganer und Cheiron waren für den Schnellkurs in Menschenbegriffen, den Bella sofort gegeben hatte, dankbar gewesen.

„Ich glaube, das passt", murmelte Cheiron belustigt. Er hatte die verschworene Gemeinschaft der unterschiedlichen Wesen seit seiner Ankunft im Elfenreich Tag für Tag erlebt und sich erstaunlich rasch an die kleinen Macken seiner neuen Freunde gewöhnt. Seine eigene, nämlich, sich einen wundersamen Vogel zu halten, hatten diese auch sofort akzeptiert. Jetzt war der Rabe nicht nur sein Anhängsel, sondern ein fester, sehr geschätzter Bestandteil der Gemeinschaft geworden. Praktisch einer von ihnen.

So setzten sie auch alles daran, dass Corax, weil er es sich sehnlichst wünschte, obwohl er nicht fliegen konnte, mit ihnen auf die Jagd gehen konnte. Bella versprach, den Kleinen zu tragen und besonders gut auf ihn aufzupassen.

„Darf ich beim Aufpassen helfen?", fragte Tim mit treuem Hundeblick.

Vulkanus deutete stumm auf seinen Rücken, worauf Tim einen Freudenheuler losließ, der sogar Corax lachen ließ.

Cheiron schmunzelte. „Du weißt aber schon, dass wir jetzt tote Tiere machen?"

„Das hätte jetzt glatt von Thomas stammen können", kicherte Bella. „Eingewöhnungsphase erfolgreich abgeschlossen, würde ich sagen."

„Immer noch besser, als tote Bäume, wenn Flora in der Nähe ist", konterte Tim.

Der Zentaur konnte nicht umhin, die ganze Begebenheit zu erzählen, worauf ihm die Nymphe unter fröhlichem Blinzeln mit dem Finger drohte.

„Es steckt in beiden Potenzial", prophezeite Vulkanus trocken, während er sich zum Abflug bereit machte.

Corax erspähte die Rotte Wildschweine noch vor den Drachen. Sein aufgeregtes Trippeln alarmierte Zephyra, die ihrerseits Cheiron einen Wink gab. Die drei Jäger teilten sich auf und griffen die sorglos fressenden Tiere von verschiedenen Seiten an. Ehe Tim etwas merkte, war die Jagd bereits vorbei. Er war viel zu beschäftigt gewesen, nicht vom Rücken des Drachen zu fallen, um sich noch auf irgendetwas anderes konzentrieren zu können.

Vier Schweine hatten den Blitzangriff nicht überlebt.

„Ab nach Hause!", schlug Bella vor, deren Magen laut und anhaltend knurrte.

Selbst Cheiron konnte sich das Lachen nicht verkneifen. „Seit wann musstest du hungern?"

Bella zählte grinsend an den Krallen ab: „Seit zwei, drei, vier vollen Stunden. Pyron würde jetzt sagen, er habe einen Wachstumsschub", fügte sie noch kichernd hinzu.

Der Zentaur kraulte Bella lächelnd zwischen den Hörnern. „Bei dir wird das wohl zutreffen. Beeilen wir uns, zurückzukehren, damit du uns nicht unterwegs auf den letzten Metern verhungerst."

„Wir nehmen deine Beute mit", rief ihm Vulkanus zu, zwei Schweine mit den Klauen, eins mit den Zähnen greifend.

Bella übernahm das letzte Borstentier. Cheiron galoppierte ihnen zufrieden nach. Es war das erste Mal, dass er nicht selber schleppen musste, was er erlegt hatte. Die Drachen warteten auch, bis der Zentaur ankam, ehe sie aufteilten, was jeder bekommen sollte. Corax durfte sich etwas von den Innereien aussuchen. Er hüpfte mit einem Stückchen Leber in eine Ecke, um die Drachen nicht zu stören, und selber auch in Ruhe fressen zu können. Tim half Grit dabei, die Gehirne der Tiere zu kochen, damit sie endlich die restlichen Wolfspelze gerben konnte. Da hielt Corax bereits mit fest geschlossenen Augen Siesta. Er hatte noch immer erhebliche Schmerzen im gebrochenen Flügel.

„Vielleicht sollten wir den Kleinen doch lieber nach Hause bringen", murmelte Vulkanus besorgt.

Bella nickte. „Viola könnte ihm mit ihren heilenden Kräften die Schmerzen nehmen."

Cheiron wechselte einen Blick mit Grit. „Ihr kommt doch jetzt sicher ohne mich klar?"

„Mach dir keine Sorgen. Corax' Leben ist wichtiger, als ein paar Wolfspelze. Komm irgendwann mit dem Kleinen wieder her. Ihr seid hier immer gern gesehen", erklärte die Triganerin.

Die beiden Mädchen eilten hinaus, um die Lieblingsmurmel des Raben zu holen. Das war das Mindeste, was sie dem tapferen Vogel schenken wollten.

Cheiron bettete den fest schlafenden Corax in das Kistchen mit dem Schafvlies, legte die Murmel dazu, dann übergab er alles in Bellas Obhut. Er selber ließ sich von Zephyros und Tim Seile anlegen, die Vulkanus abschließend auf exakten Sitz überprüfte. Nach herzlichen Umarmungen hoben die Drachen schließlich ab, um ihre Freunde in die Elfenwelt zu tragen, während sich Flora und Zephyros um Gärten und Felder der Triganer kümmerten.

Der kleine schwarze Drache ehrenhalber wachte erst auf, als sich auf der Wolkeninsel viele neugierige Gesichter besorgt über sein Transportkistchen beugten. „Krahhh, krahhh", murmelte er ganz verschlafen. Er hatte Mühe, zu begreifen, wo er sich gerade befand.

„Alles wird gut, mein kleiner Schatz", flüsterte Viola, mit den Fingerspitzen über das blauschwarze Gefieder streichend. „Gleich bist du wieder wie neu. Erst dann will ich hören, wer dich so übel zugerichtet hat."

Besonders der heilkundige Cheiron staunte, als sich ein dünner Film aus goldglänzenden Partikeln über Corax' Körper ausbreitete, deutlich sichtbar in diesen eindrang, worauf sich sein gefiederter Freund rasch erholte.

„Nur die Federn müssen von allein nachwachsen", erklärte Viola, dem Raben den Verband abnehmend.

Corax flatterte auf die Schulter der hilfreichen Elfe. Er schnäbelte dankbar an ihrem Ohr.

„Was hältst du davon, einen kleinen Spaziergang durch unsere winzige Wolkenwelt zu machen?", wandte sich Viola an den Zentauren. „Unterwegs kannst du mir genau erzählen, was sich auf Triga zugetragen hat. Corax hat sicher Lust, uns zu begleiten. Heute Nachmittag fliegen wir runter zum Nixensee und feiern eure Rückkehr."

„Möchtest du fliegen oder reiten?", fragte Cheiron lächelnd.

„Reiten, wenn ich darf."

„Es ist mir eine Ehre, meine Königin zu tragen", strahlte der Zentaur. Er spürte die federleichte Elfe kaum auf seinem Rücken. Natürlich begann er nach ein paar Schritten zu erzählen, wobei der Rabe immer wieder bestätigend krächzte.

„Mit Ares werden wir wohl noch öfter aneinander geraten", prophezeite Viola. „Fast tut es mir leid, dass Corax nicht in den Wassern des Styx baden kann. Ich werde aber mit den anderen sprechen, ob es nicht irgendeine Möglichkeit gibt, ihn unverwundbar zu machen. Dass Drachenblut nicht funktioniert, wie die Menschen immer glaubten, wissen wir inzwischen ziemlich gut. Pyron hat sich so oft verletzt, wenn er auf Brontornis-Jagd war, da hatten wir genug Material zum Testen. Nixenblut ist zu gefährlich. Zumal das zwar unsterblich, aber nicht unverwundbar macht."

Cheiron hob überrascht den Kopf. „Nixenblut macht unsterblich?"

„Das wusstest du nicht?", fragte Viola staunend und berichtete, als der Zentaur langsam den Kopf schüttelte, was sich vor vielen Jahren zugetragen hatte, als Thomas das Gift von einem Schlangenbiss aus Diandras Wunde saugte.

„Dein Vater ist wirklich ein ungewöhnlicher und gutherziger Mensch", gab Cheiron zu. „Ich kann verstehen, dass er Diandra verehrt. Mir geht es ja ganz genau so. Ich denke immer mit tiefster Dankbarkeit an zwei strahlende Augen zurück, die aus den Wassern des Styx auftauchten und der Schlüssel zu meiner Freiheit waren."

„Sie wird sich freuen, dich wiederzusehen", verriet Viola. „Ich habe nämlich unsere Freunde, die in der Menschenwelt leben, zum Fest eingeladen."

Corax wippte aufgeregt mit dem Schwanz. Er freute sich darauf, die anderen zu treffen. Bestimmt durfte er wieder mit von deren Tellern naschen. Vor allem, wenn Galantha Eis zauberte.

Die Elfenkönigin führte den Zentauren auch zum Steg im Meer, wo er die putzigen Seepferdchen beobachtete, die Galanthas Lieblingstiere gewesen waren, und sich über die Delfine amüsierte, die ganz nah herankamen und mit Corax *plauderten*, der an der Kante des Stegs herumhüpfte und schnalzende Laute von sich gab. Während Viola gemütlich mit Cheiron und Corax am Meer spazierte, saßen die Drachen mit Boreas zusammen, erstatteten ebenfalls Bericht und überbrachten Grüße von Flora und Zephyros.

Auch Boreas meinte: „Es wird nicht der letzte Strauß gewesen sein, den wir mit Ares ausgefochten haben."

Und keiner ahnte, was der finstere Kriegsgott noch an Widerwärtigkeiten im Ärmel stecken hatte und erst recht nicht, wo er als nächstes zuschlagen werde.

Ungeahnte Wendungen

Als Magmatus am Nachmittag die Ehre hatte, Cheiron zu seiner Grotte zu bringen, trafen in Pyrons Höhle gerade die ersten Gäste aus der Menschenwelt ein.

„Heute ohne handgemachte Schinkenröllchen", sagte Stella traurig, als Pyron laut schnüffelnd die Nase hob. „Irgendjemand hat den Stromkreis der Kühlzelle unterbrochen und die Behörden haben verlangt, dass Emilio die Lebensmittel auf der Stelle vernichten muss."

„Schade", murmelte Pyron, „ich wäre auch ein guter Vernichter gewesen."

„Das glaube ich dir aufs Wort", schmunzelte Stella. „Er schickt also diesmal einen ganzen Schinken, der noch in der Räucherkammer hing." Sie packte das duftende Geschenk auf den Tisch.

Pyron ließ es in einem großen Topf mit Deckel verschwinden. „Sonst fressen es mir noch die Raben weg."

„Meinst du Corax?", fragte Marc.

„Nein. Dem würde ich sogar freiwillig den ganzen Schinken überlassen", erwiderte Pyron zur Überraschung der Menschenweltbewohner. „Ach, ihr werdet staunen, was in den letzten Wochen los war! Kommt mit! Je eher wir am See sind, umso schneller werdet ihr es erfahren."

Corax, noch immer sehr gerupft aussehend, krächzte beim Anblick der vielen Freunde wie ein Wilder. Er beruhigte sich erst, als er einmal die lange Tafel hinauf und auf der anderen Seite herunter spaziert war, wobei ihn jeder zärtlich streichelte. Dann hüpfte er auf Cheirons Schulter, wo er sich am Riemen des im Augenblick leeren Pfeilköchers festkrallte.

Viola bat um Aufmerksamkeit. „Es wird die meisten von euch sicher verwundern, dass ich mit einer offiziellen Amtshandlung als Königin unser fröhliches Gemeinschaftsfest eröffnen möchte. Aber die Vorkommnisse der letzten Tage schreien geradezu danach. Der Bitte unseres Drachen Vulkanus folgend, zeichne ich ein Mitglied unserer Gemeinschaft für besondere Tapferkeit im

Angesicht des Feindes aus und ernenne es offiziell zum *Königlichen Wächterdrachen ehrenhalber*. Komm her, Corax, du hast den Titel verdient!"

Der erstaunte Rabe kletterte vorsichtig über Cheirons Arm auf den Tisch und trippelte unter den ungläubigen Blicken vieler anderer zu Viola hinüber. Die streifte ihm einen silbernen Ring über den rechten Fuß, in welchen rundum abwechselnd winzige Drachen und Kronen graviert waren.

„Willkommen in der Gemeinschaft der Wächterdrachen!", sprach Vulkanus, dem Winzling seine Klaue reichend.

„Krahhh, krahhh, krahhh!", jubelte Corax, symbolisch mit seinem kleinen Füßchen eine der Riesenkrallen umfassend.

Applaus brandete auf.

„Die Geschichte dazu! Die Geschichte dazu!", rief Thomas, neugierig in die Runde schauend.

Bella deutete auf Cheiron. „Er kann am spannendsten erzählen!"

„Aber du bist eine der Hauptpersonen", gab der Zentaur zu bedenken, während er Corax fröhlich zublinzelte, ihm half, seinen Platz auf der Schulter wieder einzunehmen, wo der Rabe eingehend sein glänzendes Schmuckstück untersuchte.

„Erzähl schon! Ich trage auch wieder mal deine Beute", schmunzelte Vulkanus.

„Ich werde dich dran erinnern", lachte Cheiron, mit seinem Bericht beginnend.

„Da ging es bei uns erheblich friedlicher zu", stellte Aurëus fest. „Ich hätte auch niemals gedacht, irgendwann einen weiblichen Kampfdrachen als Befehlshaber zu erleben. Und wenn, dann hätte ich Zephyra in dieser Rolle erwartet. Würde mich nun aber auch nicht wundern, wenn Bella eines Tages lernt, Eis zu speien. Die kleine Lady steckt voller Überraschungen."

Es gab wohl keinen im Elfenland, der nicht voller Stolz auf Bella zugestimmt hätte. Vor allem Vulkanus, ihr auserwählter zukünftiger Gefährte, und die Familie lächelten sehr behaglich bei Aurëus' Worten.

Der ehemalige König des Elfenreiches bedachte nun auch den winzigen gefiederten *Drachen* mit einem liebevollen Blick. „Wie ich an Corax sehe, sind es nicht immer die Großen, die man schon auf den ersten Blick für gefährlich hält, welche über Sieg oder Niederlage bestimmen. Dieser kleine Vogel hat gezeigt, was man alles erreichen kann, wenn man das Herz auf dem rechten Fleck trägt. Ich möchte Corax auch ein besonderes Geschenk machen. Ich werde ihn für 24 Stunden in einen echten, wenn auch winzigen Drachen verwandeln."

Bromer hob die Hand. „Und von mir bekommt er 24 Stunden eine menschliche Stimme!"

Während alle völlig aus dem Häuschen gerieten, weil die Verwandlung sofort einsetzte, meldete sich auch Marc zu Wort. „Ich gewähre Corax die Gunst, eine der beiden Verwandlungen Zeit seines Lebens behalten zu können. Die Wahl liegt ganz bei ihm."

Corax, der winzige schwarze Drache, kroch über den Tisch zu Marc. „Dann weiß ich jetzt schon, was ich wähle. Nicht jeder Drache kann Feuer speien. Ich, als Rabe, auch nicht. Fliegen hingegen kann ich auch als Vogel und nicht einmal viel schlechter als ein Drache. Dass meine Federn nicht so haltbar sind, wie ein Drachenpanzer, ist sicher nicht so schlimm. Aber eine Stimme – das ist etwas, womit ich euch sicher besser kundtun kann, was ich sehe, denke oder fühle, als wenn ich krächze. Also bitte ich dich inständig, mir nach Ablauf der Frist die menschliche Stimme zu lassen."

Unter dem tosenden Beifall der Feiernden versprach Marc, ihm diesen Wunsch zu erfüllen.

„Komm her, mein Kleiner", sagte Cheiron ganz gerührt. „Du bist ein wirklich kluges Geschöpf." Er drückte seinen ungewöhnlichen Mitbewohner fest an sich und kraulte ihn zwischen den winzigen Drachenhörnern. „Ich bin glücklich, dass es dich gibt."

Weil der Minidrache seinen Ziehvater nicht mit seinen scharfen Krallen verletzen wollte, blieb er auf dem Tisch neben dessen Teller sitzen, von dem er sich mit bedienen durfte.

Bella schmiegte sich an Marcs Schulter. „Duuuuuu", sie dehnte das Wort fast ins Unendliche, „kannst du nicht auch etwas machen, dass unser Drachenrabe unsterblich wird?"

Marc seufzte tief. „Das liegt leider nicht in meiner Macht. Aber ich werde keine Möglichkeit ungenutzt lassen, dir diesen Wunsch zu erfüllen."

Bella strahlte in die Runde: „Also Leute, haltet die Ohren offen. Wenn es Unsterblichkeit zu haben gibt, bringt eine Portion für Corax mit!"

Der Rabe zog die Nase hoch, weil er sonst vor Rührung glatt geweint hätte.

„Könnte ich helfen?", fragte Diandra. „Corax ist ein Vogel ...“

Es wurde schlagartig still. Jeder wusste, was die Nixe damit sagen wollte.

„Ihr meint, es gäbe eine Chance, weil ich Vogel bin?", fragte Corax. „Auch, wenn man uns Raben nachsagt, dass wir stehlen und allerlei Unsinn treiben?"

Diandra nickte. „Ich wäre aber untröstlich, wenn dir etwas geschähe, weil ich dich ermuntert habe."

„Nixenblut ist wirklich ein besonderer Saft", murmelte Thomas, in Erinnerung an seine eigene Unsterblichwerdung und erzählte Corax, wie es ihm ergangen war.

„Ich möchte Cheiron keinen Kummer bereiten", erklärte der Rabe unsicher. „Zugleich reizt es mich sehr, es zu versuchen, selbst wenn ich nun weiß, dass es keine Garantie gibt."

„Auch diese Wahl liegt ganz bei dir", verriet Marc.

Durch den winzigen Drachenkörper ging ein Ruck. „Wenn ihr mir versprecht, dass ihr mich sofort mit der Drachenflamme verbrennt, wenn ich ein Monster werde, will ich mein Glück versuchen", wandte er sich an die richtigen Drachen, besonders an Bella.

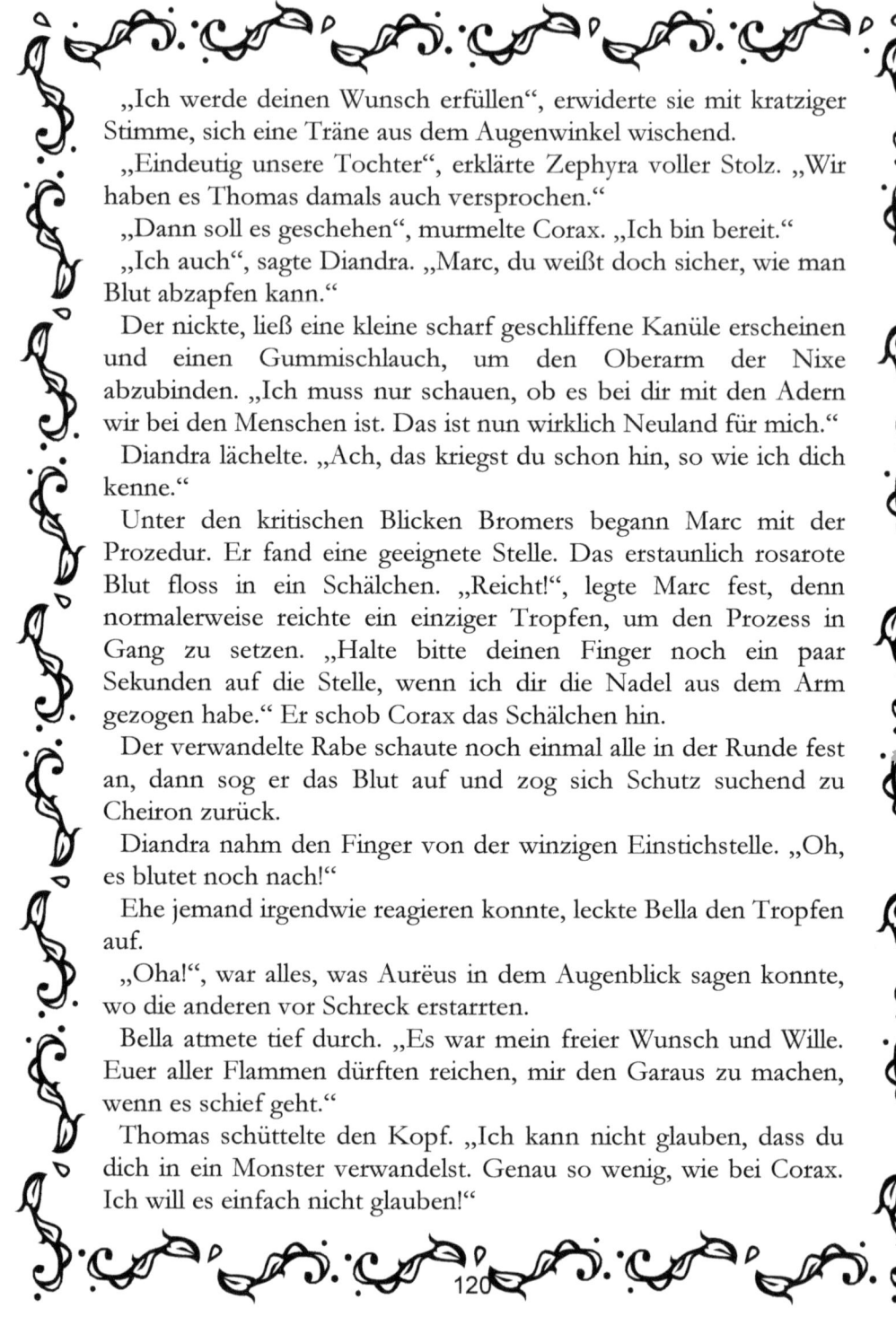

„Ich werde deinen Wunsch erfüllen", erwiderte sie mit kratziger Stimme, sich eine Träne aus dem Augenwinkel wischend.

„Eindeutig unsere Tochter", erklärte Zephyra voller Stolz. „Wir haben es Thomas damals auch versprochen."

„Dann soll es geschehen", murmelte Corax. „Ich bin bereit."

„Ich auch", sagte Diandra. „Marc, du weißt doch sicher, wie man Blut abzapfen kann."

Der nickte, ließ eine kleine scharf geschliffene Kanüle erscheinen und einen Gummischlauch, um den Oberarm der Nixe abzubinden. „Ich muss nur schauen, ob es bei dir mit den Adern wir bei den Menschen ist. Das ist nun wirklich Neuland für mich."

Diandra lächelte. „Ach, das kriegst du schon hin, so wie ich dich kenne."

Unter den kritischen Blicken Bromers begann Marc mit der Prozedur. Er fand eine geeignete Stelle. Das erstaunlich rosarote Blut floss in ein Schälchen. „Reicht!", legte Marc fest, denn normalerweise reichte ein einziger Tropfen, um den Prozess in Gang zu setzen. „Halte bitte deinen Finger noch ein paar Sekunden auf die Stelle, wenn ich dir die Nadel aus dem Arm gezogen habe." Er schob Corax das Schälchen hin.

Der verwandelte Rabe schaute noch einmal alle in der Runde fest an, dann sog er das Blut auf und zog sich Schutz suchend zu Cheiron zurück.

Diandra nahm den Finger von der winzigen Einstichstelle. „Oh, es blutet noch nach!"

Ehe jemand irgendwie reagieren konnte, leckte Bella den Tropfen auf.

„Oha!", war alles, was Auréus in dem Augenblick sagen konnte, wo die anderen vor Schreck erstarrten.

Bella atmete tief durch. „Es war mein freier Wunsch und Wille. Euer aller Flammen dürften reichen, mir den Garaus zu machen, wenn es schief geht."

Thomas schüttelte den Kopf. „Ich kann nicht glauben, dass du dich in ein Monster verwandelst. Genau so wenig, wie bei Corax. Ich will es einfach nicht glauben!"

„Geht mir auch so", flüsterte Vulkanus.

Viola hatte nach Boreas' Hand gefasst, der nun ihre beruhigend drückte.

„Lasst euch von uns die Feierlaune nicht verderben", bat Bella, sich neben Cheiron legend, der Corax im Arm hielt.

Der Zentaur setzte seinen kleinen Freund, der durch das Nixenblut bereits schläfrig wurde, auf Bellas Rücken. Blitz kam mit heran, um aufzupassen, dass nicht einmal ein Marienkäfer die beiden Drachen berührte. Er sorgte sich sehr um Bella, die sich in seinen Augen die Unsterblichkeit mehr als nur verdient hatte. Genauso erhoffte er sie für den kleinen *Flattermann,* wie er oft den Raben nannte. Es bedurfte schon einer gehörigen Portion Mut, Ares anzugreifen.

Niemand ging in der folgenden Nacht nach Hause. Alle scharten sich um die beiden Schläfer, die wie im Fieberwahn zuckten und gar jämmerlich stöhnten.

Als die Sonne aufging, hörte Cheiron Corax etwas murmeln. Er ging in die Knie, um sein Ohr möglichst nah an Corax Drachenmäulchen zu bringen.

„Ich möchte ein Rabe sein. Ich möchte ein Rabe sein", wisperte Corax immer wieder.

„Was mag das bedeuten?", fragte Cheiron die Zauberer.

Alle drei wiegten die Köpfe. „Wir wissen es nicht. Vielleicht sagt er es, weil er kein Monster werden möchte."

„Hmmm, das klingt plausibel", meinte der Zentaur.

Da schlug Corax die Augen auf und verwandelte sich gleichzeitig in seine alte Gestalt zurück, obwohl die 24 Stunden noch gar nicht um waren. Bella folgte wenige Augenblicke später unter dem Jubel der vielen Freunde. Natürlich fragte Cheiron, ob Corax wirklich gemeint hatte, kein Monster werden zu wollen.

Der schüttelte ganz heftig den Kopf. „Nein, das war es nicht. Ich habe ganz deutlich eine Stimme in meinen Gedanken gehört, die fragte, ob ich ein Drache bleiben will. Dagegen habe ich protestiert. Was soll ein so winziger Drache? Da bin ich doch nichts Halbes und nichts Ganzes. Ich bin ein Rabe, ich bleibe ein Rabe und ein Drache ehrenhalber."

Vulkanus stupste ihn mit der Nase an. „Du weißt halt, was du willst und das ziehst du durch. Im Herzen bist auf jeden Fall ein Drache."

Blitz rieb überglücklich seinen Kopf an Bellas Wange. *Sie führt auch stets durch, was sie sich vorgenommen hat,* hörten die Freunde seine telepathische Stimme. *Und nun muss Ares auch noch bis in alle Ewigkeiten damit rechnen, von ihr im Zaum gehalten zu werden! Ich könnte mich vor Lachen kringeln, wenn ich es könnte!* Blitz ließ ein lustiges Wiehern ertönen.

„Ja, das wird dem alten Knaben gar nicht gefallen", lachte Boreas.

Auch Zephyra kicherte. „Bella wird eines Tages eure schärfste Waffe gegen ihn sein."

Ruby saß da und betrachtete ihre Zwillingsschwester mit großen Augen und achtungsvollem Blick. Sie selber hätte niemals den Mut gehabt, das Nixenblut zu trinken. Es wäre ja vielleicht auch nicht gut gegangen, nachdem sie als Jungdrache ihre Freunde in Gefahr gebracht hatte. Dafür schämte sie sich noch heute. Und sie konnte Blitz verstehen, der die ganze Nacht unter der Ungewissheit gelitten hatte, ob Bella wirklich die Unsterblichkeit erringen konnte.

Corax unterhielt sich inzwischen glänzend mit den großen Drachen. „Nun bin ich sicher auch nicht mehr ganz so nervig für euch", hörte ihn Ruby sagen. „Statt herumzuflattern und euch die empfindlichen Ohren voll zu krächzen, um Aufmerksamkeit zu bekommen, kann ich jetzt klipp und klar sagen, was mich beunruhigt. Wobei ... ein bisschen stänkern werde ich manchmal bestimmt. Krahhh, krahhh!"

„Dann nenne ich dich Piepmatz und wir sind quitt", grinste Vulkanus. „Wenn ich deinen Blick jetzt richtig deute, taxierst du auch gerade mein Stück Fleisch, ob du nicht irgendwo ein Eckchen abzwacken kannst."

„Richtig!", schmunzelte Corax.

„Bedien dich!" Vulkanus riss mit der Kralle ein paar dünne Streifen ab, die sich der erfreute Rabe gleich schmecken ließ. „Ich kann doch unseren kleinen Bruder nicht verhungern lassen", witzelte er, als Pyron amüsiert grinste.

Cheiron versuchte indes, wie bei jedem Treffen, Diandra jeden Wunsch von den Augen abzulesen. Bromer wechselte ein fröhliches Blinzeln mit den anderen Männern.

„Für mich hat sie den Status einer Übergöttin", gab der Zentaur freimütig zu. „Seit gestern bin ich versucht, ihr einen Tempel zu bauen!"

„Lass das lieber, sonst werde ich hochmütig", bat Diandra lächelnd. „Der schönste Dank ist, zu sehen, dass es dir hier gut geht."

„Was glaubst du wohl, was sie schon für Aktionen gestartet hat, nur um jemanden strahlen zu sehen?", fragte Bromer. Er erzählte Cheiron die alte Geschichte von der Rettung des Kuschelbären, die ein kleines Menschenmädchen zum glücklichsten Kind auf Erden gemacht hatte.

„Kurz darauf ist uns dann Lars buchstäblich vor die Füße gefallen", setzte Galantha hinzu. „Es war ein denkwürdiger und wunderschöner Urlaub."

„Das war der Beginn des Feldzuges gegen uns Windmänner", verriet Boreas, Viola an seine Brust ziehend. „Da haben uns die zarten Elfen verdroschen, dass es eine Art für sich hatte! Wir mussten ziemlich schmerzhaft lernen, dass die friedlichen Bewohner anderer Welten durchaus in der Lage sind, sich heftig und sehr erfolgreich zur Wehr zu setzen."

„Lars fliegt auch in der Menschenwelt herum?", fragte Cheiron überrascht.

„Freiwillig nur einmal. Damals hatte mein Vater versucht, Lars umzubringen, weil dieser den Sängerwettstreit und somit den Goldenen Apfel der Hesperiden gewonnen hatte", berichtete Boreas. „Nereus hat ihm, um ihn zu retten, das erstbeste Portal geöffnet. Das führte direkt in die Menschenwelt."

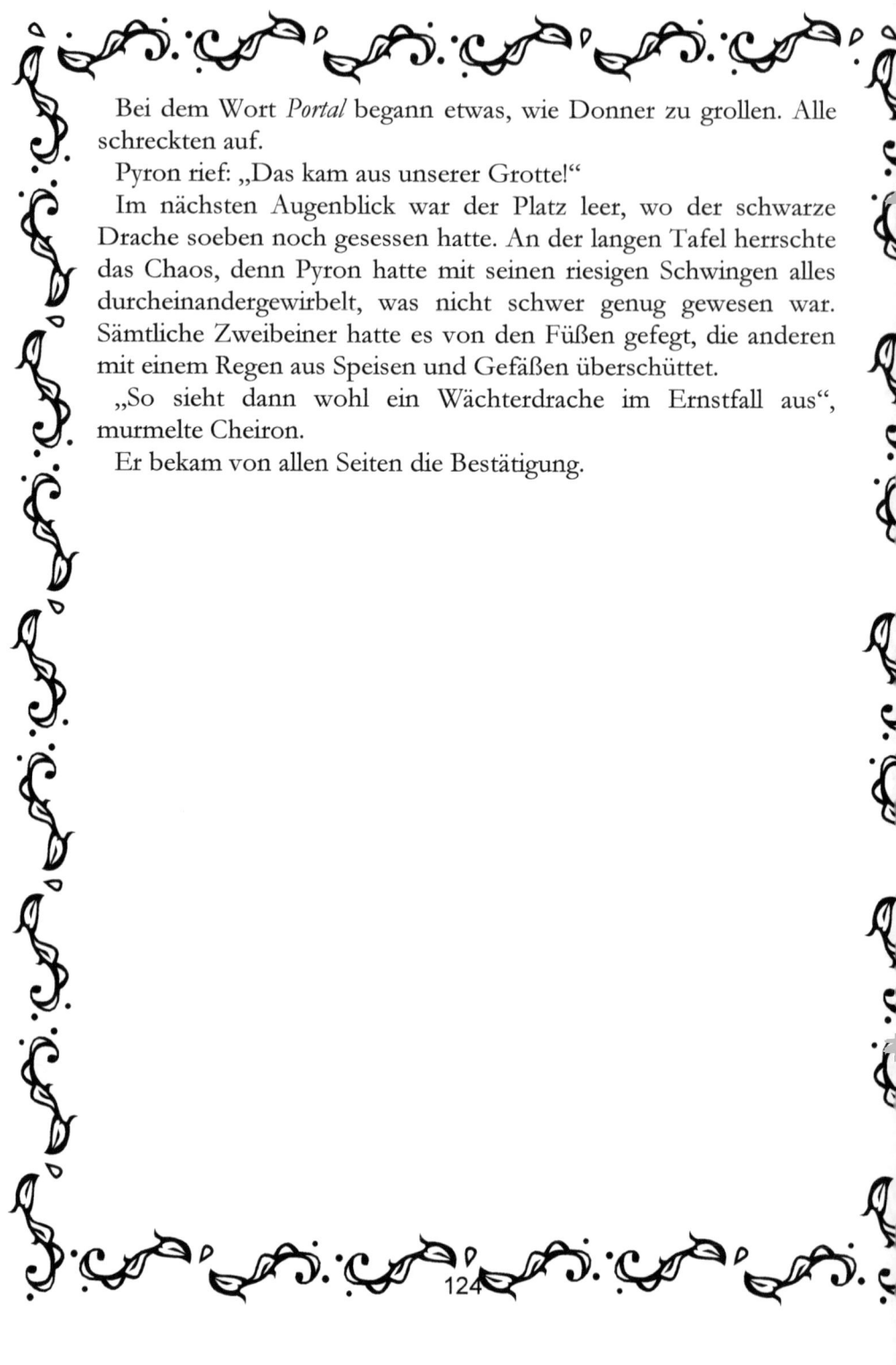

Bei dem Wort *Portal* begann etwas, wie Donner zu grollen. Alle schreckten auf.

Pyron rief: „Das kam aus unserer Grotte!"

Im nächsten Augenblick war der Platz leer, wo der schwarze Drache soeben noch gesessen hatte. An der langen Tafel herrschte das Chaos, denn Pyron hatte mit seinen riesigen Schwingen alles durcheinandergewirbelt, was nicht schwer genug gewesen war. Sämtliche Zweibeiner hatte es von den Füßen gefegt, die anderen mit einem Regen aus Speisen und Gefäßen überschüttet.

„So sieht dann wohl ein Wächterdrache im Ernstfall aus", murmelte Cheiron.

Er bekam von allen Seiten die Bestätigung.

Ärger in der Menschenwelt

Pyron schoss zu seiner Grotte, stürmte durch den langen Gang hinein und gewahrte gerade noch, wie sich das goldene Licht zurückzog, das immer erschien, wenn das Portal aktiv war. Es musste also jemand oder etwas in ihre Welt gelangt sein, das hier nicht hingehörte.

Da sah er auch schon einen menschlichen Körper auf dem Boden liegen, der sich nicht regte. Pyron sog die Luft in seine Nüster. Er kannte den Geruch, wusste nur nicht sofort, wem er zuzuordnen war.

Also drehte er den Fremden vorsichtig mit seinen riesigen Krallen um und erstarrte. Vor ihm lag Mario, der Sohn von Shanna und Emilio. Weil der auch nach Ansprache und heftigem Rütteln nicht die Augen aufschlug, schüttete ihm Pyron kaltes Wasser aus einer Schüssel ins Gesicht.

Die rüde Methode wirkte sofort, wobei der entsetzte Mario beinahe wieder ohnmächtig geworden wäre, als er das riesige Maul mit den dolchartigen Zähnen genau vor sich sah.

„Alles gut, ich bin's, Pyron", sagte der Drache.

Mario entspannte sich etwas. „Ich brauche Hilfe!", sprudelte er heraus. „Wo sind Marc und Aurëus?"

„Du hast Glück. Sie sind tatsächlich bei uns. Ich bringe dich zu ihnen." Pyron half Mario auf die Beine, führte ihn zum Ausgang der Grotte und trug ihn vorsichtshalber in den Klauen zum See, wo die anderen gespannt auf Nachricht warteten.

„Pyron kommt wieder. Er trägt etwas Großes!", rief Bella, die wohl die schärfsten Augen von allen hatte, denn da hob ihr Vater gerade erst vom Plateau ab.

„Das ist ein Mensch", stellte Corax fest.

„Noch dazu einer, den wir kennen", merkte Viola an.

Marc half diesem aus Pyrons Klaue. „Mario! Um Himmels willen! Was ist passiert?!"

Mario fiel Marc weinend um den Hals. „Ich weiß, dass ich nicht hier sein dürfte. Ich weiß, dass mein Vater das Tor zu dieser Welt

nur nutzen darf, wenn es um Leben und Tod geht. Bitte, bitte hilf mir, ich glaube, dieser Notfall ist eingetreten!"

„Erzähle!", forderte ihn Marc auf.

„Ich fange hinten an", stammelte Mario. „Die Mafia hat meine Mutter entführt. Sie wollen zwei Millionen für ihre Freiheit haben. Innerhalb von 48 Stunden. Wir haben nicht so viel Geld. Nicht einmal, wenn wir alle Freunde bitten. Sie werden meine Mutter umbringen!"

Marc packte Mario am Arm. „Habt ihr einen Beweis, dass sie in deren Gewalt ist?"

„Wir haben das hier bekommen", murmelte Mario aufschluchzend, einen braunen Umschlag aus der Jackentasche ziehend.

Marc spähte angewidert hinein. „Sie haben ihr ein Ohr abgeschnitten." Er fasste in die Tüte, holte ein Foto hervor, das auch noch darin gesteckt hatte, welches die blut- und tränenüberströmte Shanna zeigte.

„Warum habt ihr nie etwas gesagt?", fragte Aurëus.

Mario presste die Lippen aufeinander. „Der ganze Ärger ging vor drei Wochen los. Da kamen sie das erste Mal, um Schutzgeld zu erpressen. Vater hat nicht gezahlt. Daraufhin haben sie versucht, uns die Behörden auf den Hals zu hetzen. Die haben aber nichts zu beanstanden gefunden. Zuletzt war dann die Sache mit der Kühlkammer, die nur auf deren Mist gewachsen sein kann. Und jetzt ... und jetzt ..."

„Nehmen wir die Sache in die Hand!", beendete Marc den Satz. „Aurëus, Bromer und ich begleiten dich nach Hause. Wir befreien Shanna."

„Braucht ihr einen Späher, der nicht auffällt?", fragte Corax. „Die wichtigsten Federn sind nachgewachsen. Ich muss ja keinen Schönheitswettbewerb gewinnen."

„Einverstanden!" Marc zeigte Richtung Drachenhöhle. „Den Umschlag nehme ich. Wir werden den Inhalt brauchen, wenn Shanna gerettet ist."

Es bedurfte wirklich keiner weiteren Worte, als die Zauberer Pyron und Corax folgten, die sich bereits in die Lüfte geschwungen hatten.

„Ab, dem nächsten gefährlichen Abenteuer entgegen", seufzte Cheiron. „Da oben entschwebt er, unser kleiner Held. Ohne Schwert und Schild, aber mit spitzem Schnabel und scharfen Krallen."

„Sie werden gut auf ihn achten", versprach Stella.

„Das weiß ich. Sorgen mache ich mir trotzdem." Cheiron hob beinahe hilflos die Hände.

Mario zitterte am ganzen Körper. Nicht aus Angst, sondern vor Anspannung. Was, wenn sie zu spät kämen? Die Gruppe um Marc hatte öfter erzählt, dass die Portale nicht immer in die gleiche Zeitebene führten. Da landete Pyron auch schon und Marc führte Mario an der Hand hinter sich her. Bromer winkte Corax heran. Zuerst stieg Aurëus in das Portal, der Mario und Marc hinter sich her zog. Bromer machte mit Corax, den er vorsichtig mit einer Hand an seine Brust drückte, den Schlussmann.

Marc erkannte am Ziel mit einem Blick, dass Mario alle Sicherheitsvorkehrungen eingehalten hatte, die ihm sein Vater verraten haben musste, um in das Haus und zum Portal zu kommen.

„Wirst du mich bestrafen?", fragte Mario zaghaft.

„Wie kommst du nur auf solche Ideen?", erwiderte Marc mit einer Gegenfrage.

Corax verhielt sich zur Tarnung wie ein normaler Rabe. Er hüpfte im Zimmer herum, schaute, staunte und krächzte leise. Mario war viel zu aufgeregt gewesen, um zu merken, dass er mit menschlicher Stimme zu Marc gesprochen hatte. Die Zauberer zogen es vor, alle in das Restaurant der Italiener zu teleportieren, um kein Aufsehen durch ihre Ankunft zu erregen.

Na ja, nicht ganz. Sie tauchten mitten in der Küche auf und Emilio ließ vor Schreck einen ganzen Stapel Geschirr fallen. Dann fiel er ihnen um den Hals, lachte und weinte zugleich. Für den kleinen schwarzgefiederten Gast nahm er sofort ein Scheibchen

Käse aus dem Kühlschrank, womit er Corax' Herz im Sturm eroberte.

„Wann läuft die Zeit ab?", fragte Marc sofort.

Emilio schaute auf die Uhr. „In zwei Stunden und zwanzig Minuten. Ich habe nur 50.000 zusammenbekommen."

„Darüber musst du dir keine Sorgen mehr machen. Was man dir überlassen hat, kannst du morgen mit ruhigem Gewissen zurückgeben." Aurëus ließ eine Tasche erscheinen, die bis zum Rand mit gebrauchten Geldscheinen gefüllt war, welche in Banderolen steckten.

Mario legte seinem Vater den Arm um die Schulter. „Jetzt wird sicher alles wieder gut."

„Noch haben sie Mutter. Wer sagt uns, dass sie nicht das Geld und ihr Leben nehmen?", murmelte Emilio traurig.

„Ich gehe mal mit Corax an die frische Luft", ließ Bromer beiläufig fallen. Sie schlüpften durch die Hintertür. „Hast du das Bild an der Wand gesehen?", fragte er ihn draußen.

„Habe ich. Das waren Mario, Emilio und, ich vermute, Shanna", flüsterte der Rabe.

„Richtig. Flieg ein wenig herum, und halte Ausschau nach und in vergitterten Fenstern. Auf dem Bild, das Mario bei sich hatte, war eines zu sehen."

„Stimmt. Ich habe mir gemerkt, wie das Gitter aussieht." Corax stieg auf, drehte ein paar Runden, um sich zu orientieren und zurückzufinden, dann verschwand er aus Bromers Blickfeld.

Corax begriff schnell, dass das gesuchte Fenster sowohl ganz unten als auch ganz oben in den Häusern sein konnte. Dass er aus unzähligen Vogelaugen beobachtet wurde, merkte er auch rasch. So setzte er sich gut sichtbar auf einen freien Platz und bat die fremden Vögel krächzend um Hilfe.

Nach ein paar Minuten näherten sich die ersten Krähen vorsichtig.

Den Dialekt der Fremden konnte er sogar verstehen, sich ihnen auch verständlich machen. Bald stieg ein riesiger Schwarm Krähen in den Himmel, um nach einer Frau hinter einem Gitterfenster zu suchen, der ein Ohr fehlen musste. Noch vor Ablauf der Geldübergabefrist gab eine der Krähen Alarm, sie hatte gefunden, was alle suchten. Corax versprach ihr eine leckere Belohnung, verriet ihr den Ort, wo sie diese erhalten sollte, und beeilte sich, zu Aurëus zu kommen, der schon fast die Hoffnung aufgegeben hatte, Shanna am Leben vorzufinden.

„Das Fenster steht einen Spalt offen", verriet Corax. „Es ist die fünfte Reihe, von unten an gezählt. Shanna weint."

Einen Wimpernschlag später standen beide vor dem besagten Haus. Corax flog hinauf. Er krächzte: *Es ist ein Mann im Zimmer. Er bedroht Shanna mit einem Messer.*

Im gleichen Augenblick verschwand Aurëus von der Straße, tauchte im Zimmer auf, wo er den völlig überraschten Schuft fast mühelos überwältigte. Corax schlüpfte zum Fenster hinein.

„Schließ die Tür ab!", rief er Shanna zu.

Die gehorchte instinktiv, zog außen den Schlüssel ab, steckte ihn von innen ins Schloss, drehte ihn herum. Nicht eine Sekunde zu spät, denn auf der Treppe klangen schwere Tritte.

„Flieg weg!", schrie Aurëus Corax zu, packte Shanna und teleportierte sich mit ihr ins Lokal.

Der Rabe erschien wenige Minuten später. „Wie geht es ihr?"

Shanna verdrehte die Augen und kippte Aurëus ohnmächtig in die Arme.

„Oooops!", machte Corax. „Ich hätte wohl lieber krächzen sollen."

„Ist schon gut", tröstete ihn der Zauberer. „Wie hast du sie so schnell gefunden?"

Corax brauchte nur wenige Worte, dann meinte Aurëus: „Da hat sich nicht nur eine Krähe eine Belohnung verdient. Sag ihnen, sie sollen herkommen, wenn die Dämmerung hereinbricht. Und möglichst ohne Geschrei."

„Geht klar!" Corax überbrachte auf der Stelle die frohe Botschaft.

Für die Geldübergabe hatten sich Marc und Bromer auch ein paar nette Überraschungen einfallen lassen. Nicht nur, dass sich das Geld beim Öffnen der Tasche buchstäblich in Rauch auflöste. Als die Erpresser in die leere Tasche hinein schauten, gewahrten sie einen großen Spiegel, der sie kopfüber in ein Portal riss, aus dem sie nie wieder entkommen sollten.

„Wohin hast du sie geschickt?", wollte Bromer wissen.

„In Laharas Welt. Groß sind die Chancen nicht, dass sie das lange überleben", erklärte Marc gleichmütig. „Lass uns zu Aurëus verschwinden und schauen, ob Corax etwas ausrichten konnte."

„Krahhh, krahhh, krahhh", ertönte es von den umliegenden Bäumen, was Bromer veranlasste, von einem vollen Erfolg auszugehen.

Shanna hatte sich vom ersten Schock erholt. Sie wagte es sogar, den sprechenden Raben, der ihr Lebensretter war, ganz vorsichtig am Schnabel zu berühren.

„Ehe jetzt hier irgendeiner irgendwas erzählt", legte Marc fest, „lassen wir die grauenvolle Verstümmelung verschwinden, die man Shanna zugefügt hat." Er zog den Umschlag mit dem Ohr aus der Tasche, strich ein paar Mal mit den Händen über das Papier, dann nahm er das Ohr heraus, welches nun wieder aussah, als habe man es frisch abgetrennt, fügte es an die verschorfte Wunde und verband beides miteinander, als sei nie etwas geschehen. „Sooooo, jetzt hat Corax das Wort."

„Ich war nicht allein auf Suche", verriet der Rabe. „Mir haben die hiesigen Krähen geholfen. Ich und Aurëus haben ihnen eine Belohnung versprochen. Sie werden heute Abend hier in den Garten kommen."

„Sie können alles haben, was die Speisekammer hergibt!", rief Emilio dankbar. „Ich werde gleich neu ordern und mit euch und allen, die mir geholfen haben, feiern!" Dann stutze er, um genau so entgeistert zu schauen, wie Mario. „Du sprichst ja!", rief er, Corax mit tellergroßen Augen musternd.

„Der Groschen ist aber pfennigweise gefallen", lachte Marc.

„Apropos", rief Corax. „Bei mir ist auch gerade der letzte Pfennig gefallen! Jetzt weiß ich, wer der Kerl war, der Shanna das Messer an den Hals gehalten hat! Das erratet ihr nie!"

„Spann uns doch nicht so auf die Folter! Raus mit der Sprache!", forderte Marc.

„Ares."

„Nein!"

„Doch!" Corax nickte heftig. „Irrtum komplett ausgeschlossen. Ich kenne das Spitzbubengesicht zu gut. Da hilft ihm auch das komische Ding auf der Nase nicht weiter."

„Du meinst die Brille?", meldete sich Bromer.

„Keine Ahnung, wie das heißt. Hab so was vorher noch nie gesehen."

Mario zog seine Lesebrille aus der Tasche. „So ein Ding?"

„Ja, so ähnlich", nickte Corax, das silberfarbene Gestell umständlich untersuchend. „Brille. Hmm. Wieder was gelernt."

Shanna untersuchte hingegen den Ring an Corax' Fuß. „Was hat dieses wundervolle Schmuckstück zu bedeuten?"

„Dass dieser ungewöhnliche Vogel ein Königlicher Wächterdrache ist", erklärte Aurëus. „Vulkanus nennt ihn, seinen kleinen Bruder. Dieser Ring ist die höchste Auszeichnung, welche die Königin bis jetzt vergeben hat."

Plötzlich verdunkelte sich der Himmel, obwohl die Sonne noch nicht ganz untergegangen war.

Aurëus blinzelte Emilio zu. „Deine Gäste kommen."

„Dann rasch!", rief Mario. „Sie sollen nicht warten müssen." Gemeinsam mit seinem Vater trug er Fleisch und Würste in den Garten.

Corax schlüpfte mit hinaus. „Ich werde ihnen sagen, dass sie ein Auge auf die Familie haben sollen, wenn wir wieder zu Hause sind."

„Ist eine prima Idee", stellte Bromer fest. „Diese hochintelligenten Vögel sind die besten Wächter, die ihr euch wünschen könnt."

„Und ich weiß auch, wie ich mit kleinen Geschenken die Freundschaft erhalten kann", freute sich Mario und staunte, dass von draußen, außer einem bisschen Geflatter, kaum ein Laut zu hören war.

„Sie haben Instruktionen", bemerkte Aurëus schmunzelnd.

Dazu gehörte wohl auch, den Fressplatz sauber zu verlassen. Als Emilio am Morgen aufräumen wollte, fand er nichts, außer unzähligen Spuren von Krähenfüßen. Er ließ es sich auch nicht nehmen, die versprochene Dankesfeier für all seine Freunde zu zelebrieren. Corax durchstreifte währenddessen lieber mit den hiesigen Krähen die Gegend, als sich versehentlich durch menschliches Wort zu verraten.

Ehe sich einer wundern konnte, weshalb Emilio das geliehene Geld zurückgab, berichtete Marc von einem gelungenen Polizeizugriff auf die Verbrecher, der noch geheim bleiben müsse, weil man an die Hintermänner herankommen wolle. Einem Mann, wie dem hoch angesehenen mehrfachen Professor Doktor Marc Wendler, traute keiner falsche Informationen zu und so nahm jeder sein Geld gern wieder in Empfang. Dass ebenjener Marc Wendler und Aurëus Goldmann das restliche Geld zusammengebracht hatten, stand für alle außer Zweifel.

Mario war unendlich dankbar für alles, was die Freunde seines Vaters je für die Familie getan hatten. Und immer wieder plagte ihn das Gewissen, einer Elfenprinzessin einen Korb gegeben zu haben. Natürlich überkam ihn jedes Mal auch die Wehmut, dass er solch eine wundervolle Frau für immer verspielt hatte.

Als die anderen Gäste gegangen waren, kam die Party erst richtig in Fahrt, denn nun musste sich keiner mehr verstellen oder verstecken. Corax spazierte auf der Tafel herum. Er stibitzte von allen Tellern, was ihm schmackhaft erschien.

„Ich bin ein Rabe", kicherte er, wenn ihm Aurëus scherzhaft mit dem Finger drohte.

„Sag, wenn du etwas Besonderes möchtest", flüsterte ihm Shanna zu.

Corax rieb seinen Schnabel an ihrem Kinn. „Es macht mir ganz einfach Spaß, ein bisschen Unsinn zu treiben."

„Was haltet ihr davon, diese Nacht bei uns zu schlafen?", fragte Aurëus zu vorgerückter Stunde. „Zwei, drei Tage Urlaub würden euch sicher guttun. Mit der Option, zur jetzigen Zeit wieder hier zu sein, versteht sich, damit es nicht auffällt."

Shanna klatschte in die Hände. „Oh, ja, bitte, bitte!"

Die Zauberer teleportierten alle in Marcs Haus, von wo aus sie die Reise durch das Spiegelportal antraten. Das machte sich natürlich wieder den Spaß, die Passagiere mit solchem Schwung in die Elfenwelt zu schleudern, dass sie kreuz und quer übereinander stürzten.

Corax packte es, zur Decke der Grotte hinauf zu fliegen, ehe ihn jemand erdrücken konnte. Pyron hielt sich den Bauch vor Lachen, während Zephyra versuchte, die Gäste irgendwie auf die Beine zu stellen.

„Ach du lieber Gott, was für ein Chaos", murmelte sie besorgt. „Alles noch dran? Alle gesund und munter? Oh! Wen haben wir denn da??? Besonders seltenen Besuch! Herzlich willkommen!" Sie stupste die drei Italiener erfreut mit der Nase an.

„Und wieder mit leeren Händen", sagte Mario traurig.

„Mach dir darüber bloß keine Gedanken", schlug Pyron vor. „Wichtig ist, dass ihre alle am Leben seid." Auch er berührte Shanna vorsichtig mit der Nase, um sich zu vergewissern, dass bei ihr wirklich alles im grünen Bereich lag.

Die kraulte gleich beide Drachen zwischen den Hörnern, um ordentlich *Hallo* zu sagen.

„Ich fliege runter zu Cheiron", rief Corax, den Worten die Tat folgen lassend.

Der Zentaur freute sich riesig, als er die gut bekannte Stimme rufen hörte: „Bin wieder da!"

„Ich habe dich schon vermisst", gab er zu. „Ganz allein ist es doch ziemlich einsam." Er betrachtete Corax von allen Seiten. „Schön, alle Federn noch dran."

„Diesmal haben andere welche gelassen, die gar keine haben", lachte der Rabe. „Und die Rabenverwandtschaft in der Menschenwelt besteht aus echt guten Typen. Ach, unser liebster Feind, Ares, war übrigens auch zugange. Wenn ich herauskriege, dass er es war, der Shanna ein Ohr abgeschnitten hat, dann hacke ich ihm beim nächsten Treffen ein Auge aus und begnüge mich nicht damit, ihn für ein paar Tage halb blind zu wissen. Das schwöre ich, so wahr ich Corax heiße!" Er bettete sich zu Häupten Cheirons zur wohl verdienten Nachtruhe.

Der Zentaur stellte fest, dass sein kleiner Freund rundum zufrieden und kein bisschen aufgeregt wirkte. *Na ja, die Raben wandern wohl wirklich ganz selbstverständlich zwischen den Welten, wie die alten Legenden erzählen,* dachte er noch, ehe er einschlummerte.

Als er am Morgen erwachte, war Corax schon ausgeflogen. Aber nur, um für seinen Ziehvater zwei frische Enteneier zu besorgen. „Als Dankeschön, weil ich mit in die Welt der Menschen gehen durfte", erklärte er, seine Beute vorsichtig auf dem Tisch ablegend. „Die sind wirklich nicht angebrütet", versprach er. „Ich habe sie den Enten sofort nach dem Legen unterm Hintern weg geklaut."

„Du verwöhnst mich", schmunzelte Cheiron über die Gewitztheit des Schwarzgefiederten.

„Natürlich, denn ohne dein Zutun wäre ich kein Drachen-Rabe, sondern schon ziemlich lange ein toter Rabe, den die Ameisen und Würmer gefressen hätten. Ein ekelhafter Gedanke." Corax flatterte auf seinen Lieblingsplatz auf Cheirons Schulter.

Der Zentaur kochte die beiden Eier hart. Er teilte sie sich mit Corax, der die Häppchen freudig annahm, die ihm Cheiron direkt in den Schnabel steckte. Cheiron trank seinen Tee aus, dann trabte er mit Corax zum Nixensee hinüber, wo sich bereits die anderen Freunde versammelten. Vom Drachenberg nahten Pyron und Zephyra, die Shanna, Emilio und Mario auf ihren Rücken trugen. Diesmal konnte Mario den grandiosen Flug wirklich genießen. Zephyra zog mit ihm eine Schleife überm See, ehe sie sanft am Ufer aufsetzte.

Beim Anblick des Zentauren machten die Menschen große Augen. Sie hatten am Vortag zwar mehrmals den Namen Cheiron vernommen, aber nicht geahnt, dass es sich um DEN Cheiron handelte.

„Er ist mein Ziehpapa", verkündete Corax stolz.

„Und er hat einen ganz wundervollen Ziehsohn", erklärte Shanna sofort.

Corax, der kleine Charmeur, wanderte daraufhin über den Tisch, um für Shanna die leckersten Früchte zusammenzutragen. Ein paar Weintrauben von hier, ein paar Erdbeeren von da und eine große Scheibe Melone, die er kaum von der Stelle bewegen konnte.

Während Emilios Familie die friedliche Stille im Elfenland genoss, ging es in der Welt der Menschen weniger besinnlich zu. Ares, der sich, um die Elfen und deren Freunde aufs Äußerste zu reizen, als Gangsterboss versuchte, steckte eine Niederlage nach der anderen ein.

Es war schon frustrierend gewesen, dass ihm dieser Aurëus körperlich die Grenzen aufgezeigt hatte. Wenn er sich nicht irrte, dann war auch dieser vermaledeite Rabe mit von der Partie gewesen, dessen Schuld es war, dass er noch immer Probleme mit den Augen hatte. Dass dieses schwarze Untier zu seiner Gefangenen gesprochen hatte, musste er sich wohl eingebildet haben, glaubte Ares. Es war aber auch alles zu schnell gegangen. Vorsichtshalber hatte er sich durch ein Portal in die Welt des Olymps zurück geschlichen.

Heute war er wieder hervorgekommen, um das Lösegeld von seinen Handlangern im Empfang zu nehmen, und musste feststellen, dass die sich wohl mitsamt der Beute aus dem Staub gemacht hatten. Er ahnte nicht, dass er von der ersten Sekunde seines Wiedererscheinens an aus tausenden Vogelaugen beobachtet wurde. Das Krächzen der Krähe, die ihn zuerst entdeckte, alarmierte den ganzen Schwarm. Genau so wenig konnte er sich vorstellen, dass die Gruppe um Aurëus mit gezinkten Karten spielte und es weder das Geld gab noch, dass seine Gangsterfreunde in den sicheren Tod geschickt worden waren.

Also befahl er den beiden anderen Mordbuben, die drei Italiener in ihrem eigenen Lokal zu eliminieren, wobei ihm die Methode völlig egal war. Dabei machte er die Rechnung auch noch tatsächlich ohne den Wirt, der ja wirklich abwesend war, weil er in der Elfenwelt steckte. Dafür empfingen ganz andere die bewaff-

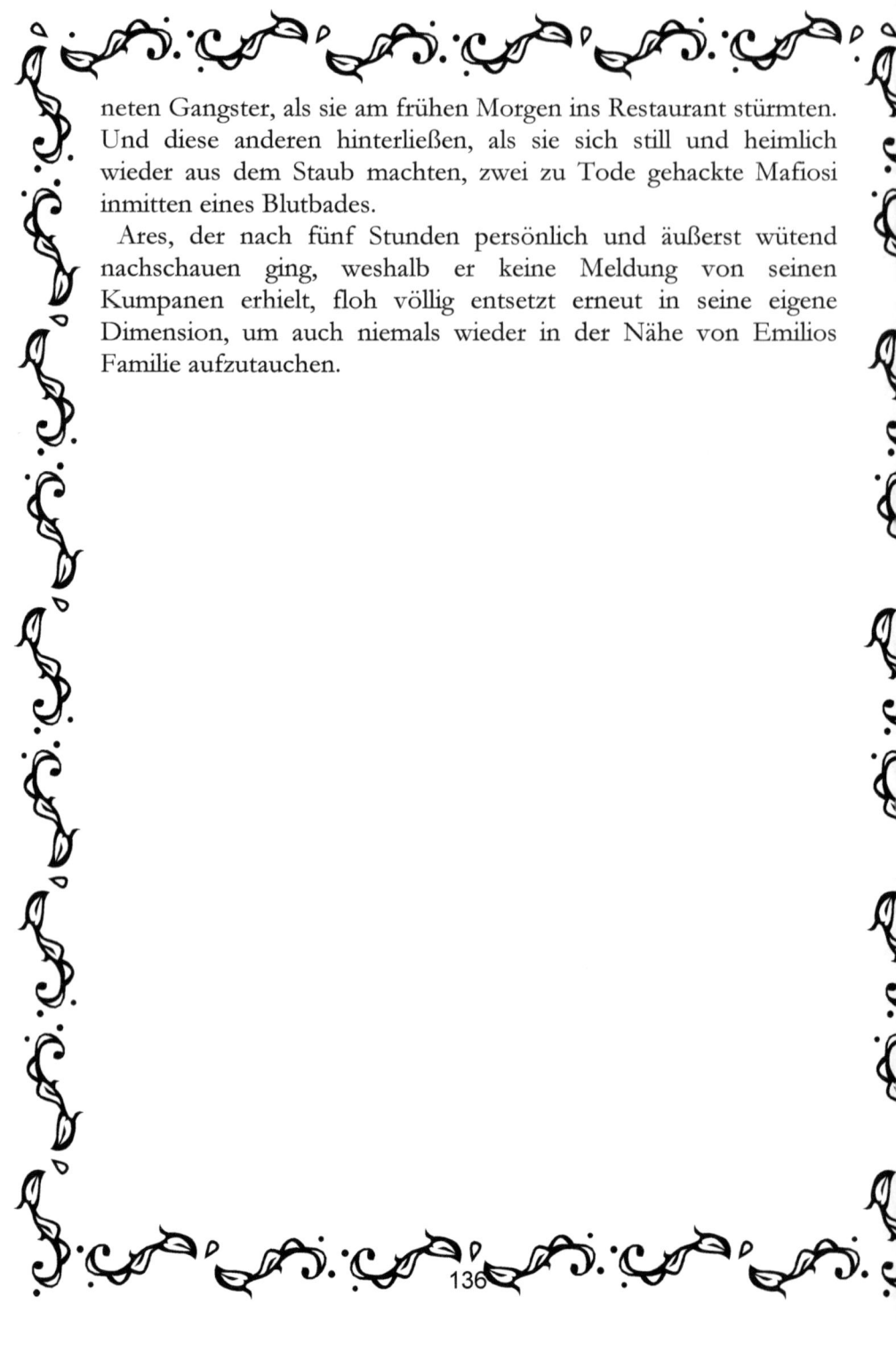

neten Gangster, als sie am frühen Morgen ins Restaurant stürmten. Und diese anderen hinterließen, als sie sich still und heimlich wieder aus dem Staub machten, zwei zu Tode gehackte Mafiosi inmitten eines Blutbades.

Ares, der nach fünf Stunden persönlich und äußerst wütend nachschauen ging, weshalb er keine Meldung von seinen Kumpanen erhielt, floh völlig entsetzt erneut in seine eigene Dimension, um auch niemals wieder in der Nähe von Emilios Familie aufzutauchen.

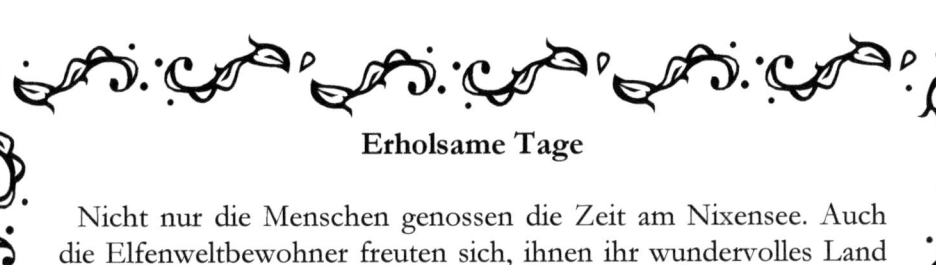

Erholsame Tage

Nicht nur die Menschen genossen die Zeit am Nixensee. Auch die Elfenweltbewohner freuten sich, ihnen ihr wundervolles Land zeigen zu können. Shanna zog stundenlang mit Cheiron, Corax und den Waldelfen durch die Gegend, um süße Beeren, Pilze und Kräuter zu sammeln. Als Gastronomin konnte sie dem Zentauren auch einige nützliche Tipps geben, wie er mit einfachen Mitteln schmackhafte Gerichte kreieren konnte. Vor allem Salate, die der Pferdemann bisher nur als Notfallspeise betrachtet hatte.

Am Abend des ersten Tages meldete Corax plötzlich: „Bunter Kürbis im Anflug!", worauf er wie eine Rakete durchstartete, um Lars an den See zu geleiten.

Auch dem Triganer klappte der Unterkiefer bis auf die Spitzen der Sandalen, als ihn Corax mit menschlichen Worten herzlich willkommen hieß. „Es gibt viel zu erzählen", versprach der Rabe.

„Na, das glaube ich dir seit dem ersten Satz!", lachte Lars.

„Kleine Landehilfe gefällig?", fragte jemand von hinten und schon ging es wie in einem Fahrstuhl abwärts.

„Bella! Meine Güte! Bist du in den letzten Wochen gewachsen!" Lars bestaunte die junge rote Drachendame, die ihre Mutter Zephyra größenmäßig langsam einholte.

„Das ist zumindest eine plausible Erklärung dafür, warum ich immer hungrig bin", schmunzelte Bella, die Seile des Ballons um einen Baum legend und zusätzlich mit einem Felsbrocken beschwerend, den Ruby soeben heran wälzte.

Cheiron klopfte Lars auf die Schulter. „Schön, dass du da bist!"

Der fliegende Poet setzte sich und schaute in strahlende Gesichter. Dann entdeckte er die drei Italiener, sprang auf und herzte sie innig. „Ich weiß zwar nicht, was geschehen ist, damit ihr hier sein könnt, aber es muss was ganz Außergewöhnliches gewesen sein", stellte er fest. Marcs Bericht trieb ihm dann nicht nur einen eiskalten Schauer über den Rücken. „Das erklärt zumindest, warum Ares eine deutliche Ornithophobie gegen Raben entwickelt haben soll", erzählte er nach kurzem Nach-

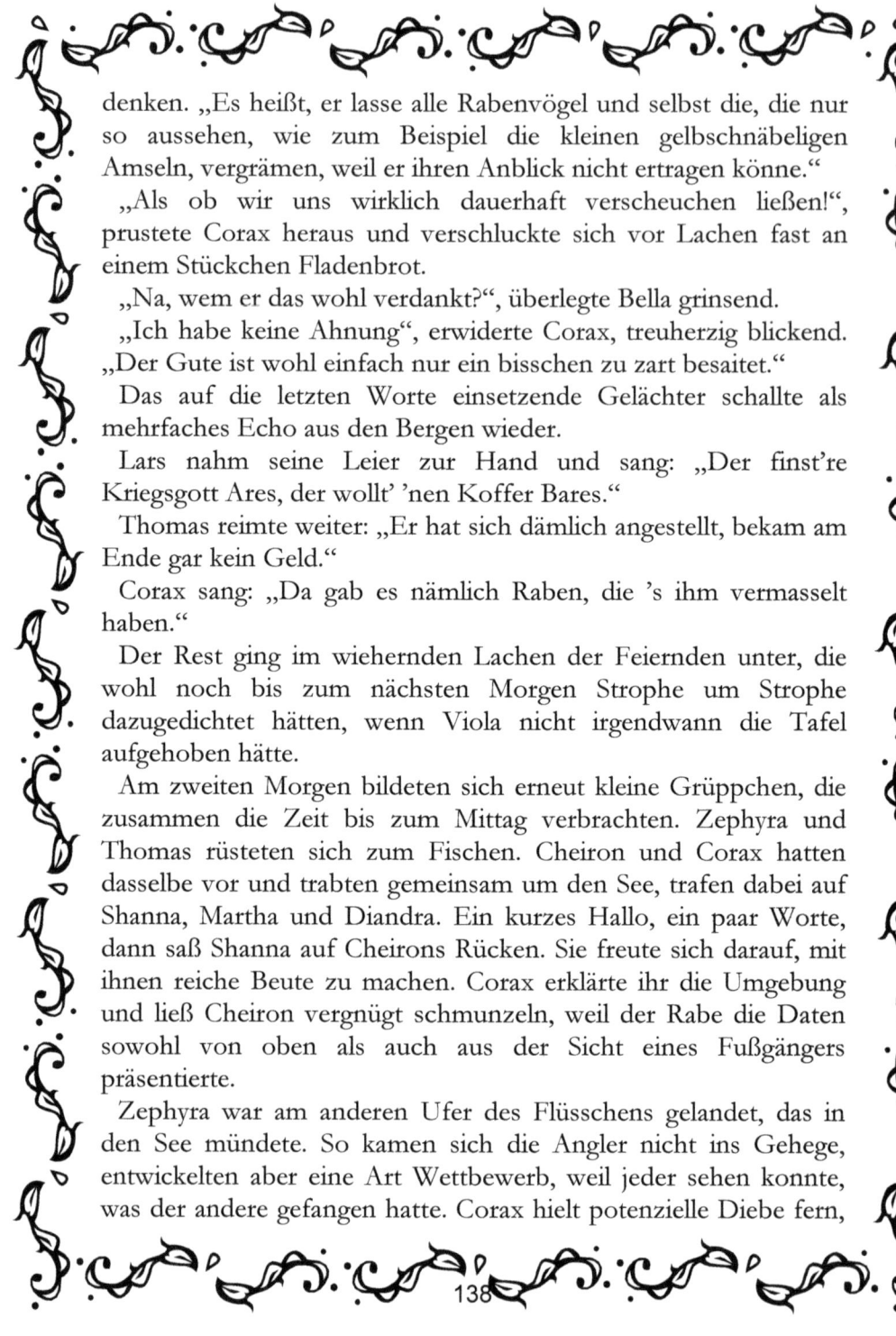

denken. „Es heißt, er lasse alle Rabenvögel und selbst die, die nur so aussehen, wie zum Beispiel die kleinen gelbschnäbeligen Amseln, vergrämen, weil er ihren Anblick nicht ertragen könne."

„Als ob wir uns wirklich dauerhaft verscheuchen ließen!", prustete Corax heraus und verschluckte sich vor Lachen fast an einem Stückchen Fladenbrot.

„Na, wem er das wohl verdankt?", überlegte Bella grinsend.

„Ich habe keine Ahnung", erwiderte Corax, treuherzig blickend. „Der Gute ist wohl einfach nur ein bisschen zu zart besaitet."

Das auf die letzten Worte einsetzende Gelächter schallte als mehrfaches Echo aus den Bergen wieder.

Lars nahm seine Leier zur Hand und sang: „Der finst're Kriegsgott Ares, der wollt' 'nen Koffer Bares."

Thomas reimte weiter: „Er hat sich dämlich angestellt, bekam am Ende gar kein Geld."

Corax sang: „Da gab es nämlich Raben, die 's ihm vermasselt haben."

Der Rest ging im wiehernden Lachen der Feiernden unter, die wohl noch bis zum nächsten Morgen Strophe um Strophe dazugedichtet hätten, wenn Viola nicht irgendwann die Tafel aufgehoben hätte.

Am zweiten Morgen bildeten sich erneut kleine Grüppchen, die zusammen die Zeit bis zum Mittag verbrachten. Zephyra und Thomas rüsteten sich zum Fischen. Cheiron und Corax hatten dasselbe vor und trabten gemeinsam um den See, trafen dabei auf Shanna, Martha und Diandra. Ein kurzes Hallo, ein paar Worte, dann saß Shanna auf Cheirons Rücken. Sie freute sich darauf, mit ihnen reiche Beute zu machen. Corax erklärte ihr die Umgebung und ließ Cheiron vergnügt schmunzeln, weil der Rabe die Daten sowohl von oben als auch aus der Sicht eines Fußgängers präsentierte.

Zephyra war am anderen Ufer des Flüsschens gelandet, das in den See mündete. So kamen sich die Angler nicht ins Gehege, entwickelten aber eine Art Wettbewerb, weil jeder sehen konnte, was der andere gefangen hatte. Corax hielt potenzielle Diebe fern, indem er ihnen plötzlich im Sturzflug im Nacken saß, egal, ob es sich um Thomas‘, Cheirons oder Shannas Fische handelte.

Pyron und Bella waren mit Emilio und Mario im Savannenland unterwegs, um ihnen die Brutplätze der Brontornis zu zeigen. Ruby wachte über das Spiegelportal, Vulkanus über den Wandelnden Turm und die Zweibeiner dösten im warmen Sand am Seeufer in der Sonne.

Boreas zog sich mit Marc und Aurëus ins Wolkenschloss zurück, wo sie hinter verschlossenen Türen etwas besprachen, infolgedessen die beiden Zauberer durch das Portal im Schloss unbemerkt in die Menschenwelt verschwanden. Was sie dort trieben, sollten die drei Italiener niemals erfahren. Es war ja auch kein schöner Anblick, der sie im Lokal der Familie erwartete.

Ein Lufthauch der Windgötter war zufällig durch jene Öffnung ins Haus gelangt, die auch die Krähen genutzt hatten. Völlig außer sich war er auf die Windinsel geflogen, und hatte König Äolus Bericht erstattet, der seinerseits Boreas informierte, was sich in der Welt der Menschen zugetragen hatte. Nun standen die beiden Zauberer neben den Leichen der Gangster, von denen die Krähen nur unschöne Reste übrig gelassen hatten.

„Ich bringe die beiden dahin, wo Shanna gefangen war“, flüsterte Aurëus. „Schau du, ob du das Blut wegbekommst, ehe die Angestellten auftauchen. Ich habe durch den ekelhaften Anblick jedes Zeitgefühl verloren.“

„Geht klar“, wisperte Marc.

Obwohl ihn der Anblick anwiderte, teleportierte sich Aurëus mit der ersten Leiche, um im Bruchteil einer Sekunde die nächste abzuholen. Als er zurückkam, erinnerte nichts mehr an die Exekution durch die Vögel.

„Es war eklig“, würgte Aurëus.

„Da sagst du wahre Worte!“ Marc schrubbte sich minutenlang die Hände mit Seife, ehe er sie gründlich desinfizierte.

Aurëus schaute auf die Uhr. „Weg hier!“

„Ich glaube, ich brauche dann einen Whisky“, stöhnte Marc, als sie im Wolkenschloss das Portal verließen.

„Nix dann! Sofort!", meldete sich Aurëus. Er drückte Marc und Boreas je ein volles Glas in die Hand. „Mich plagt noch immer der Brechreiz."

Boreas nickte wissend. Er war ihnen gefolgt, um notfalls eingreifen zu können. „Ihr könnt sagen, was ihr wollt, aber Corax hat Nägel mit ganz großen Köpfen machen lassen."

„Er ist ein prima Kerl", lobte Aurëus. „Hätte er Ares nicht erkannt, wäre die Sache im Lokal wohl ganz anders ausgegangen."

Marc winkte ab. „Du kannst sicher sein, dass es keine Falschen getroffen hat. Das waren Berufskiller. Hast du die Knarren gesehen?"

„Hab ich. Vollautomatik mit Schalldämpfer. Das hat nicht jeder." Aurëus ließ die leeren Gläser wieder verschwinden. „Zudem müssen die Krähen die Männer deutlich erkannt haben."

„Darauf kannst du wetten! Es ist ja schon lange bekannt, dass sie ganz präzise Informationen an die Schwarmmitglieder geben können, die es selber nicht mit eigenen Augen gesehen haben, aber genau so reagieren, als wären sie selber dabei gewesen. Wird wohl doch eine Spur Telepathie dabei sein, obwohl das immer abgestritten wird. Aber anders geht so was ja gar nicht."

„Schluss jetzt und ab, an den See!", forderte Boreas scherzhaft und beide Zauberer reagierten völlig synchron. „Zu Befehl, mein König."

Der Nordwind hakte sich schmunzelnd zwischen ihnen unter und gemeinsam flogen sie ganz gemächlich dahin. Zumindest so lange, bis Bella an ihnen vorbei zischte. Da hatten sie es plötzlich eilig, konnten die junge Drachendame aber nicht mehr überholen. Mario amüsierte sich köstlich über die kleinen Spielereien. Corax kommentierte das Ganze aus der Ferne wie ein Radioreporter, worüber Shanna in schallendes Lachen ausbrach. Erst recht, weil der Rabe ja gar keine Reportagen kennen konnte. Selbst auf dem Weg zum Treffpunkt am See musste Shanna immer wieder kichern, womit sie Cheiron und Corax ansteckte.

„Ich habe Mutter seit Jahren nicht so lachen hören", staunte Mario, weil die drei schon von sehr weitem, viel Spaß zu haben schienen.

Bella grinste amüsiert. Sie ahnte, dass der Raben-Drache wieder eine Schau abgezogen hatte, der man sich nicht entziehen konnte.

Seit Corax sprechen konnte, war jedem klar geworden, dass gewaltig Grips in dem kleinen Köpfchen steckte. Da liefen Prozesse ab, die denen der anderen in nichts nachstanden. Cheiron fragte sich nur, was geschähe, lernte Corax eine nette Rabendame kennen. Es war ein offenes Geheimnis, dass die Tiere Partnerschaften auf Lebenszeit schlossen. Zumindest wussten das die Freunde aus der Menschenwelt und so erfuhren auch die anderen davon.

„Ich würde ihn sehr vermissen, zöge er fort", seufzte Cheiron. „Meinetwegen dürfte er mit seiner Liebsten in meiner Grotte leben. Die Jungen fliegen ja irgendwann aus, wenn sie erwachsen werden."

„Jedes Jahr ein Nest voller hungriger Mäuler?", witzelte Pyron.

„Auch das wäre kein Hindernis." Der Zentaur machte eine hilflose Bewegung. „Wer will sonst schon mit einem wie mir zusammenleben?"

Es wurde schlagartig still.

„Mal abgesehen davon, dass ich keine Ambitionen habe, einfach wegzufliegen – glaubst du selber an das, was du da gerade gesagt hast, nur weil es keine Zentauren-Frauen mehr gibt?" Corax schaute Cheiron mit schief gelegtem Kopf prüfend an. „Deine Worte, so denke ich, dürften Anreiz für alle sein, irgendeine Lösung auch für dich zu finden. Klar, bist du ungewöhnlich, aber das war Diandra, auf Menschen bezogen, früher auch, habe ich mir sagen lassen."

Cheiron strich Corax mit dem Finger übers glänzend schwarze Gefieder. „Ich habe wohl eine depressive Phase."

Diandra schaute den Zentauren betreten an. „Ich habe gehofft, du würdest hier glücklich sein."

„Ich bin glücklich und ich bin überaus dankbar für alles", erwiderte Cheiron. „Ich fühle mich auch nicht überflüssig, oder nicht angenommen ... es ist nur ... es ist ... ich ... ich bin ..."

Marc legte ihm eine Hand auf den Arm. „Corax hat recht. Wir haben bisher für jedes Problem eine vernünftige Lösung gefunden. Wir sind Zeiten- und Weltenwanderer. Wenn wir wirklich versagen, dann kannst du mich teeren und federn!"

„Nix da, ich brauche keine Konkurrenz", kicherte Corax. „Wenn hier einer schwarz ist und Federn hat, dann bin ich das!"

Thomas schlug sich lachend auf die Schenkel. „Pyron hat über sich etwas Ähnliches gesagt, als es um die Vampirfledermäuse ging. Wenn einer schwarz ist und herumflattert, dann sei er es."

„Man hat mit dieser Farbe halt seinen Stolz", grinste Corax, worauf die drei Drachenmänner und Blitz heftig nickten.

Mario betrachtete das sich langsam wieder füllende Gefieder des Raben von allen Seiten und auch das Fell des Rappen. „Ihr habt beide diese unglaubliche Farbenspiel im Glanz von Fell oder Gefieder", schwärmte er. „Es ist nicht einfach schwarz oder blauschwarz. Es sind unglaublich viele schillernde Schattierungen von Blau und Violett, aber auch Grün, je nachdem, in welchem Winkel die Sonnenstrahlen auftreffen. In Filmen habe ich das manchmal gesehen, aber noch nie in der Natur. Pferde gibt es bei uns nicht und die Krähen fliegen stets davon, wenn man näher kommt."

„Äh, das sollte ich euch vielleicht noch sagen, ehe es zu Missverständnissen kommt", murmelte Corax, „die Krähen werden euch dauerhaft im Auge behalten, euch und eure Gäste aber nie belästigen, solange die keine finsteren Absichten haben. Ich bat sie, ein wenig aufzupassen. Sie versprachen, es immer zu tun, ganz still zu sein, keinen Unsinn zu machen und nichts zu verunreinigen."

„Danke, das ist lieb von dir!", freute sich Emilio. „Ich werde auch dafür sorgen, dass ihnen bei uns niemand das Leben schwer macht. Hab mich noch nie sonderlich darum gekümmert, werde mich aber nun aktiv für den Schutz ihrer Schlafbäume einsetzen.

Die sollten nämlich gefällt werden, weil das Gekrächze zwei, drei Leute störte."

„Ich werde das Stück Land kaufen", hakte Mario ein. „Dann sind Bäume und Krähen in Sicherheit und das ist wohl das Beste, was wir als Dankeschön für deine und ihre Hilfe machen können."

„Das würdest du tun?", strahlte Corax.

„Aber sicher werde ich das!"

Aurëus blinzelte verschwörerisch. „Ich helfe ein bisschen nach, falls es Probleme mit den Behörden gibt."

„Morgen früh bringen wir euch wieder nach Hause", erklärte Marc. „Noch länger dürfen wir euch leider nicht hierbehalten."

Die drei Italiener nickten stumm. Die Zeit in der Welt ihrer ungewöhnlichen Freunde war viel zu schnell vergangen.

„Sehen wir uns wieder?", fragte Shanna zaghaft, auf jene zeigend, die immer im Elfenland lebten.

„Nicht in dieser Dimension", erwiderte Zephyra. „Aber man sollte niemals nie sagen." Sie rieb ihren Kopf an Shannas Wange.

Die drei Menschen zogen es vor, sich sofort von allen gebührend zu verabschieden. Die meisten würden sie ganz bestimmt nie wiedersehen. Cheiron ging in die Knie, um mit Shanna auf Augenhöhe zu kommen, und beide warfen einen bizarren gemeinsamen Schatten.

Marc stutzte kurz, wurde sehr nachdenklich, ehe er fragte: „Sag mal, Cheiron, würdest du mir ein Röhrchen deines Blutes mit in die Menschenwelt geben?"

Stella schaute kurz auf und dem Zentauren schien es, als habe er ein freudiges Zucken bemerkt. Was hatte Marc nur vor?

„Ja, warum nicht? Diandra hat die Prozedur doch auch überlebt", sagte er lächelnd.

„Wobei es nicht ganz einfach war, ihr den teuren Lebenssaft abzunehmen" verriet Marc. „Sie ist ja durch den Styx genauso unverwundbar wie du. Ganz ohne zauberkundiges Nachhelfen ging es nicht."

„Mach schon!", rief der Zentaur. „Ich werde früh genug erfahren, was du damit vorhast."

Marc grinste über beide Wangen. „Wenn mein Plan funktioniert, erfährst du ohnehin, was ich getan habe. Wenn nicht, wahrscheinlich auch."

„Das soll einer verstehen", brummte Pyron. „Aber Marc verlangt nie etwas, ohne handfesten Grund. Ich bin mindestens genau so neugierig wie Cheiron und die anderen, wenn ich deren Blicke richtig deute."

„Dann bleib auch schön neugierig", bat Marc. „Das Ergebnis wird nur einige Zeit auf sich warten lassen, ich kann nicht hexen."

Die ganze Gruppe brach in wieherndes Gelächter aus. Pyron japste nach Luft, Bella liefen Tränen über das Gesicht, und Corax rutschte vor Lachen gar von Cheirons Schulter. Da lag er nun auf dessen Rücken und konnte sich kaum wieder beruhigen. „Da ... ha ... ha ... has aus dem Mund eines Zau ... au ... au ... berers ha ha ha ha."

„Wenn es so beginnt, muss es funktionieren", rief Boreas, als er sich ein wenig beruhigt hatte.

Marc seufzte. „Deine Worte in den Gehörgang aller guten Götter und Geister. Es gibt Dinge im Leben, die kann man nicht mit Zauberei zustandebringen. Aber es gibt Situationen, die für Uneingeweihte fast an Zauberei grenzen."

Jene, die ahnten, was Marc tun wollte, verkniffen sich selbst telepathisch jeden Kommentar zum Thema, um die Sache an sich nicht zu gefährden. Marc teleportierte sich am Morgen in Cheirons Grotte, wo er auf die gleichen Schwierigkeiten wie bei Diandra stieß. Nur mit Zauberkraft ließ sich die Haut mit der scharfen Kanüle durchstechen.

„Der Styx hat ganze Arbeit geleistet", schmunzelte er, das volle Röhrchen zufrieden verschließend. „Drückt mir die Daumen, dass mein Plan aufgeht. Kann sein, dass ich dann Hilfe brauche."

„Bei uns findest du immer offene Ohren und Arme", versprach Cheiron.

Ein paar Minuten später stiegen alles Bewohner der Menschenwelt in den Spiegel, um gemächlich von einer Dimension zur anderen zu wechseln. Die Zauberer brachten Emilio und seine Familie nach Hause.

„Oh, ich habe mich um ein paar Stunden vertan“, rief Aurëus, als sei er wirklich überrascht von der Zeitverschiebung.

„Das macht nichts“, erwiderte Emilio. „Die wundervollen Erlebnisse wären es sogar wert, ein ganzes Jahr zu spät zu kommen.“

Marc blinzelte Aurëus unbemerkt zu. Alles lief perfekt. Die Angestellten trafen gerade vor dem Hintereingang des Restaurants ein und es war auch nicht ein einziger verräterischer Blutstropfen der Verbrecher mehr zu sehen. Shanna beeilte sich, die Tür aufzuschließen.

„Oh, zeitige Gäste“, staunte der Küchenchef beim Eintreten. „Sie haben wohl auch gehört, was sie in den Nachrichten gesagt haben?“

„Welche der Horrormeldungen meinen Sie?“, fragte Marc geistesgegenwärtig.

„Na die, dass zwei von großen Vögeln zerhackte Leichen in einem Wohnhaus gefunden wurden, welches man seit Jahren für eine Mafia-Hochburg hält“, flüsterte der Chefkoch. „Sagen Sie es nicht Shanna, die regt sich sicher sehr darüber auf, nachdem was sie in den letzten Stunden durch hat. Sie wird es früh genug erfahren.“

„Versprochen“, wisperte Marc zurück. Dass Emilio und Mario dabei sehr zufrieden aussahen, bildete sich Marc sicher nicht nur ein. Nur gut, dass keiner wusste, wo das eigentlich geschehen war.

Experimente

Noch am selben Tag verfiel Marc in fieberhafte Tätigkeit. Er wälzte biologische Fachzeitschriften, recherchierte stundenlang im Internet und telefonierte mit unzähligen Wissenschaftlern. Nach einer Woche rief das rastlose Treiben schließlich Familie und Freunde auf den Plan, weil die Marc bisher nur als ganz ruhigen Typen kannten.

„Ich vermute, dir schwebt ein genetisches Experiment vor", brachte es Stella auf den Punkt. „Nur was genau, kann ich mir nicht vorstellen." Sie zog ihren Vater neben sich auf das Polster der Wohnlandschaft.

„Richtig. Ich möchte versuchen, Cheiron zu klonen und dabei einen weiblichen Zentauren zu erzeugen. Aber selbst wenn es identischer Klon werden würde, hätte er wenigstens Gesellschaft von Seinesgleichen."

„Überlegen wir gemeinsam", schlug Alfons vor. „Das bisschen Landkauf für die Krähen macht Aurëus doch mit Links und 40 Grad Fieber nebenbei."

„Ich habe bereits ein Labor unter Vertrag, das sich mit dem Klonen von Pferden auskennt. Nun brauche ich mehrere wirklich große Stuten als Leihmütter", erklärte Marc. „Am besten die Kaltblüterrasse Shire Horse, die ja die größten Pferde der Welt sein sollen."

„Und auffallen soll es sicher auch nicht", schnaufte Bromer. „Das macht sich mit Riesenpferden besonders gut."

„Ich besorge die Pferde!", rief Diandra. „Ich werde den Züchtern schon ein Liedchen singen, damit sie mir welche verkaufen."

„Es müssen keine preisgekrönten Tiere sein. Sie können ruhig kleine Schönheitsfehler haben. Einzige Bedingung ist, dass sie kerngesund und nicht jünger als vier Jahre sind", erklärte Marc.

„Ich disponiere um", sagte die Nixe. „Ich werde die Tiertransporte zu den Schlachthöfen unter die Lupe nehmen. Was passiert eigentlich mit den Pferden, wenn sie ihren Dienst für uns getan haben?"

Marc lächelte. „Diese Frage habe ich erwartet. Ich habe vor, sie auf einem Gnadenhof unterzubringen."

„Na gut, das beruhigt mich", erwiderte die Nixe.

Galantha schloss sich Diandra an. Bei den Recherchen im Internet half ihnen Martha, die für den wissenschaftlichen Kram, den die Männer und Stella besprachen, keine Nerven hatte. Es dauerte auch nur zwei Tage, das stieß sie auf die erste Schlachthof-Auktion, bei der eine Shire Horse Stute angeboten wurde. Fest stand, dass die Verlierertiere ihren letzten Weg auf jeden Fall zum Metzger antreten mussten. Die Fellfarbe des Tieres war ein unbestimmbares Grau, sodass Diandra vermutete, kein reinrassiges Tier vor sich zu haben. Mit dem Wissen im Hinterkopf, dass es Marc nur um die Größe des Pferdes ging, beobachtete sie genau, was mit dem riesigen Tier geschah.

Laut Pferdepass war das Alter mit sechs Jahren angegeben und die Elterntiere gehörten erstaunlicherweise doch der gleichen Rasse an. Welche Laune der Natur dafür gesorgt hatte, dass die Stute nicht schwarz, sondern irgendetwas zwischen anthrazit und steingrau war, konnte sie nicht ergründen. Fakt war nur, dass niemand das Pferd haben wollte. Sie wartete bis nach der Auktion und kaufte es für einen lächerlichen Betrag direkt aus dem Transporter des Schlachthofes frei.

Da standen nun zwei kleine sehr zierliche Frauen mit einem sehr großen kompakten Pferd, von absolut ruhigem Charakter, welches sie abwechselnd liebevoll streichelten.

„Du musst keine Angst mehr haben", flüsterte Diandra. „Wir bringen dich gleich auf eine Wiese, wo du es gut haben wirst."

Galantha telefonierte mit Marc, der im nächsten Augenblick mit Aurëus erschien, um das Pferd, welches die Nixe *Grey* getauft hatte, abzuholen. Unbemerkt teleportierten die Zauberer das Tier direkt zu den Stallungen, wo die besten Rennpferde der Welt geklont wurden. Zwei Tierärzte untersucht Grey gründlich und sie wurde als vollkommen gesund eingestuft. Aufgrund ihrer ungewöhnlichen Größe fiel Grey natürlich überall auf. Man musste sogar den Rand ihrer Box erhöhen. Diandra nahm sich für die

Stute viel Zeit. Beinahe täglich besuchte sie das Tier und ritt auf ihm durch das weitläufige Gelände. Marc bereitete indes alles für den großen Augenblick vor, an welchem Grey die Eizelle eingepflanzt werden sollte, die mit Genmaterial aus Cheirons Blut verändert worden war. Marc bestand auch darauf, ausschließlich Greys Eizellen zu verwenden.

Immer wieder schlugen die Versuche fehl, überhaupt eine brauchbare Eizelle zu erhalten und immer wieder machte Marc Geld locker, um doch noch ans Ziel zu kommen. Inzwischen kümmerten sich die namhaftesten Wissenschaftler, den Auftrag des Professors zu erfüllen, der glaubhaft versicherte, es ginge ihm ausschließlich um die ungewöhnliche Fellfarbe der Stute. Dahinter schien in der Tat ein Geheimnis zu stecken, sonst wäre es ein Leichtes gewesen, aus dem Blut des vermeintlichen einzigen und leider bereits toten Hengstes der gleichen Art mit gleichem Fell ein neues Pferd zu erzeugen.

Diandra trieb inzwischen tatsächlich noch zwei andere Stuten auf, deren Kauf sich nicht weniger dramatisch gestaltete, aber keine so intensive Verbindung zwischen ihr und den Tieren schuf. Das hielt sie aber nicht davon ab, mit allen drei Pferden auszureiten. Bromer schüttelte amüsiert den Kopf, wenn seine Frau von einer Leiter aus ihre Grey bestieg, und dann stolz wie eine Amazone mit allen drei Pferden davon trabte.

Martha hatte in einem Chat gelesen, wie der Besitzer einen Metzger suchte, der die beiden Riesinnen schonend und würdevoll schlachten sollte. Diese beiden Tiere, zugleich verunglückte Rückepferde aus einem deutschen Wald, sollten wegen kompliziert gebrochener Beine zum Schlachter. Also erschien Aurëus auf dem Hof als Metzger, der sich um die Tiere kümmern wolle. Er legte die Pferde in einen magischen Schlaf, der den Menschen vorgaukelte, er habe sie soeben getötet. Ihm gelang es sogar, für einen nicht unbeträchtlichen Betrag, die Fleischberge zu kaufen, um sie weiterzuverarbeiten. Ganz offiziell zog er sie mit einer Winde in seinen Truck und rollte langsam vom Hof.

Kaum waren sie außer Sichtweite des Gehöftes, kümmerten sich die Elfen um die Pferde. Mit komplizierten Knochenbrüchen kannten sie sich bestens aus und heilten die Stuten, noch bevor sie wieder erwachten. Kerngesund hielten sie bei Grey Einzug.

Indes gestaltete es sich weiterhin mehr als schwierig, einen lebensfähigen Zentauren zu kreieren. Die endlich befruchteten Eizellen wurden immer wieder abgestoßen, und Marc war schon nahe daran, aufzugeben, als ihnen Grey das Wunder aller Wunder bescherte, indem in ihr ein Embryo zu wachsen begann.

„Wir können Grey nicht bis zur Geburt des Kleinen hier lassen", gab Marc eines Tages bekannt. „Hier gehen alle davon aus, dass ein Pferd geboren wird. Ein so seltenes, dass ich die Gesundheitschecks ausschließlich selber mache. Nicht auszu-denken, bekämen die auch nur annähernd mit, dass ich Genexperimente durchführen ließ. Zumal es ja sein kann, dass Grey das Kleine nicht elf Monate austrägt, wie ein Fohlen, sondern nur neun Monate wie einen Menschen. Oder irgendwas dazwischen, was sofort alle Ärzte alarmieren würde."

„Bringen wir sie in die Elfenwelt", forderte Diandra. „Ein paar Pferde mehr oder weniger fallen doch gar nicht auf. Violas und Boreas Genehmigung dazu habe ich mir schon vor Monaten geholt. Cheiron wird sich sowieso um Grey kümmern, selbst wenn sie keinen lebensfähigen Nachwuchs zur Welt bringt. Und wenn doch, dann umso intensiver."

Auf die verdatterten Blicke der anderen reagierte sie mit frohem Lachen. „Ich hänge nun mal an meiner vierbeinigen Freundin."

„Wie kriegen wir sie in den Spiegel?", gab Alfons zu bedenken.

„Gute Frage", meinte auch Bromer.

Diandra ließ keine Einwände gelten. „Wasserspiegel. Es muss funktionieren. Ich werde Marek, den Moldau-Wassermann, bitten, uns zu helfen."

„Oha, da legt sich eine richtig ins Zeug", seufzte Bromer. „Und das, wo ich ihr doch keinen Wunsch abschlagen kann!"

Marek war schnell kontaktiert. Er sagte sofort zu. Viola, die die Tore in Prag kannte und aktivieren konnte, nahm es auf sich, ihn in Marcs Haus zu führen.

„Wenn ein paar Tage Urlaub in der Elfenwelt rausspringen, bringe ich sogar die Hydren mit, damit das Tor groß genug für alle wird", blinzelte er.

„Fantastisch!", jubelte Diandra. „Dann kann ich ja wieder mit ihnen die Gewässer unsicher machen! Das wird ein Spaß!"

„Sonst noch Fragen?", grinste Bromer. „Wenn sich meine holde Gattin etwas in ihr hübsches Köpfchen setzt, dann zieht sie es auch durch."

„Wie geht es Emilio und den Seinen?", wollte Marek wissen, worauf Marc die unschöne Geschichte der Entführung erzählte.

Vom guten Ende, und dem Teil mit dem Kauf der Wiese am Rande der Stadt, berichtete Aurëus. „Mario bringt alle zwei Tage einen großen Behälter voller Küchenabfälle zu den Bäumen und kein Mensch regt sich mehr auf, dass die Krähen zu laut wären oder anderweitig stören. Zwei oder drei Vögel wechseln sich ständig im Geäst des Biergartens ab, um die Familie zu bewachen."

Marek rieb sich die Hände. „Jetzt bin ich richtig neugierig auf euern Corax. Hoffentlich mag er mich auch."

„Nimm ihm doch ein Zipfelchen Wurst mit", schlug Martha vor. „Liebe geht bekanntlich durch den Magen."

Der Wassermann nickte erfreut. „Daran soll es nicht scheitern."

Während die Freunde einen geeigneten See mit flachem Ufer suchten, geschah bei den Ställen des Labors etwas, das Marc buchstäblich einen offiziellen Grund in die Hände spielte, seine Pferde woanders unterzubringen.

Ares hatte durch einen Handlanger in der Menschenwelt erfahren, dass Prof. Dr. Dr. Marc Wendler an der Zucht besonderer Pferde arbeite und auch, wo er die Leihmütter pflegen ließ. Ares hatte noch immer nicht verwunden, dass ihm eine der Aurëus-Elfen sein Lieblingspferd abgenommen und dieses charakterlich völlig verändert hatte. Das war genau der richtige Zeitpunkt, sich zu rächen und sich gleichzeitig prachtvolle kräftige

Pferde einzuverleiben, die möglicherweise sogar schon trächtig waren. Mit ein bisschen Glück hätte er sechs sehr seltene Tiere auf einen Streich.

Nur hatte Ares die Rechnung wieder ohne ordentlich Prüfung gemacht. Sonst hätte er feststellen müssen, dass es ziemlich viele Unbekannte in seiner Gleichung gab. Und einen Faktor hatte er gar nicht bedacht, nämlich, dass die Krähen speziell auf ihn angesetzt waren. Dass diese auch die drei Pferde bewachten, war nicht einmal Marc bekannt. Er hielt es für ganz natürlich, dass sich die Krähen in der Nähe der dampfenden Misthaufen einfanden und nach Fressbarem suchten. Die Blickrichtung der Schwarzgefiederten beim Fressen hatte er deshalb nie näher beobachtet.

Die Security des Institutes musste sich nicht einmal die Mühe machen, den unangemeldeten Pferdetruck zurückzuweisen. Das erledigten andere. Nämlich die Krähen, deren eine sofort Ares erkannte, als die Seitenscheibe der Fahrerkabine herunter gelassen wurde. Ihren Alarmschrei griffen dutzende Vögel auf, trugen ihn weiter und im nächsten Moment begann der ganze Schwarm, das Fahrzeug zu attackieren. Ares befahl dem Fahrer, zu wenden und mit Vollgas das Gelände zu verlassen.

Die Information über den Zwischenfall, die alle Besitzer von untergestellten Pferden erhielten, nahm Marc zum Anlass, noch am selben Tag seine wertvollen Shire Horses abzuholen, um sie, so die offizielle Version, in einem anderen Gestüt unterzubringen. Sein Truck, mit Alfons am Steuer, hielt direkt am Ufer des Sees. Grey folgte Diandra ohne zu Zögern ins flache Wasser, die beiden anderen Stuten erst, nachdem die Elfen Zuckerstückchen einsetzten, um sie zu überzeugen, dass es besser sei, sich jetzt die Beine nass zu machen. Natürlich bekam Grey auch ein Leckerchen, weil sie so gehorsam gewesen war. Dann ging alles ganz schnell. Hydren und Zweibeiner bildeten einen Kreis um die Tiere, ein kurzes blaues Aufleuchten, und schon riss es alle in den sich auftuenden Strudel. Ehe die Pferde wirklich erschraken, spie sie das Tor im Nixensee auch schon wieder aus.

Dafür bekamen dort die anderen einen gehörigen Schreck, denn das Kommen war nicht angekündigt worden. Cheiron, Blitz mit Familie und alle Einhörner hatten sich zum Baden am See eingefunden und wollten soeben ins Wasser gehen, als dieses blau zu leuchten begann. Überrascht hielten sie inne und sahen zu, wie zuerst drei riesige Pferde, die Wasserdrachen und dann die Zweibeiner erschienen.

Cheiron und Blitz versperrten den drei fremden Pferden geistesgegenwärtig den Weg. Diandra begann, ihre Lieblingsstute zu streicheln, worauf diese sich sofort beruhigte. Stella und Galantha kümmerten sich um die beiden anderen. Inmitten der Herde der Einhörner und Pferde im Elfenland fühlten sich die drei Neuen offenbar sicher, denn sie wurden nicht unruhig, als die Drachen heranflogen, weil sie den blauen Schein im See ebenfalls gesehen hatten. Zuletzt kamen Viola und Boreas, um die neuen Mitbewohner ihrer Welt zu begrüßen. Aurëus ließ, wie immer, Tische und Bänke erscheinen, Bromer füllte die Futterraufen für Einhörner und Pferde und Marc tafelte für Zweibeiner und Drachen auf.

„Ich glaube, es ist an der Zeit, allen zu erklären, was eines der Pferde, nämlich jenes, das den Namen Grey trägt, besonders wertvoll macht", meinte Viola und schaute Marc auffordernd an.

Der blickte in die Runde, nickte Cheiron zu und sagte kurz: „Es trägt eine kleine Zentauren-Dame in seinem Bauch."

Es wurde so still, dass man sogar das Flirren der Elfenflügel hören konnte, mit dem sich die Waldelfen näherten.

Marc sprach weiter: „Ich kann nicht garantieren, dass das kleine Mädchen lebend geboren wird. Auch nicht, dass es überleben wird, wenn es die Geburt übersteht. Wir haben uns entschlossen, Mutter und Kind schon jetzt hierher zu holen, weil sie bei den Menschen nicht mehr sicher sind."

Die Elfenweltbewohner begannen aufgeregt zu tuscheln, worauf sich Marc entschloss, doch noch ein paar Worte mehr zu sagen.

„Cheirons Blut war der Schlüssel dazu, die Kleine entstehen zu lassen. Die Menschen haben einige Techniken erfunden, identische

Wesen zu erzeugen. Ich wollte aber keinen zweiten Cheiron haben, sondern einen weiblichen Zentauren. Das ist der Grund, weshalb hier drei riesige Pferde stehen. Die Föten der beiden anderen Stuten sind leider nicht lebensfähig gewesen. Wir haben uns für die großen Shire Horses entschieden, weil kleinere Pferde nicht in der Lage wären, solch ungewöhnlichen Nachwuchs auf natürlichem Wege zu gebären."

In Cheirons Gesicht schlich sich ein glückliches Lächeln. Corax hüpfte von seiner Schulter auf den Tisch, trippelte zu den drei Stuten hinüber, um sie nicht mit Geflatter zu erschrecken, und nahm ganz vorsichtig Kontakt zu Grey auf, die den Vogel aus großen Augen musterte und ihn schließlich mit ihrer großen Nase beschnüffelte.

„Ich werde gut auf dich aufpassen!", versprach Corax. „Auch wenn ich für dich nur ein winzigkleiner schwarzer Piepmatz bin."

Diandra setzte Corax vorsichtig auf Greys Rücken, damit sie sich schon einmal daran gewöhnen konnte, ihn öfter zu tragen. Grey nahm es völlig gleichmütig hin. Marek beobachtete den ungewöhnlichen Kolkraben mit wachsender Begeisterung.

Diandra flüsterte Corax schließlich ein paar Worte zu, worauf er sich sacht von Greys Rücken gleiten ließ und mit einem eleganten Schwung auf dem Tisch landete, wobei er sich sehr bemühte, nichts umzuwerfen.

„Lust auf ein Häppchen Brot mit Tee?", fragte Pyron fürsorglich.

„Später", erwiderte Corax, „ich muss erst einmal einem ganz traurigen Wassermann ein Lächeln ins Gesicht zaubern. Sonst denkt er noch, dass ich ihn nicht mag, weil ich mich so zurückhalte."

„Du hast gemerkt, dass ich dich beobachte?", staunte Marek.

„Natürlich. Ich bin eine Rabe – ein Drachenrabe, um genau zu sein. Da entgeht mir nur ganz selten etwas", schmunzelte Corax, seinen Schnabel freundschaftlich am Arm des Wassermannes reibend. „Du darfst mich ruhig streicheln, ich sehe es dir doch an, wie gern du es tun möchtest. Genau so gern wir Cheiron Grey streicheln möchte, und sich nicht traut."

Cheiron ließ vor Schreck seinen Becher fallen. „Dieser schwarze Flattermann merkt doch wirklich alles!"

Im allgemeinen Gelächter näherte er sich endlich dem grauen Shire Horse, gegen das er fast zierlich wirkte. Grey schien zu fühlen, was sie mit ihm verband, denn sie zeigte aufrichtiges Interesse an dem fremdartigen Wesen, das sowohl Pferd als auch Reiter zu sein schien. Es wunderte sich auch keiner, als beide Seite an Seite eine Runde um den See trabten.

Flecki bemühte sich, von den beiden anderen Damen Aufmerksamkeit zu erhalten, und platzte fast vor Stolz, als sie ihn schließlich um den See begleiteten. Beide rabenschwarz mit weißem Fell von den Knien abwärts und weißen Blessen auf der Stirn. Schwestern, wie die genetischen Tests gezeigt hatten. Die eine acht, die andere sechs Jahre alt.

„Sie sehen umwerfend aus", stellte Boreas fest. „Genau wie Grey, die auf ihre Art wunderschön ist."

„Für Cheiron und Diandra ist sie die Schönste", erklärte Stella. „Und ganz offensichtlich auch rein körperlich die Größte. Es ist mir unbegreiflich, wie man solch ein grandioses Tier zum Schlachter schicken kann."

„Gut für uns", schmunzelte Diandra. „Wobei Grey auch nicht traurig sein dürfte, dass sie es so getroffen hat. Hier kann sie die Freiheit genießen, die ihr sonst keiner geben würde. Ich hoffe sehr, dass alles ein gutes Ende nimmt."

Als Cheiron mit Grey zurückkam, war zu erkennen, dass er sie nicht mehr aus den Augen lassen werde. „Ich kann es kaum fassen, dass sie einen Zentauren zur Welt bringen wird", seufzte Cheiron. „Hoffentlich geht alles gut!"

„Wir sind alle sehr angespannt", gab Marc zu. „Was geschieht, wenn es kein Mädchen ist, obwohl bisher alles darauf hingedeutet hatte? Aber in magischen Welten weiß man ja nie ..."

„Dann habe ich ganz einfach einen Freund meiner Art, mit dem ich auf die Jagd gehen kann." Cheiron legte eine frische Scheibe Brot mit bedauerndem Blick auf den Tisch zurück, weil sie für Grey völlig ungeeignet war.

Marc reichte sie ihm zurück. „Nun kann Grey es unbedenklich verzehren."

„Ich vergesse immer wieder, dass ihr solche Sachen mit links macht", schmunzelte Cheiron, das nun knusperhart getrocknete Brot in Stücke brechend.

Grey nahm es mit ihrem weichen Maul ganz vorsichtig aus der Hand des Zentauren. Die Krümel ließ sie für Corax übrig, der das Riesentier nun noch fester ins Herz schloss. Thomas brach in schallendes Gelächter aus, als sich der Zentaur umdrehte und eine ganze Schlange Pferde gewahrte, die ihn mit großen Augen ansahen. Marc ließ einen Berg Knusperbrot erscheinen und so kamen nach den Pferden auch noch die Einhörner, um zu kosten.

Marek war mit einem Satz auf der anderen Seite des Tisches und half mit strahlendem Glückslächeln, die begehrten Leckereien auszuteilen. Corax holte sich die Reste, welche Pyron, wie versprochen, mit Tee anfeuchtete.

Aurëus atmete auf. „Meine Befürchtung, Corax könnte sich zurückgesetzt fühlen, war wohl umsonst."

„Darüber musst du dir keine Gedanken machen", sagte der Rabe genau neben ihm.

„Huch! Hast du mich erschreckt", rief der Zauberer.

Corax grinste vergnügt. „Warum? Hast doch weder was Schlechtes gesagt noch gedacht."

„Du verrückter Vogel", schmunzelte Aurëus, das glänzende Gefieder streichelnd.

„Sogar den verrückten Vogel nehme ich als Kompliment", kicherte Corax.

Aurëus fasste ihn vorsichtig am Schnabel. „Es war ja auch eins. Womit könnte man dir eine richtig große Freude machen? Außer mit leckerem Essen."

„Ich glaube hiermit", ließ sich Marc vernehmen. Er zog eine wundervolle durchsichtige Glasmurmel mit verschiedenfarbigen Schlieren und Spiralen aus der Tasche.

„Für mich?!" Corax trippelte aufgeregt näher, um das glänzende Geschenk zu begutachten. „Sie ist wunderwunderschön! Ich muss

sie gleich in mein Kistchen bringen, damit sie nicht verlorengeht!"
Er packte die Murmel mit dem Schnabel und strebte mit eiligem
Flügelschlag zu Cheirons Grotte.

Der Zentaur bekam ein schlechtes Gewissen. „Ich habe dem
Kleinen noch nicht einmal die verheißene Murmelbahn gebaut.
Das ist unverzeihlich und ich muss es morgen unbedingt machen."

„Tun wir es gemeinsam", bot Thomas an. „Ich habe einige
wundervolle Erinnerungen aus der Kinderzeit. Wenn uns Marc ein
paar Rohre und Winkel zaubert, dann bekommt Corax ein
richtiges Murmelparadies."

„Stimmt, wir hatten immer viel Spaß", pflichtete Marc bei.

Den hatte Corax schon beim Zuschauen, als Thomas und Marc
U-Rohre, rechtwinklige und gerade Rohrstücke mit schier
unzähligen Abzweigungen verbanden, sodass die Murmel aus jeder
der acht unteren Öffnungen kommen konnte. Cheiron überhäufte
das imposante Gebilde mit Sand und zog eine Spirale in die
Außenseite, um eine zusätzliche ganz einfache Murmelbahn zu
erzeugen, wie er sie auf Triga gesehen hatte. Der Rabe brachte
seine beiden Murmeln herbei, Thomas und Marc durften den
Murmelhügel einweihen.

Dann musste Cheiron murmeln, ehe Corax seinen Spielplatz
endgültig in Besitz nahm. Und dabei hatte er gleich besonderen
Spaß, denn schon beim Bau waren immer wieder Ameisen und
diverse Insekten in die Röhren gefallen. Seine Kugel kam also
nicht allein aus der Öffnung, sondern auch noch ein ziemlich
lädiertes Krabbeltier.

„Zack! Käfer abgeschossen!", jubelte Corax, sich den leckeren
Happen holend. „Das bringt mich doch gleich auf eine Idee ..."

Weg war er.

„Oh, oh ... denkst du, was ich denke?", fragte Thomas mit
breitem Grinsen Marc.

„Ich denke: ja!"

Da war der Rabe auch schon wieder da, stopfte mehrere Käfer in
die obere Öffnung und erklärte überaus zufrieden: „Mal schauen,
ob ich alle erwische."

„Na, dann guten Appetit", meinte Thomas amüsiert und erfüllte dem Raben die Bitte, ein paar Runden mitzuspielen.

Marc weihte indes Cheiron in jene Dinge ein, die nicht alle über Greys Nachwuchs wissen mussten. Im Augenblick war die Stute mit den anderen Pferden auf der Wiese am See. Für Marc kein Problem, weil Blitz immer in der Nähe blieb, um ein wachsames Auge auf die drei zu haben. Bella und Ruby überwachten den Luftraum, obwohl die drei Gigantinnen nun wirklich nicht als Beute für Adler und andere Greifvögel angesehen werden konnten. Aber es gab ja auch noch die Bären. Denen war durchaus zuzutrauen, sich mit einem Shire Horse anzulegen. Mit der Größe eines ausgewachsenen Grizzlys fiel das sicher nicht schwer. Einer hatte einmal versucht, Cheiron in dessen eigener Höhle zu erbeuten, was ihm allerdings nicht gut bekommen war. Sein Fell diente dem Zentauren nun als Schlafstätte. Das Loch, wo der aus nächster Nähe abgeschossene Pfeil ins Herz des Bären gedrungen war, fiel nicht weiter auf. Cheiron hatte sich nur die Zähne und die Filetstücke genommen, den Rest den hoch erfreuten Drachen überlassen.

Diandra erzählte ihm daraufhin, wie ihre Freundschaft mit Menschen, Elfen und Drachen begonnen hatte. Nämlich, als diese sie aus dem Rachen und den Krallen eines dieser Bären gerettet hatten.

„Ich muss zurück in die andere Welt", sagte Marc am Ende des Tages. „Schick mir Corax, wenn Greys Stunde gekommen ist. Der Kleine weiß, wie er mich finden kann."

Bis dahin übernahmen die Drachenschwestern die komplette Wache über Grey, alle vier Stunden wechselten sie sich ab, egal ob Tag oder Nacht. Hin und wieder leistete ihnen Corax Gesellschaft. Er wunderte sich, warum Cheiron mit einer kleinen Schaufel akribisch die Pferdeäpfel einsammelte.

„Was wird das?", fragte er schließlich, weil er sich absolut keinen Reim auf die Sache machen konnte.

„Ich will mir ein Erdbeerbeet anlegen. Auf Pferdemist wachsen sie besonders gut. Da ich ja nun mal kein richtiges Pferd bin, und

andere Dinge esse, muss ich mir den Dung von der Wiese holen",
verriet Cheiron.

„Klingt vernünftig", murmelte Corax. Er hatte auf den Tischen
immer die riesigen Erdbeeren bewundert, die die Zauberer
erschaffen hatten und sie mit den kleinen Beeren aus dem Wald
verglichen. Da musste man ganz schön sammeln, ehe man satt
wurde! Wenn sich Cheiron welche direkt neben seiner Grotte
anpflanzen wollte, erleichterte es das Pflücken, selbst wenn die
Erdbeeren klein blieben. Sonne bekamen sie dort auf jeden Fall
den ganzen Tag und dann mussten sie auch süß schmecken.

So brachte der Rabe von seinen Streifzügen immer wieder
besonders schöne Pflanzen mit, die er mit seinem kräftigen
Schnabel ausgebuddelt hatte, ohne die Wurzeln zu verletzen.
Cheiron musste sie nur noch zu Hause in die Erde bringen. Bald
standen über 200 sattgrüne Pflänzchen in Reihe und Glied und
setzten so reichlich Früchte an, dass Corax nach Herzenslust
naschen konnte, ohne dass es auffiel.

Alessa & der Wunsch nach Ruhe

Am See hielten sich die drei großen Pferde immer abseits, wenn die zierlichen Einhörner zum Trinken kamen. Umso mehr staunte Grey, als der Leithengst auf sie zu trabte. Sie neigte den Kopf, um das viel kleinere silberweiße Wesen mit dem langen Horn auf der Stirn neugierig zu beschnüffeln. Sein Besuch hatte nur den einen Zweck gehabt, ungesehen von allen, die Stute mit dem Horn zu berühren, um ihr und dem ungeborenen Baby Kraft für die bevorstehenden Strapazen zu geben. Denn er konnte in die Zukunft schauen und wusste, dass es am nächsten Morgen um Leben oder Tod ging.

Corax bekam als Erster mit, dass etwas mit Grey nicht stimmte. Vor Aufregung krächzend, statt menschlich zu rufen, flog er zu Cheiron, welcher sofort zum See galoppierte. Corax selber stieg hoch in den Himmel, um den Wandelnden Turm zu finden, wie es ihm Marc aufgetragen hatte.

„Ach, da ist er ja! Jetzt nur keinen Fehler machen", murmelte der Rabe und begann, die Etagen zu zählen. „Die vierte Ebene, hat er gesagt, wo sich Fenster und Tür genau gegenüberliegen." Corax schlüpfte in den Turm und klopfte drei Mal mit dem Schnabel an die Pforte, die sich tatsächlich öffnete. Ohne nach Links oder Rechts zu schauen, flog er wie ein Irrwisch durch den Raum und tauchte in das Spiegelportal, welches sich in gerader Linie zu Fenster und Tür befand. „Geschafft!"

Da wirbelte ihn der Sog auch schon herum, dass ihm Hören und Sehen vergingen. Völlig benommen katapultierte ihn das Tor in eine andere Welt, die er sofort erkannte, als er sich wieder einigermaßen erholt hatte. Das war das Zimmer oberhalb der Treppe, die er nun hinter musste, um Marc zu finden. Der kam ihm auf halbem Wege entgegen, weil er gespürt hatte, wie sich das Portal öffnete.

„Es ist soweit!", rief Corax. „Komm schnell mit, wir brauchen dich. Grey ist schon ganz unruhig."

Marc rief nach den anderen. Ohne auf sie zu warten, stieg er mit Corax im Arm durch das Portal in die Drachengrotte.

„Ach, herrje! Die Portale sind ja wie meine Murmelburg. Man weiß nie ganz genau wo man rauskommt." Corax schüttelte erstaunt den Kopf.

„So ähnlich ist es, mein kleiner Freund!", lachte Marc, sich mit ihm zum See teleportierend, wo Cheiron bei seinem Anblick aufatmete.

„Ich habe Angst, einen Fehler zu machen", gab der heilkundige Zentaur zu und überließ Marc das Weitere.

Die Drachen hielten alle Neugierigen fern, meinten diese es auch noch so gut, mit ihrer Anwesenheit. Grey brauchte absolute Ruhe. Sie lag auf weichem Heu, welches Cheiron von dem Schober neben seiner Grotte geholt hatte, immer wieder mit einem Huf ihren Bauch berührend, als wolle sie das Kleine ermuntern, endlich herauszukommen, so wie es viele Stuten machten. Als langsam der Kopf des Kleinen zu sehen war, begann der sonst so ruhige Cheiron vor Aufregung zu schwitzen, als müsse er es selbst gebären. Die halbe Stunde, bis es vollständig den Geburtskanal verlassen hatte, kam ihm wie eine Ewigkeit vor. Durch die Fruchtblase, die es noch vollständig einschloss, war nicht genau zu erkennen, ob nun ein kleiner Zentaur oder doch nur ein Pferdefohlen vor ihnen lag. Marc riss sie rasch auf, damit das völlig reglose Etwas seinen ersten Atemzug tun konnte.

„Es ist ein Zentaur", hauchte Cheiron, mit bangem Herzen zusehend, wie Marc um das Leben des Neugeborenen kämpfte, indem er mit dem Finger vorsichtig den Schleim aus dessen Mund entfernte.

Grey half ihm. Sie begann, es intensiv abzulecken. Dann endlich hob sich der kleine Brustkorb und der Mini-Zentaur öffnete die Augen.

Das Verhalten nach der Geburt ähnelt eher einem Pferdchen, als einem menschlichen Baby, staunte Marc. *Na, eigentlich kein Wunder, es muss ja auch sofort auf die wackeligen Beinchen kommen.*

Und das versuchte der Winzling bereits nach einer Stunde, als er noch nicht einmal richtig trocken geworden war. Grey stützte ihn fürsorglich mit ihrem Kopf. Beim nächsten Mal, wo der kleine Körper sich überschlagend umfiel, weil sich die überlang wirkenden Beine immer wieder zu verknoten schienen, reichte ihm Cheiron die Hand, die das Kleine packte und nicht wieder losließ. Es ließ sich zur Milchquelle führen und begann zu trinken.

Der überglückliche Cheiron riss Marc an seine Brust. „Es wird leben!"

„Und es wird lernen, den langen Oberkörper zu kontrollieren", lachte Marc, denn das Kleine kugelte soeben wieder über die eigenen Beine. „Zumindest ist alles dran, was ich dran haben wollte. Das, was ich nicht wollte, ist auch nicht da", blinzelte er treuherzig Cheiron an. „Alles hat die richtigen Proportionen und Nahrung nimmt der Winzling auch auf. Nun bist du an der Reihe, sie zu einer Heldin zu erziehen. Das dürfte dir ja nicht schwerfallen. Hast du dir schon einen Namen für sie ausgesucht?"

„Alessa." Cheirons Augen leuchteten, weil die Kleine, wie es verspielte Kinder nun einmal tun, um ihn herum tapste.

„Oh, die weibliche Form von Alexander. Da muss sie ja eine Heldin werden", rief Marc.

In den nächsten Tagen ließ Corax niemanden in die Nähe von Alessa. Marc hatte ihm aufgetragen, jeden zu vertreiben, bevor nicht eine ganze Woche vergangen war. So bat Corax mit liebenswürdiger Stimme, den Wunsch zu respektieren, und alle gehorchten. Marc wollte sicher sein, dass die Kleine kräftig genug war, ehe die anderen auf sie einstürmten. Cheiron brachte Mutter und Kind nachts sogar in seiner Grotte unter, um keine unliebsamen Überraschungen mit Raubtieren zu erleben.

Corax gab den vielen Neugierigen allerdings auch immer bekannt, wie es Alessa und ihrer Mama ging, um niemanden zu Aktionen zu verleiten, auf die Cheiron mit Sicherheit stinksauer reagiert hätte. Marc hatte ihm schließlich nicht umsonst von den unglaublichen Mühen erzählt, die es gekostet hatte, seinen sehnlichsten Wunsch zu erfüllen.

Den ersten Schritt auf die anderen zu machte Alessa. Die galoppierte nämlich einfach zu den Einhörnern hinüber, in deren Mitte ebenfalls ein Fohlen bewacht wurde. Die silberweißen Tiere gaben der kleinen Zentauren-Dame den Weg frei und Mama Grey schaute aufmerksam zu, wie ihre ungewöhnliche Tochter das kleine Einhorn umarmte und herzte, als kenne sie es schon ewig. Unter den wachsamen Blicken der Erwachsenen begannen sich die beiden Kleinen spielerisch zu jagen, um am Ende Seite an Seite am Ufer des Sees entlang zu traben. Grey wieherte, als sie sich zu weit entfernten, worauf Alessa gehorsam zurückkam und ihre weiße Freundin mitbrachte.

Marc und seine Familie staunten, als sie Alessa nach sieben Tagen wiedersahen. Sehr viel schneller, als Menschkinder, lernte die Kleine sprechen und selbstständig zu werden. Sie liebte es, mit Flöckchen, dem Einhornkind, und Corax zu spielen. Genau so gern war sie mit Cheiron und Grey unterwegs, um das flache Land bis zu den Drachenbergen zu erkunden. Von Fell- und Haarfarbe glich sie täuschend Cheiron. Die Gesichtszüge waren von Anfang an weiblich-weich, was Marc besonders freute, der mit allem Möglichen gerechnet hatte. Von den Frauen liebte Alessa Tante Diandra besonders. Die brachte ihr und Mama Grey nicht nur die leckersten Sachen mit, nein, die hatte auch stundenlang Geduld, beide wohltuend zu striegeln und ihnen Blüten ins Haar zu flechten. Wobei Corax mit Engelsgeduld assistierte, indem er Blumen zureichte.

„Manchmal habe ich Lust, für immer ins Elfenreich zurückzukehren", sagte Diandra eines Tages zu Bromer, der seine Frau sehr gut verstehen konnte.

Auch Galantha und Stella hatten oft das Thema angesprochen und waren bei ihren Männern auf offene Ohren gestoßen.

Für Alfons und Martha war es keine Frage, den anderen zu folgen. Sie hatten das ständige Umziehen ebenfalls satt, um nicht als ewig jung aufzufallen. Aurëus musste jedes Mal die Papiere ändern lassen, was mit steigender digitaler Überwachung immer schwieriger wurde. Diese Überwachung bewirkte auch, dass irgendjemand zu hinterfragen versuchte, was aus den drei Pferden der Familie Wendler geworden war. Denn in dieser Zeit waren alle großen Haustiere selten, besonders wenn sie ein Stadtmensch sein Eigen nannte. Marc hatte keine Lust mehr, sich irgendwelche Geschichten aus den Fingern zu saugen und erklärte, dass dies wohl der beste Zeitpunkt sei, dem Leben bei den Menschen endgültig den Rücken zu kehren.

„Wie machen wir es?", fragte Thomas.

„Kurz und schmerzlos", erwiderte Marc. „Wir transferieren in die Elfenwelt, was wir brauchen, verkaufen die Häuser, spenden das Geld wohltätigen Zwecken und machen, dass wir wegkommen."

„Und meine Bibliothek?", fragte Alfons zaghaft.

„Die brauchst du", lachte Marc. „Wir nehmen unsere doch auch mit und das Gemälde, das Galantha darstellt."

Aurëus wirkte besonders nachdenklich. „Was wird mit dem Spiegel?"

„Den schicken wir mit einem netten Brief Emilio", schmunzelte Marc. „Du warst doch auch ziemlich kreativ, als ich ihn bekam."

„Klingt alles, als wärst du auf diesen Tag schon lange vorbereitet", staunte Bromer.

„Natürlich. Ich wollte nur nicht als Buhmann dastehen, der anderen das Luxusleben missgönnt. Meinetwegen hätten wir schon vor Jahren auswandern können."

„Gut, dass du es dir verkniffen hast. Sonst hätten wir vielleicht Cheiron nicht helfen können", merkte Diandra an. „Es geschieht eben alles zu seiner Zeit."

„Noch ein paar Jahre hier und sie verfasst philosophische Traktate", witzelte Thomas.

Im darauf folgenden Monat verabschiedeten sie sich mit einem großen Abendessen von Emilio und seiner Familie, um auf mehrjährige Weltreise zu gehen.

„Ich habe das Gefühl, dass es eher eine Weltenreise ist und ihr nicht wiederkommen werdet", flüsterte der Italiener unter Tränen, alle fest umarmend.

Drei Tage später fuhr der Transporter einer Spedition bei seinem Lokal vor. „Eillieferung für Herrn Emilio Russo und nur persönlich gegen Unterschrift zu übergeben."

Was dann geschah, wäre für Marc und seine Familie wie ein Déjà-vu gewesen, hätten sie es miterlebt.

„Was ist es denn?", fragte der Italiener erstaunt, denn er hatte nichts bestellt.

„Keine Ahnung", sagte der Fahrer. „Den Frachtpapieren nach sind es wertvolle Antiquitäten und ziemlich schwer."

Emilio gab die Tür frei. Aus dem Laderaum des Fahrzeugs kam ein mehrfach verpacktes und in eine Kiste genageltes Frachtstück von der Größe eines zweitürigen Kleiderschrankes zum Vorschein.

Emilio und Mario warfen sich ungläubige Blicke zu. Sie ließen es in die Diele tragen. Emilio unterzeichnete die Papiere und beäugte argwöhnisch die Kiste aus Fichtenholz. Auch Shanna fand sich ein. Ratlos standen sie beisammen.

Mario raffte sich auf. „Wenn wir hier nur herumstehen, kriegen wir auch nicht raus, was drin ist. Dann auf die Kiste mit Gebrüll."

„Sei bloß vorsichtig", mahnte Shanna.

„Wird schon schief gehen." Mario zog die ersten Nägel aus dem Holz.

Emilio nahm ihm die losen Bretter ab. Ein fester Pappkarton war das nächste Hindernis. Mario löste eine Krampe nach der anderen. Gemeinsam öffneten sie die Verpackung. Darunter kam etwas riesiges Ovales hervor, das mehrfach mit dicker Noppenfolie umwickelt und akribisch mit Klebestreifen gesichert war.

„Ich glaube es nicht!", rief Mario beeindruckt.

„Was ist das?", fragte Shanna, die ohne Erfolg versuchte, eine Lücke in der Folie zu finden.

Mario drehte sich langsam zu den anderen um. „Das ist der Spiegel von Aurëus", flüsterte er, als habe er Angst, dass ungebetene Ohren zuhören könnten.

„Ach du lieber Himmel", murmelte Emilio.

„Du sagst es." Mario ging langsam um das Paket herum. „Bringen wir ihn ins Arbeitszimmer."

Die beiden Männer packten gemeinsam an, Shanna dirigierte sie durch die Wohnung. Mit einem Teppichmesser schnitt Mario behutsam die Folie auf.

„Er ist es wirklich", hauchte Shanna.

Sie setzten sich in die Sessel neben dem Schreibtisch. Ehrfurchtsvoll betrachteten sie das Meisterwerk, welches unsichtbar das Dimensionstor zur Elfenwelt beherbergte.

„Was ist das da?" Shanna zeigte auf den Drachen am unteren Ende des Ovals. Hinter dem Kopf der Figur klemmte ein mehrfach gefaltetes Blatt Papier. Sie löste es geschickt heraus und las vor: „Liebe Freunde, unsere Reise wird wohl doch etwas länger dauern. Bei euch ist das Tor in guten Händen. Ihr wisst ja, wie man es benutzt. Wir haben es mehrfach abgesichert, was heißen soll, dass nur daraus hervorkommen kann, was ihr drei gemeinsam für richtig haltet. In ewiger Freundschaft Aurëus, Marc & die Elfenweltbewohner."

Shanna hielt Emilio den Brief hin. Noch ehe er zufassen konnte, rieselte das Papier als feiner weißer Staub zu Boden. Aurëus hatte die letzten Spuren ihrer irdischen Existenz getilgt, als habe es sie nie gegeben.

Im Elfenland herrschte Jubel, als alle wieder vereint waren.

„Sie sind wieder da und diesmal für immer!", verkündete Corax wie ein Herold an jedem bewohnten Fleck.

Zwei Tage wohnten die Neuankömmlinge in Pyrons Grotte, dann begannen sie, sich gemütliche Holzhäuschen am Waldrand zu bauen. Die beiden ehemaligen Rückepferde tauchten wie durch Geisterhand auf, als sie die ersten Bäume schlugen. Auch Cheiron warf sich ins Geschirr, um den Freunden zu helfen. Die Drachen übernahmen alle Transportarbeiten auf freiem Feld, hielten Balken fest und packten an, wo andere eine Leiter gebraucht hätten.

„Gezaubert wird nur, wenn es gar nicht ohne geht", legte Marc fest und daran hielten sie sich auch.

Alessa machte es Spaß, Werkzeuge zuzureichen, oder die Holzdübel, die die Balken aufeinander halten sollten. Mama Grey und Cheiron hatten nichts dagegen, denn so lernte die junge Dame etwas von Dingen, die sie sonst wohl niemals gesehen hätte.

Als Lars ein paar Wochen später einschwebte, rieb er sich verwundert die Augen, im Glauben, er habe sich verflogen. Halbfertige Häuser, wo früher keine waren, Pferde, wie er sie noch nie gesehen hatte und mittendrin ein Wesen, das es eigentlich gar nicht mehr geben konnte, weil Cheiron überall als Letzter, seiner Art, galt.

„Komm ruhig runter, du bist hier richtig", rief Corax hinauf, der in den Krallen ein festes Seil hielt, mit dem ein Dachbalken verzurrt werden sollte.

Diesmal half ihm Ruby, seinen Ballon zu vertäuen.

„Freiwillig oder gezwungenermaßen?", fragte Lars kurz, als er seine Ballongondel verlassen hatte.

„Weder noch", blinzelte Marc. „Wir hatten geschlossen die Nase voll, uns weiter zu verbiegen."

„Ich dachte schon, Ares sei euch wieder auf den Nerv gegangen."

Auréus grinste fröhlich. „Er hat es versucht, mit dem Ergebnis, für uns gearbeitet zu haben. Wird ihm sicher nicht schmecken, wenn er es erfährt. Wir gehen davon aus, dass er Grey entführen wollte, als sie mit Alessa, unserer kleinen Zentauren-Dame, trächtig war."

„Cheiron und ein Pferd, selbst wenn es ein riesiges ist? Geht denn das?", zweifelte Lars.

„Nichts, was du denkst", lachte Marc. „Die menschliche Technik und das Röhrchen Blut von Cheiron haben es möglich gemacht, auf anderem Weg einen weiblichen Zentauren zu erschaffen. Illegal, aber notwendig. Es war der absolute Höhepunkt, um mit einem guten Gewissen die Brücken zum alten Leben abzubrechen."

Thomas begann zu kichern. „Tut was Illegales und hat ein gutes Gewissen dabei. Dass ich sowas mal ausgerechnet von dir hören würde! Tz, tz, tz." Und im nächsten Augenblick: „War das wirklich verboten?"

„100 Prozent. Ich habe gegen die Charta verstoßen, die besagt, dass keine menschlichen Mischwesen geschaffen werden dürfen."

„Aber du hast doch reine Zentaurenerbmasse verwendet!"

„Erzähle das mal den Behörden! Die würden dich glatt in die Klapsmühle stecken!"

Thomas sah Marc groß an. „Stimmt. Bloß gut, dass ich davon nichts gewusst habe. Ich hätte mir doch glatt einen Fleck ins Hemd gemacht."

Lars winkte ab. „Ich kapiere wieder mal gar nichts. Ist aber sicher nicht schlimm."

„Nö!", erwiderten Thomas und Marc zugleich.

Cheiron kam mit Alessa heran. „Feierabend für heute. Die Kleine muss ins Heu, damit sie morgen wieder mit ihren Freunden herumtollen kann. Sie ist so müde, dass sie fast beim Trinken eingeschlafen wäre." Er führte sie an der Hand nach Hause und Grey folgte ihnen, um den Schlaf ihrer Tochter zu bewachen.

„Für dich ist bei uns ein Plätzchen frei", legte Zephyra fest, als sich Lars suchend umschaute. „Aber erst sitzen wir noch ein wenig ums Feuer und erzählen." Sie zeigte auf einen Haufen Bauabfälle, die Pyron soeben in Brand setzte.

Cheiron kam auch wieder. „Corax ist zu Hause und passt auf. Der kleine Kerl ist von der vielen Arbeit völlig fertig. Aber selbst im Schlaf ist er immer auf der Hut."

„Hat er was angestellt, dass er mitarbeiten muss?", fragte Lars.

„Ach i wo! Corax doch nicht!", rief Bella. „Er fühlt sich ganz einfach in der Pflicht, jenen zu helfen, die ihm so viel Gutes getan haben."

„Du weißt ja, Corax ist ein Königlicher Wächterdrache ehrenhalber. In dieser Eigenschaft war er, als einziger, der von unseren Freunden nicht menschlich aussieht, allein in der Menschenwelt, um Marc zu suchen, als Grey in den Wehen lag."

Lars schüttelte beeindruckt den Kopf. Dann meinte er: „Ja ich erinnere mich, dass Marc Blut mit zu den Menschen nehmen wollte, weil er etwas Besonders damit vorhatte. Bei Cheiron wird das Abnehmen wohl ähnlich schwierig gewesen sein, wie bei Diandra."

„Da sagst du was!", rief Marc. „Ich bin heute noch völlig fertig!"

„Deshalb mussten wir ja in die Elfenwelt auswandern. Unter Menschen hatte er ausgesehen, als litte er am Bournout-Syndrom", bemerkte Galantha trocken.

Stella schnitt ihrem Vater über den Tisch eine fröhliche Grimasse, während Thomas, Pyron und Zephyra schon herzhaft lachten, weil Marc seine Gattin völlig verdattert anschaute. Die machte selten Scherze, aber wenn, dann saßen diese.

„Ach, ich kenne genügend Leute, die bringen Marc ganz schnell wieder ins Gleichgewicht", schmunzelte Viola. „Zum Beispiel der große Flattermann da drüben, Pyron genannt. Oder der da, der sich als halbes Pferd tarnt. Und dann hätten wir noch einen gefiederten Kobold mit flottem Schnabel. Und eine Menge andere, mit denen er sogar Pferde aus der Menschwelt klauen und hier unterbringen konnte."

Marc lachte nun ebenfalls. „Oh ja! Wir sind schon ein verwegener Haufen!"

Plötzlich frischte der Abendwind auf.

„Er kommt aus verschiedenen Richtungen", staunte Boreas. Und einen Augenblick später: „Heh, heh, die Familie ist im Anflug!"

Vom Portal in den Sümpfen kamen Zephyros und Flora aus Triga, vom Drachenberg näherten sich Euros und Notus mit ihren schwarzflügeligen Gattinnen, während Äolus den kürzeren Weg gewählt hatte. Er entstieg dem glatten Wasserspiegel des Nixensees. Aurëus verlängerte den Tisch und tafelte auf, während die Neuankömmlinge genau so erstaunt die neuen Häuschen musterten, wie es Lars getan hatte.

„Wir wollten dem kleinen Lufthauch kaum glauben, was er uns gestern berichtete", erzählte Äolus. „Ein Teil stimmt, wie ich sehe. Der Rest scheint wohl seiner überhitzten Fantasie entsprungen zu sein. Er sprach nämlich davon, zwei Zentauren gesehen zu haben und einige riesige Pferde. Da haben wir beschlossen, uns selber ein Bild von der Sache zu machen."

Boreas blinzelte Viola zu. „Siehst du, so schnell bekommt man kräftige Arbeitssklaven für den Hausbau. Wir verriegeln und verrammeln alle Tore, bis die Häuser stehen, dann sehen wir weiter."

Äolus schaute die beiden mit so großen Augen an, dass sogar Cheiron in schallendes Lachen ausbrach.

Lars hob den Zeigefinger, wobei er mehr für sich selbst flüsterte: „Ein Lied ... das wird ein Lied ... aber eins, das ich so trällern werde, dass Ares Tränen über die Wangen laufen. Und glaubt mir, es werden keine Freudentränen sein. Ich werde es beim nächsten Treffen singen, vorher ordentlich üben und dann wieder die Nummer Eins auf der Rangliste werden! Das schwöre ich, so wahr ich hier sitze!"

„Dein Fanclub dürfte doch inzwischen riesig sein", mutmaßte Thomas.

Lars grinste vergnügt. „Oh ja, darin ist alles, was auf und um den Olymp wirklich Rang und Namen hat. Die Gespräche außerhalb des Wettbewerbs sind deshalb besonders erquicklich. Zeus und Hades stellen mir auch immer zwei Wächter zur Seite, damit ich unbehelligt durch die Gegend streifen kann. Am und im Wasser kümmern sich Poseidon und Nereus um meine Sicherheit. Den Himmel nicht zu vergessen – die mir dort hilfreich sind, sitzen alle hier. Ganz vielen lieben Dank! Übermorgen fliege ich nach Triga weiter."

Damit hatte es Lars nicht ganz so eilig wie sonst. Er hängte sogar noch einen Tag an, um mit Alessa, Diandra und den Pferden Spaß zu haben. Gegen Mittag kamen, wie jeden Tag, die Einhörner zum trinken.

Der Leithengst trabte zu Lars und sagte: „Du solltest nicht allein fliegen, mit mehreren reist es sich besser."

Der Triganer zuckte so heftig zusammen, dass sogar die anderen aufmerksam wurden. „Sollte ich jemanden mitnehmen, der gut gepanzert ist und Feuer speien kann?", fragte er mit bangem Herzen.

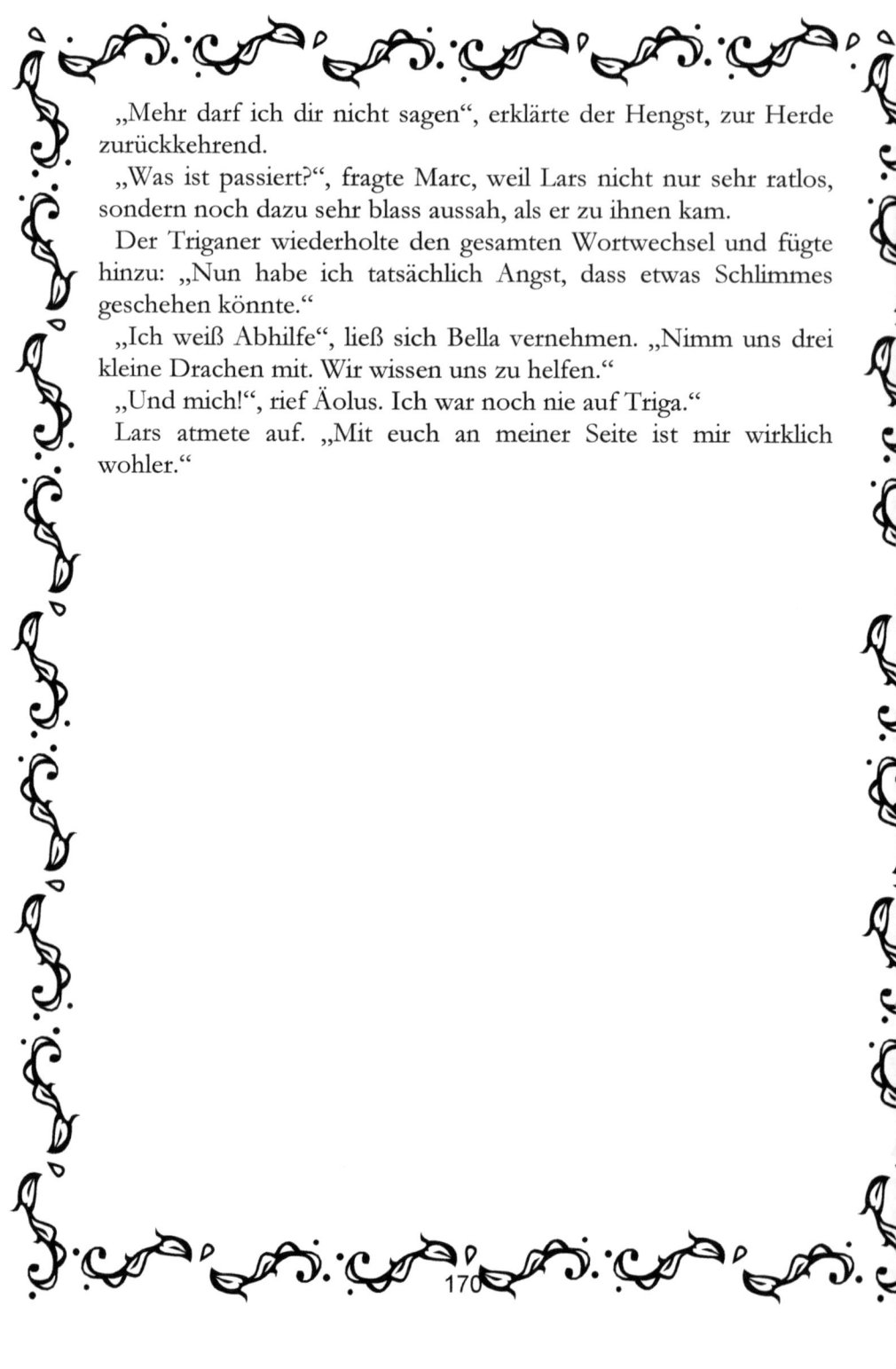

„Mehr darf ich dir nicht sagen", erklärte der Hengst, zur Herde zurückkehrend.

„Was ist passiert?", fragte Marc, weil Lars nicht nur sehr ratlos, sondern noch dazu sehr blass aussah, als er zu ihnen kam.

Der Triganer wiederholte den gesamten Wortwechsel und fügte hinzu: „Nun habe ich tatsächlich Angst, dass etwas Schlimmes geschehen könnte."

„Ich weiß Abhilfe", ließ sich Bella vernehmen. „Nimm uns drei kleine Drachen mit. Wir wissen uns zu helfen."

„Und mich!", rief Äolus. Ich war noch nie auf Triga."

Lars atmete auf. „Mit euch an meiner Seite ist mir wirklich wohler."

Wer nicht hören will …

Ruby freute sich am meisten, dass ihre Schwester sie dabei haben wollte und sie versprach, auf jeden noch so leisen Wink zu reagieren. Corax holte sich von Cheiron die Genehmigung für die Reise, obwohl der immer wieder betonte, dass er ihm keine Rechenschaft schuldig sei.

„Ich bin es so gewohnt", sagte der Rabe. „Schaden kann es auch nicht, weil das Einhorn wirklich in Rätseln gesprochen hat."

„Zephyra und ich werden bereit sein, falls ihr uns braucht", versprach Pyron. „Gute Reise und hoffentlich viel Spaß, statt Ärger!"

Er löste die Taue, als Lars mit Äolus in die Gondel gestiegen war. Corax, der die Tücken der Passage nun auch schon bestens kannte, schlüpfte rechtzeitig in Bellas Klaue, um wohlbehalten nach Triga zu kommen. Der Windgott trieb beinahe spielerisch den Ballon voran, indem er immer wieder einen Lufthauch nach oben schickte, um die Reise zu beschleunigen. Der altbekannte Sog zog das fliegende Gefährt schließlich in das Portal und spie es am Zielort wieder aus.

Corax schwang sich wieder zu den Drachen in die Lüfte und segelte ohne Flügelschlag im Aufwind, den ihnen Äolus spendierte.

„Ach, das sind ja schon die Häuser!", freute sich Bella und wunderte sich im nächsten Moment: „Warum haben sie die Palisaden nicht abgerissen?"

„Mir wird gerade ganz flau im Magen", klagte Lars. „Die Worte des Einhorns waren also doch eine eindeutige Warnung vor Gefahren. Wo stecken meine Landsleute?!"

„Keine Ahnung", murmelte Bella. „Ich kann auch niemanden sehen."

Das änderte sich, als sie landete, um die Lage zu sondieren.

Da flogen alle Türen auf und Tim rief: „Gut, dass ihr kommt! Wir wissen uns bald keinen Rat mehr!"

Grit stemmte die Hände in die Hüften und schimpfte: „Lass sie doch erst mal in Ruhe landen!"

„Oh, jetzt wird sie energisch!", lachte Corax.

„Corax spricht!", riefen die Kinder durcheinander und winkten dem Raben fröhlich zu, während die Erwachsenen tellergroße Augen machten.

Tim ging Lars rasch zur Hand, den Ballon zu vertäuen und dann stellte Bella Äolus und die Triganer einander vor.

„Oh, der Herr der Windinsel persönlich", strahlte Grit. „Nun muss alles wieder gut werden."

„Wie meinst du das?", fragte Äolus erstaunt.

Grit hob hilflos die Hände. „Na ja, wir werden seit ein paar Tagen von etwas heimgesucht, das man nicht sehen kann. Wo es sich aufhält, bilden sich aber winzige Staubteufel. So ganz kleine, nur kniehohe Wirbel, die uns aber große Angst machen."

„Merkwürdig", murmelte der Windgott.

„Und wo sind die jetzt?", wollte Bella wissen, sich im ganzen Hof umblickend.

Tim ergriff das Wort. „Die kommen jeden Abend, wenn die Sonne untergeht. Sie tanzen draußen vor den Palisaden umher, als würden sie etwas suchen. Wir haben nur keine Ahnung, was das sein könnte. An den Kürbissen auf der Wiese scheinen sie kein Interesse zu haben. Andere wertvolle Sachen gibt es hier nicht."

„Denkst du", platzte Ruby heraus. „Ich wüsste schon etwas, das sich zu finden lohnt. Und der, dem es gehört hat, würde sicher einiges dafür tun, es wiederzubekommen."

„Ja richtig!", rief Bella. „Er selber kann es nicht holen, weil er dann das *Drachenkropzeug* am Hals hat, wie er speziell Zephyra zu nennen pflegt. Sie hat ihm verboten, in die Nähe unserer Freunde zu gehen, also schickt er Handlanger, die die Drecksarbeit machen sollen."

„Wovon sprecht ihr?", staunten alle.

„Von Ares und seinem Schwert", erklärte Ruby. „Bella hatte es in der Schlacht so erhitzt, dass er es wegwerfen musste. Ich habe es verbuddelt, damit er es nicht wiederfindet. Scheint geklappt zu haben, denn sie suchen ja noch immer."

„Woher soll er wissen, dass es vergraben ist?", überlegte Tim laut, worauf mehrere Lars anschauten.

Der fliegende Poet nickte schuldbewusst. „Ich habe die Schlacht in meiner Ballade besungen."

„Es ist nun mal, wie es ist. Was haltet ihr davon, wenn wir Ares ein bisschen reizen, bis er Dummheiten macht, und ihm dann wieder eins auf die Nase geben?", schmunzelte Corax.

Äolus kicherte. „Ich bin dabei! Er scheint es ja nicht lassen zu können, sich seine Finger in fremden Welten zu besudeln. Das schreit geradezu nach der nächsten Lachnummer. Seine kleinen Freunde werden sich ganz schnell beschweren, wenn wir ihnen die Tarnmäntelchen ausziehen. Dann wird er selber kommen und wir haben ihn. Das setzt aber voraus, dass im Gegenzug Bella und Ruby bis dahin für seine kleinen Kumpane unsichtbar sind."

Bella winkte ab. „Wir bleiben ganz einfach innerhalb der Palisaden."

„In die wir aber ein paar Löcher machen, durch die ihr eure Drachenflammen senden könnt", ergänzte Äolus.

Ruby zeigte auf ihre Schwester und sagte ganz verschämt. „Nur für sie. Ich kann kein Feuer speien."

Wenn der Herr der Winde und die Triganer überrascht waren, dann zeigten sie es nicht.

Corax hingegen tröstete Ruby. „Das heißt aber nicht, dass du keine gute Kämpferin bist. Immerhin warst du es, die im größten Getümmel das Schwert verschwinden ließ."

„Das Einfachste wäre, bei Tage die Waffe zu holen", überlegte Bella. „Dann macht es fast noch mehr Spaß, weil sie ergebnislos im Boden graben."

Äolus lachte. „Gute Idee. Seine kleinen Helfer vertragen kein Tageslicht. Sie können es also auch nicht ausplaudern."

„Du weißt, wer hier herumschleicht?", fragte Tim neugierig.

„Aber sicher weiß ich das. Erdgeister. Klein, hässlich und wieselflink. So schnell, dass sich Luftstrudel bilden, wenn sie sich bewegen. Es ist gut, dass ihr euch ferngehalten habt. Diese kleinen

Kameraden können recht bösartig werden. Sie haben nadelspitze Zähne und können sich damit heftig wehren."

Bella schaute zum Himmel. „Ich schätze, Sonnenuntergang ist in drei Stunden. Steht einer kleinen Jagd irgendetwas im Wege? Ich bin schon wieder am Verhungern!"

„Fliegt nur!", meinte Äolus und Bella ließ sich das nicht zwei Mal sagen.

Ruby eilte hinterher. „Warte! Ich will auch mit!"

„Kein Wunder, dass Bella ständig Hunger hat. Sie scheint wirklich schneller zu wachsen als Ruby", stellte Grit fest, den beiden nachschauend, bis sie hinterm Wald verschwanden.

Die männlichen Triganer begannen sofort, Äolus' Anweisungen, bezüglich der Schießscharten für Bella, in die Tat umzusetzen. Sie wollten die unheimlichen Fremdlinge verständlicherweise so schnell wie möglich wieder loswerden. Tim konnte recht präzise Angaben machen, wo der Kampf gegen Ares stattgefunden hatte und so reichte es aus, in wenige Stämme Löcher zu bohren.

Nach rund zwei Stunden waren auch die Drachenschwestern wieder da. Bella trug einen Eber herbei, den sie gemeinsam erlegt hatten, und den sie sich nun mit Corax schmecken lassen wollten. Äolus nahm das Angebot, sich ein Stück zum Abendbrot auszusuchen, dankend an. Zehn Minuten später deutete auf dem Hof nichts mehr darauf hin, dass es das Wildschwein jemals gegeben hatte.

Mit Anbruch der Dunkelheit zogen sich die Triganer in ihre Häuser zurück, die Ruby bewachte. Bella folgte Äolus zu den Palisaden. Die letzten Sonnenstrahlen huschten über die Wiese, dann wurde es rasch finster. Im Licht der unzähligen Sterne erspähten die scharfen Drachenaugen durch die Gucklöcher im Zaun, wie sich die ersten Wirbel buchstäblich aus der Erde schraubten. Äolus blinzelte Bella grinsend zu, dann begann er, die Erdgeister zu necken.

Bei seinem ersten Opfer verstärkte er die Rotation der Luft so, dass das Wesen ziellos umher torkelte, mit anderen zusammenstieß und endlich völlig benommen umfiel.

Igitt, sind die hässlich, hörte Äolus Bellas telepathische Stimme und hätte fast hellauf gelacht.

Dem nächsten Kandidaten für seine Show schickte er einen Windhauch, der sich entgegen von dessen Spirale drehte und sie dadurch aufhob. Der Geist klebte buchstäblich auf der Stelle, so sehr er sich auch mühte, voranzukommen. Irgendwann drehte sich die Hälfte der Wesen wie wild geworden und die anderen steckten fest. Da sie wohl auch nicht mit besonderer Intelligenz gesegnet waren, gab es zuletzt noch eine Prügelei, weil die, die nicht vorankamen, jene mit schnellem Wirbel beschuldigten, ihnen die Wirbel gestohlen zu haben.

Von einem Augenblick zum anderen endete der Spuk.

„Gehen wir schlafen“, flüsterte Äolus. „Die haben genug für heute.“

„Ich auch“, gluckste Bella. „Ich wäre bald geplatzt, weil ich mir ständig das Lachen verkneifen musste.“

Ruby ließ Äolus vorbei, dann legte sie sich mit Bella so vor die Türen, dass der Zugang zu allen Häusern versperrt war. Der Rest der Nacht verlief ohne Zwischenfälle.

Morgens berichtete Bella kichernd, wie sich Äolus an den Erdgeistern ausgetobt hatte.

„Heute Abend geht es weiter“, schmunzelte der Windgott. „Wir sollten nur vorher das Schwert bergen.“

„Ihr geht aber nicht ohne Essen aus dem Haus!“, forderte Grit.

Corax wippte vergnügt mit den Schwanzfedern. „Haben wir jemals Essen verschmäht?“

„Könnte mich nicht daran erinnern“, sagte Grit, wobei sie ihm ein Schälchen Tee hinüber schob, in dem Brotbrocken schwammen.

„Hmmm! Und so was würde ich niemals einfach stehen lassen“, freute sich Corax, Zungenschnalzen nachahmend. „Das bekomme ich sonst nur von Pyron.“

Grit streichelte ihn sanft. „Das weiß ich. Bei uns bekommst du es nun eben auch. Obwohl ich bestenfalls ein alter Hausdrache bin.“

„Ich bin unschuldig!“, rief Tim sofort.

Corax lachte. „Wohl nicht ganz, sonst hättest du nicht sofort reagiert." Er kletterte auf Grits Schulter, um seinen Schnabel an ihrer Wange zu reiben.

Grit lachte ebenfalls. „Diesmal ist Tim sogar wirklich unschuldig. Er hat es höchstens gedacht, weil ich immer mal wieder energisch werde."

„Mit den Triganern ist es bestimmt wie mit uns Raben – wir müssen Unsinn anstellen, um uns wohlzufühlen."

Tim blinzelte ihm fröhlich zu.

„Nicht, dass ihr das jetzt als Aufforderung nehmt!", wandte sich Grit schmunzelnd an ihre Töchter.

Äolus grinste ebenfalls vergnügt, hielt sich eine Hand neben den Mund und raunte den Mädchen zu: „Der Rabe hat's gesagt."

Die schüttelten beide beinahe entsetzt den Kopf. Niemals würden sie ihren Freund Corax in die sprichwörtliche Pfanne hauen.

Vor dem Haus warteten die Drachenschwestern. Sie hatten auf der Wiese ein paar wilde Kürbisse und Melonen verspeist. Äolus und Corax folgten ihnen dahin, wo das Schwert im Boden liegen musste.

„Das ist ja meilenweit von da entfernt, wo die Geister suchen", kicherte Ruby, gleich mit allen Vieren den Acker umpflügend. Wenige Minuten genügten, ihr ein zufriedenes Lächeln aufs Gesicht zu zaubern. „Tadaaaaa!" Sie klaubte das Schwert zwischen den Erdbrocken hervor. „Bitteschön, da ist es!"

„Spitzenmäßige Arbeit!", lobte Bella, während sie den Boden zu glätten begann.

Äolus blies die feuchte Krume trocken und so wirkte das Feld, als sei es unberührt. „Sicher ist sicher", erklärte er. Auf die Kraft der Sonne allein, wollte er sich nicht verlassen.

„Und weil wir so viel Zeit haben, können wir doch mit Tim und Lars einen kleinen Ausflug machen", schlug Bella vor. „Du kannst doch einen von ihnen tragen?"

„Wird schon gehen", erwiderte Ruby. „Uns zwingt ja keiner, durchzufliegen."

Für ihr Ansinnen ernteten die Drachen Freudenausbrüche der beiden Männer. Jampura konnte man in weniger als einer Stunde Flugzeit mit aktivem Flügelschlag erreichen. Mit dem Ballon hätte Lars fast die vierfache Zeit gebraucht. Die Verteilung der begehrten Plätze war schnell geklärt und so startete Bella mit Lars als Erste. Corax flog selber und Äolus sorgte für die optimalen Windbedingungen. Natürlich unterstützte er Ruby, so gut es ging, die als Reittier kaum Erfahrungen hatte. Mit zwei kurzen Atempausen schlug sie sich auch sehr tapfer. Tim fühlte sich auf ihrem Rücken sicher, und das war ja die Hauptsache.

Die Ankunft der Drachen lockte die gesamte Einwohnerschaft Jampuras herbei. Die Gäste wurden überschwänglich begrüßt, zumal jeder durch Lars' Balladen wusste, was Elfenweltbewohner und Winde für Triga getan hatten. Besonders Bella war der Star des Tages, jener Drache, der die Befreiung des Volkes eingeleitet und immer wieder den Oberbefehl in allen Kämpfen gehabt hatte. Corax stolzierte auf dem Brunnenrand herum, scherzte mit den Kindern und ließ sich mit leckeren Häppchen füttern, die er den Kleinen vorsichtig aus den Fingern zupfte.

„Wir sollten langsam zurück fliegen", flüsterte Äolus nach einiger Zeit Bella zu.

Sie nickte, und bat die Triganer um Verständnis, weil man schon wieder abreisen müsse. „Bestimmt kommen wir irgendwann wieder", stellte sie in Aussicht und breitete die Schwingen aus.

Lars beeilte sich, auf ihren Rücken zu steigen. Tim nahm seinen Platz auf Ruby ein und Corax drehte rasch eine Ehrenrunde über den Köpfen der Triganer. Äolus löste sich auf, um Ruby den nötigen Aufwind für den bemannten Start zu geben. Bella genügten ein paar kräftige Flügelschläge, um abzuheben und gemächlich über das flache Land zu streifen. Corax kam heran, bat um eine Mitfluggelegenheit und machte es sich zwischen Bellas Hörnern gemütlich.

Die junge Drachendame wirkte munter, wie beim Hinflug, während Ruby auch noch die letzten Reserven mobilisierte, um durchzuhalten. Nach der dritten Rast wäre sie am liebsten einfach sitzen geblieben.

„Bleib mit Tim und Äolus hier", riet Bella. „Ich bringe Lars zu Grit und dann hole ich Tim ab. Bis dahin hast du dich sicher ein bisschen erholt und wirst das letzte Stück schaffen."

Da war Bella auch schon wieder in der Luft und zog gleichmäßig ihre Bahn. Corax durfte natürlich wieder auf ihrem Kopf sitzen und sich tragen lassen. Lars sprang über dem Hof ab und landete punktgenau in einem Heuschober. Bella eilte zurück, denn die Sonne schickte sich an, unterzugehen.

Ruby war schon aufgestanden und schaute ihr sorgenvoll entgegen.

„Wir schaffen das!", rief Bella ihrer Schwester zu, als sie mit Tim auf ihrem Rücken abhob.

Und wieder musste Äolus kräftig helfen, weil Ruby es allein nicht fertiggebracht hätte. Bleischwer schienen ihre Schwingen zu sein.

„Ich werde heute Nacht bei den Häusern wachen", versprach Corax, als Ruby vor dem Stall landete und auf der Stelle einschlief.

Äolus nickte Bella zu. „Und wir beide machen uns heute wieder ein Späßchen! Du kannst sie ein bisschen mit Feuer ärgern."

So gab es ganz schnell die herumtorkelnden und die feststeckenden Erdgeister, die allesamt aufpassen mussten, weil immer wieder kurze Feuerstöße übers Feld zuckten, denen es auszuweichen galt. Dass so nicht an eine ernsthafte Suche nach dem Schwert zu denken war, stand felsenfest. Diesmal trieben die beiden versteckten Witzbolde ihr Spiel bis zum Morgen. Den Erdgeistern saß wohl Ares im Nacken, der Ergebnisse sehen wollte. Als Ruby die Augen gerade öffnete, kroch Bella in der Scheune direkt ins Heu. Sie hatte es tatsächlich geschafft, sich durch das Tor zu quetschen, ohne Schaden anzurichten. Corax und Äolus folgten ihr einfach, um den anderen nicht im Wege zu sein.

Ruby machte sich den ganzen Tag auf dem Hof nützlich. Sie grub um, stapelte Holz und drehte immer wieder ein paar Runden mit den Mädchen, die sich auf ihrem Rücken abwechselten. Dann flog sie auf Jagd und erlegte ein Reh. Bella werde sicher sehr hungrig sein, wenn sie erwachte. Also holte Ruby auch noch ein paar kleine Kürbisse von der Wiese, um Bella eine Freude zu machen.

Bella wachte gegen Mittag auf und freute sich wirklich riesig. Ruby hatte extra auf diesen Moment gewartet, ihr das Reh zu präsentieren. Äolus bekam wieder ein Filetstück, Corax etwas von den Innereien und dann schlugen die Drachen ihre Zähne in Fleisch und Knochen.

Tim erstattete Meldung, er habe das Schwert poliert und neu geschliffen.

„Was hältst du davon, es Boreas zu schenken?", fragte Ruby.

„Super Idee! Das ist genau die richtige Gabe für unseren König!", strahlte Bella. „Wir müssen sie nur noch gegen den einstigen Besitzer verteidigen. Der wird es uns ganz bestimmt nicht einfach machen."

„Ach, wenn ich doch nur auch Feuer speien und wirklich helfen könnte!", rief Ruby. „Ich habe es so oft versucht. Es klappt einfach nicht."

„Alles zu seiner Zeit", tröstete Bella. „Ich weiß, dass du es eines Tages schaffst."

Corax, auf seinem Dachbalken, nickte. „Darf ich heute Nacht ein wenig zuschauen?", bat er dann. „Ich setzte mich auch so in die Obstbäume, dass sie mich nicht sehen können."

„Aber gern", erwiderte Äolus. „Zwei scharfe Augen mehr können nicht schaden, zumal wir ja jeden Augenblick damit rechnen müssen, dass Ares persönlich auf den Plan tritt."

Ruby legte sich am Abend vor die Häuser, während Bella, Äolus und Corax an den Palisaden Posten bezogen.

„Oha, sie haben sich verdoppelt!", murmelte Bella, beim Anblick ganzer Horden von wirbelnden Geistern.

„Und sie teilen sich auf", stellte Äolus überrascht fest. „Das haben sie sich nicht selbst ausgedacht. Ärgern wir sie ein bisschen, damit sie nicht zu schnell merken, dass es hier nichts zu holen gibt." Er ließ diesmal alle Geister schneller wirbeln und Bella schickte ihre Feuergarben dazwischen.

„Es werden ja immer mehr!", rief Bella nach einer Weile. „Da hinten fliegen Erdbrocken! Sie gehen flächendeckend in die Tiefe!"

„Pusten wir sie weg!", schlug Äolus vor und Bella begann, ohne Feuer kräftig durch das Loch im Zaun zu blasen. Wieder und immer wieder.

Äolus hielt inne. „Was ist das? Die stecken fest, wie angenietet!"

„Ich puste, so kräftig ich kann, und es rührt sich nichts", rief Bella.

Äolus winkte Corax heran und flüsterte ihm ins Ohr: „Kannst du mal versuchen, rauszukriegen, was da los ist."

Der Rabe nickte und huschte in die Nacht. Die beiden anderen sahen ihn hin und her hüpfen. Dann flatterte er auf, kehrte zurück und sagte zu Äolus: „Du hast wohl ein bisschen zu viel des Guten getan und zu kalt geblasen. Sie sind erstarrt. Also richtig eingefroren. Mit Eisschicht und so."

„Ich???", staunte der Gott. „Das kann ich doch gar nicht. Nur Boreas wäre in der Lage, solch kalte Winde zu erzeugen!"

Corax neigte seinen Kopf, betrachtete Bella von oben bis unten. „Und magische Drachen können das. Warum sollte Zephyra auch die Einzige sein?"

„Du meinst ... du meinst ... ich soll das gewesen sein?", stotterte Bella ungläubig.

„Wer sonst? Boreas ist nicht in der Nähe", lachte Corax. Er wollte noch etwas hinzufügen, als Ruby verzweifelt um Hilfe rief.

Alle drei wandten sich um. Sie gewahrten einen großen Mann, der mit Schwert und Speer auf den Jungdrachen eindrosch.

„Ares!", schrie Bella. „Du wirst es büßen, meiner Schwester ein Leid zu tun!"

Ruby wehrte sich heldenhaft, aber dem kampferfahrenen Kriegsgott gelang es, die Speerspitze zwischen Rubys Schuppen zu treiben. Dann geschah etwas, womit er nicht gerechnet hatte. Im sicheren Wissen, dass Ruby kein Feuer spucken konnte, behielt er nur Bella im Auge. Da loderte ihm ausgerechnet von seinem Opfer eine sengende Flamme um die Ohren, die ihn zum Ausweichen zwang, womit nun auch für Bella die Schusslinie frei war. Die probierte ihre neuen Fähigkeit aus und vereiste den entsetzten Kriegsgott von den Hüften abwärts. Nun steckte sie einen Holzstapel in Brand, um genug Licht zu haben.

Zuerst untersuchte sie Rubys Wunde. „Nicht lebensgefährlich", stufte sie die Verletzung ein.

„Aber verdammt schmerzhaft", stöhnte Ruby. „So schmerzhaft, dass ich Ares vor Wut am liebsten gefressen hätte. Statt eines Schreies kam aber Feuer aus meinem Rachen. Und das ist um Längen besser, als einen zähen alten Kerl zu fressen, der mir bestimmt nur Magenschmerzen bereitet hätte." Sie leckte das Blut ab, welches langsam gerann und die Stichwunde verschloss. „Hat Äolus den miesen Schuft schockgefrostet?", fragte sie neugierig.

„Ich bin unschuldig", schmunzelte Äolus. „Diese kleine Überraschung für ihn geht auf das Konto deiner Schwester. Vielleicht sollten wir ihm in diesem Zusammenhang gleich noch verraten, dass Bella inzwischen die Unsterblichkeit erlangt hat, genau wie Corax."

Ares glaubte, vor Schmerz, Wut und blankem Entsetzen ohnmächtig zu werden. Nun wusste er, dass man ihm eine Falle gestellt hatte, in die er sehenden Auges getappt war. Wie hätte er auch ahnen sollen, dass die Fähigkeiten der Drachenbrut die alten Drachen beinahe in den Schatten stellte?

Nun standen die Drachenschwestern mit den Triganern um ihn herum, um zu beraten, was nun mit ihm geschehen solle! Und dieser ekelhafte Rabe war auch da! Zusammen mit Äolus! Und er konnte sich nicht wehren!

„Siehst ziemlich gerupft aus", lachte Corax von Äolus Schulter. „Keine Haare, keine Augenbrauen und rot, wie ein gekochter Krebs! Jetzt weißt du endlich, wie man sich fühlt, wenn einem die Federn aus der Haut gerissen werden. Das dürfte ganz ähnlich sein. Ich hatte eigentlich geschworen, dir irgendwann ein Auge auszuhacken, aber ich vergreife mich doch nicht an so einer Jammergestalt."

„Zephyra wollte ihn in einem Eisblock an den Nordpol schicken", warf Bella ein. „Ich weiß etwas Besseres: Beamen wir ihn in Laharas Welt, da kann er zeigen, was er taugt, und wie schlau er wirklich ist. Er ist doch immer so stolz darauf, ein Gott zu sein."

„Dazu müssen wir ihn aber zum Portal im Gebirge bringen", sagte Äolus.

Bella winkte ab. „Kein Problem. Wir verfrachten ihn in Lars' Gondel vom Ballon und schaffen ihn fort. Die letzten Meter kann ich ihn auf meinem Rücken tragen. Dann werde ich ihn höchst persönlich in das Portal stopfen!"

Ares wagte nicht, auch nur einen einzigen Ton zu sagen. Womöglich dachte sich der Drache dann noch schlimmere Dinge aus. Zähneknirschend musste er zuschauen, wie der verhasste Sänger seinen Ballon startklar machte. Lars nahm Ares auf Befehl von Bella auch noch den Dolch ab. Dann packte der Jungdrache den Gott unsanft in die Gondel, die Corax noch zusätzlich bewachte. Schon ging es aufwärts, denn Äolus trieb den Ballon mit eigener Hand voran.

„Ist er noch schön gefroren?", fragte Bella, als sie etwa die halbe Strecke geschafft hatten.

„Sieht gut aus", antwortete Äolus. „Wenn er großes Glück hat, taut er hinterm Tor gleich wieder auf."

„Ich werde jedenfalls einen Teufel tun", grinste Bella. „Wer nicht hören will, muss fühlen."

Äolus half ihr, den Gefangenen in den Stollen zu tragen, wo sie ihn genüsslich in das Dimensionstor stieß. „Auf nimmer Wiedersehen!", rief sie noch hinterher, dann wischte sie sich die Krallen ab, als habe sie sich geekelt.

„Hoffentlich schnippst es ihn nicht in seine Dimension", murmelte Corax beunruhigt.

„Selbst wenn", lachte Bella, „wird es irgendjemand beobachten und ausplaudern, in welchem Zustand er angekommen ist. Die Genugtuung ist in jedem Fall auf unserer Seite."

Äolus kraulte sie zwischen den Hörnern. „Du bist wirklich das Ungewöhnlichste, was mir in meinem Leben begegnet ist. Wir sollten rasch in die Elfenwelt zurückkehren, ehe sie ein Heer aufstellen."

„Für Ruby ist es auch besser. Cheiron wird sich ihrer Wunde annehmen, und sie ganz schnell wieder fit machen", warf Corax ein.

Ruby wartete schon gespannt auf Nachricht, ob mit der Verbannung des verhassten Kriegsgottes alles klar gegangen war. Sie atmete auf, als Äolus dies bestätigte. „Klasse! Da haben wir dieses Ekel wieder für einige Zeit los. Hoffentlich findet er nicht so schnell einen Ausgang."

„Goldene Worte", meinte Bella. „Wir müssen aber auch den Ausgang nehmen, ehe man sich zu Hause ernsthaft um uns sorgt. Macht es gut, liebe triganische Freunde! Bis zum nächsten, hoffentlich friedlichen, Besuch!"

„Ihr wollt mitten in der Nacht reisen?", fragte Grit erstaunt.

Äolus reichte ihr die Hand zum Abschied. „Da hinten geht doch schon die Sonne auf."

Er nahm von Tim Ares' Schwert entgegen, welches Grit sogar in ein Stück des für sie so wertvollen Leders eingeschlagen hatte, damit sich niemand verletzte.

Corax flog voran, dann Ruby mit Äolus, und ganz am Ende Bella, um helfen zu können, sollte Ruby größere Probleme bekommen.

„Ich habe doch nur ein verletztes Bein", sagte Ruby tapfer. „Meine Schwingen sind in Ordnung."

Eine halbe Stunde später tauchten die vier Reisenden in das Tor zur Elfenwelt ein.

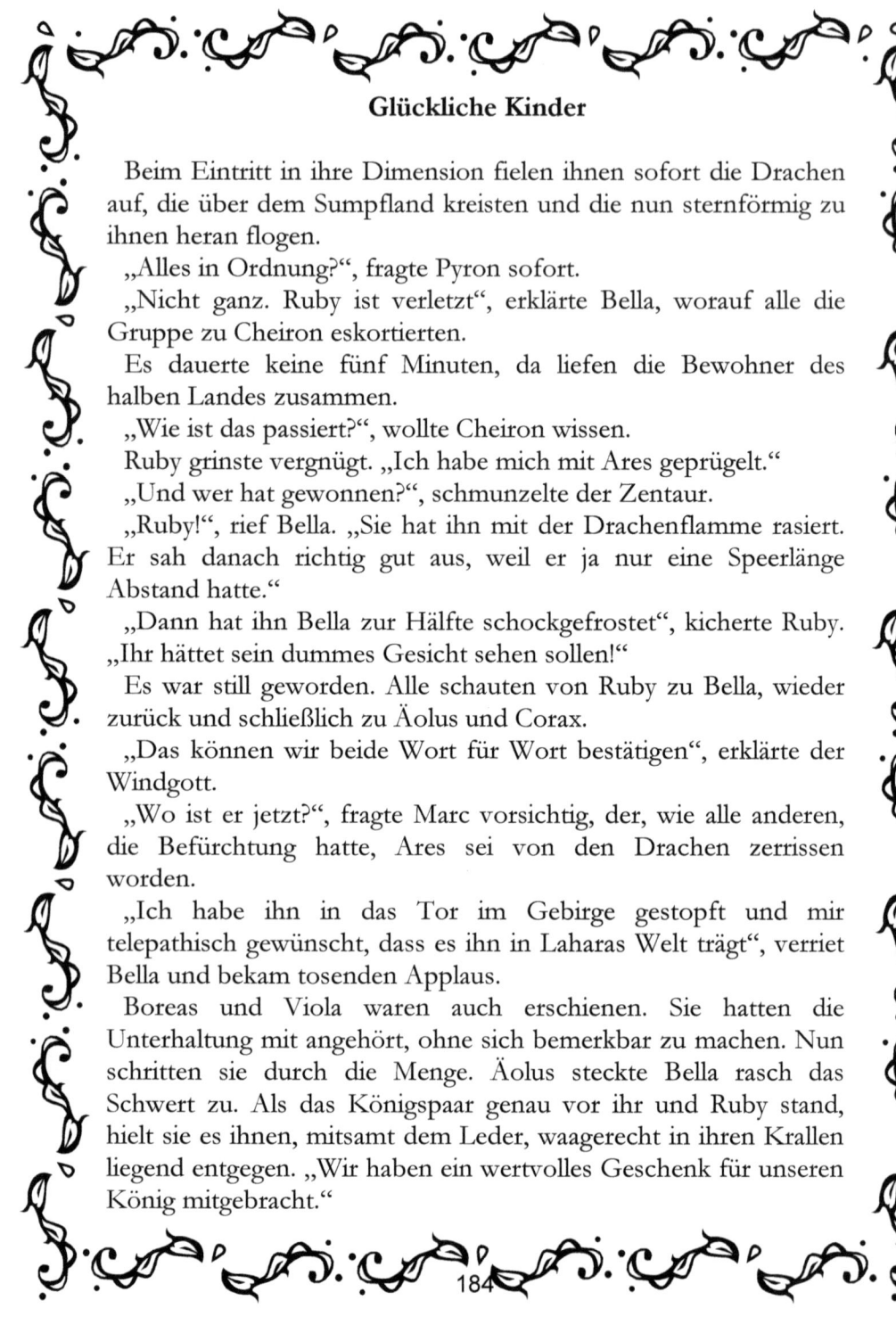

Glückliche Kinder

Beim Eintritt in ihre Dimension fielen ihnen sofort die Drachen auf, die über dem Sumpfland kreisten und die nun sternförmig zu ihnen heran flogen.

„Alles in Ordnung?", fragte Pyron sofort.

„Nicht ganz. Ruby ist verletzt", erklärte Bella, worauf alle die Gruppe zu Cheiron eskortierten.

Es dauerte keine fünf Minuten, da liefen die Bewohner des halben Landes zusammen.

„Wie ist das passiert?", wollte Cheiron wissen.

Ruby grinste vergnügt. „Ich habe mich mit Ares geprügelt."

„Und wer hat gewonnen?", schmunzelte der Zentaur.

„Ruby!", rief Bella. „Sie hat ihn mit der Drachenflamme rasiert. Er sah danach richtig gut aus, weil er ja nur eine Speerlänge Abstand hatte."

„Dann hat ihn Bella zur Hälfte schockgefrostet", kicherte Ruby. „Ihr hättet sein dummes Gesicht sehen sollen!"

Es war still geworden. Alle schauten von Ruby zu Bella, wieder zurück und schließlich zu Äolus und Corax.

„Das können wir beide Wort für Wort bestätigen", erklärte der Windgott.

„Wo ist er jetzt?", fragte Marc vorsichtig, der, wie alle anderen, die Befürchtung hatte, Ares sei von den Drachen zerrissen worden.

„Ich habe ihn in das Tor im Gebirge gestopft und mir telepathisch gewünscht, dass es ihn in Laharas Welt trägt", verriet Bella und bekam tosenden Applaus.

Boreas und Viola waren auch erschienen. Sie hatten die Unterhaltung mit angehört, ohne sich bemerkbar zu machen. Nun schritten sie durch die Menge. Äolus steckte Bella rasch das Schwert zu. Als das Königspaar genau vor ihr und Ruby stand, hielt sie es ihnen, mitsamt dem Leder, waagerecht in ihren Krallen liegend entgegen. „Wir haben ein wertvolles Geschenk für unseren König mitgebracht."

Boreas wickelte es vorsichtig aus. „Aber das ist ja Ares'
Lieblingsschwert! Herzlichen Dank!"

„Wir haben uns gedacht, wenn wir schon sein Lieblingspferd
haben, könnten wir uns auch sein Lieblingsschwert holen", lachte
Bella. Dann erzählte sie, wie sie die Geister geärgert und
schließlich Ares auf den Plan gelockt hatten. Auch, mit welchen
Worten Corax den Gott bedacht hatte, verriet sie mit leuchtenden
Augen. Blitz wieherte vor Vergnügen.

„Wir werden uns den Spaß gönnen, mit Bella und Corax zum
nächsten Sängertreffen zu fliegen", legte Boreas fest. „Ich will die
Reaktionen auf die neuesten Ereignisse mit eigenen Augen sehen.
Lars wird mit ziemlicher Sicherheit wieder eines seiner Poeme über
die Suche nach dem Schwert verfassen."

„Ich muss ihn noch bitten, nichts über Alessa weiterzutragen",
murmelte Cheiron. „Solange sie nicht erwachsen ist, habe ich
Furcht, ihr könne jemand Böses antun."

Galantha, aber auch Silvestra und Aurëus, überliefen eisige
Schauer. Obwohl schon Jahrhunderte her, fühlte es sich plötzlich
an, als habe Lahara erst gestern ihre Familie zerstört.

„Es gibt sie nicht mehr", erinnerte sie Viola. „Und das Böse kann
in dieser Welt nichts ausrichten."

„Aber es kann die Bewohner unserer Welt in andere Dimensionen locken und dort zuschlagen", gab Silvestra zu bedenken.
„Ich kann Cheirons Wunsch durchaus verstehen."

„Ich werde morgen noch einmal nach Triga fliegen und Lars
bitten, diesen Teil in seinen Liedern auszulassen und auch
anderweitig Stillschweigen darüber zu bewahren", versprach Äolus.

Corax tippte ihn vorsichtig mit dem Schnabel an. „Begleitschutz
brauchst du nicht zufällig? Ich kenne da einen Raben, der ..."

Der Rest ging im schallenden Gelächter der Anwesenden unter.

„Bist engagiert!", lachte Äolus, sich ein paar Tränen aus dem
Augenwinkel wischend. Corax schaffte es doch immer wieder.

Alessa zupfte Cheiron am Arm. „Ob Corax ein bisschen mit mir
spazieren geht?"

„Frag ihn doch! Er sagt sicher nicht nein."

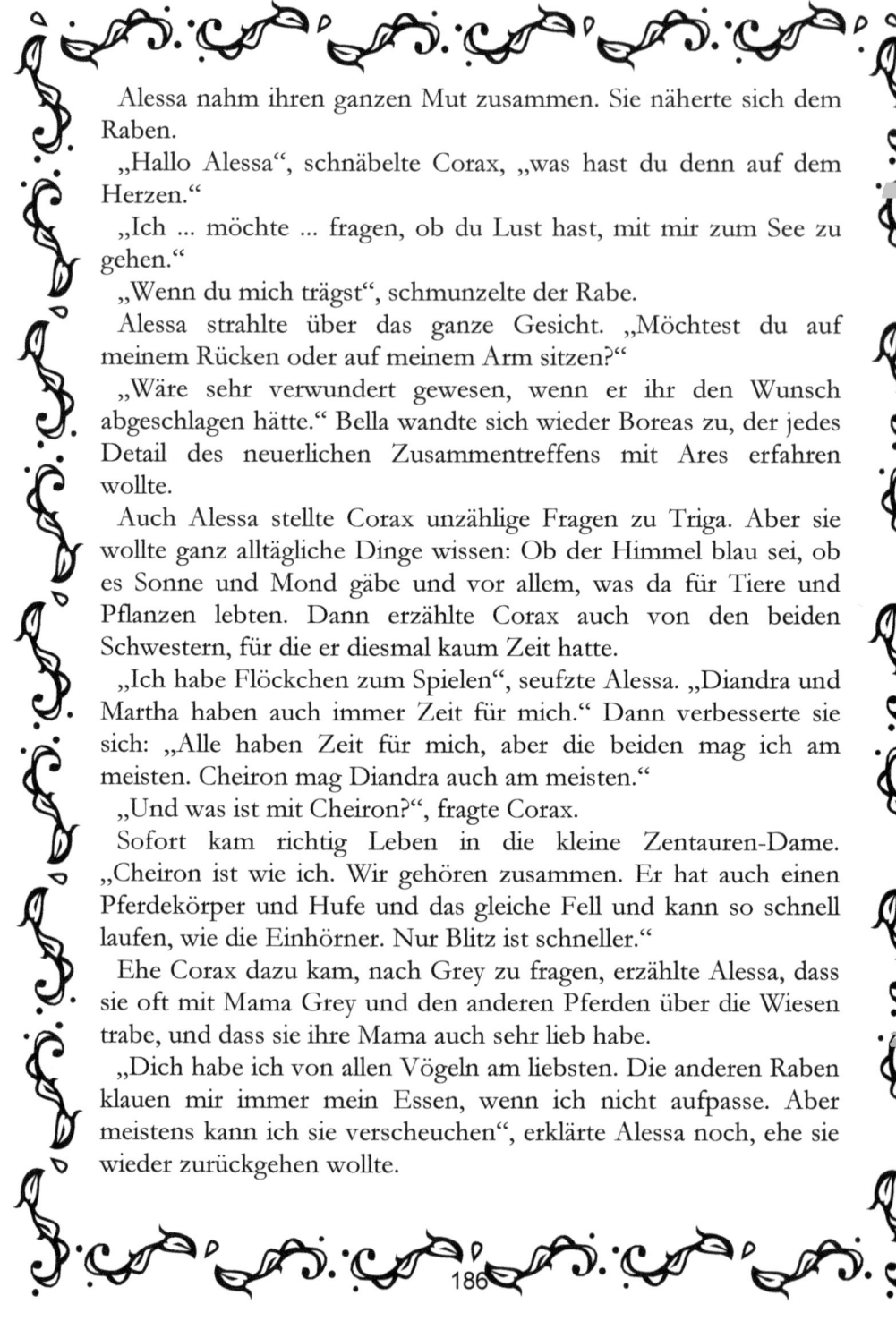

Alessa nahm ihren ganzen Mut zusammen. Sie näherte sich dem Raben.

„Hallo Alessa", schnäbelte Corax, „was hast du denn auf dem Herzen."

„Ich ... möchte ... fragen, ob du Lust hast, mit mir zum See zu gehen."

„Wenn du mich trägst", schmunzelte der Rabe.

Alessa strahlte über das ganze Gesicht. „Möchtest du auf meinem Rücken oder auf meinem Arm sitzen?"

„Wäre sehr verwundert gewesen, wenn er ihr den Wunsch abgeschlagen hätte." Bella wandte sich wieder Boreas zu, der jedes Detail des neuerlichen Zusammentreffens mit Ares erfahren wollte.

Auch Alessa stellte Corax unzählige Fragen zu Triga. Aber sie wollte ganz alltägliche Dinge wissen: Ob der Himmel blau sei, ob es Sonne und Mond gäbe und vor allem, was da für Tiere und Pflanzen lebten. Dann erzählte Corax auch von den beiden Schwestern, für die er diesmal kaum Zeit hatte.

„Ich habe Flöckchen zum Spielen", seufzte Alessa. „Diandra und Martha haben auch immer Zeit für mich." Dann verbesserte sie sich: „Alle haben Zeit für mich, aber die beiden mag ich am meisten. Cheiron mag Diandra auch am meisten."

„Und was ist mit Cheiron?", fragte Corax.

Sofort kam richtig Leben in die kleine Zentauren-Dame. „Cheiron ist wie ich. Wir gehören zusammen. Er hat auch einen Pferdekörper und Hufe und das gleiche Fell und kann so schnell laufen, wie die Einhörner. Nur Blitz ist schneller."

Ehe Corax dazu kam, nach Grey zu fragen, erzählte Alessa, dass sie oft mit Mama Grey und den anderen Pferden über die Wiesen trabe, und dass sie ihre Mama auch sehr lieb habe.

„Dich habe ich von allen Vögeln am liebsten. Die anderen Raben klauen mir immer mein Essen, wenn ich nicht aufpasse. Aber meistens kann ich sie verscheuchen", erklärte Alessa noch, ehe sie wieder zurückgehen wollte.

Corax kannte das selbstverständlich. Er stibitzte ja auch gern von anderen Tellern. Es lag halt in der Natur der Rabenvögel.

„Du darfst das!", sagte Alessa, als habe sie seine Gedanken gelesen, sanft seine glänzenden Federn streichelnd. „Du wohnst ja auch bei uns und bist mein allerbester Freund."

Cheiron schaute den beiden entgegen. „Sie scheint Kummer zu haben, von dem sie mir wohl nichts erzählen will."

Ehe er aber mit Corax sprechen konnte, war dieser schon zu Viola geflogen. Er schien etwas sehr Ernstes mit ihr zu diskutieren. Kurz darauf winkte sie Pyron, Vulkanus, Magmatus und Äolus heran, die gespannt lauschten und plötzlich mit Corax in Richtung der Sümpfe verschwanden.

Über den Inhalt der Gespräche schwieg sich Viola eisern aus. Selbst Boreas konnte nicht ergründen, warum sie die fünf weggeschickt hatte, genau so wenig wohin.

Gegen Mittag verfinsterte eine dunkle Wolke die Sonne, welche sich rasch als die zurückkehrenden Drachen entpuppte.

Viola schwebte zu Alessa. Sie sagte geheimnisvoll: „Du bekommst Besuch."

Das Zentauren-Mädchen galoppierte auf die Wiese, wo die Drachen landen mussten, um mit ihren riesigen Schwingen niemanden umzuwehen. Da setzte auch schon einer nach dem anderen auf und jeder hatte einen Reiter auf dem Rücken. Pyron sogar zwei! Alessa machte große Augen. Das konnten nur die beiden Schwestern aus Triga sein! Und Grit, ihre Mama! Der fremde Mann war dann wohl Tim, von dem Corax und die anderen immer erzählt hatten.

Alessa pflückte eilig ein paar Blumen, um sie den Gästen zu schenken. Sie hatte das bei Marc und Thomas gesehen. Deren Frauen freuten sich immer sehr darüber. Und auch die Triganer nahmen das Geschenk mit einem fröhlichen Lachen an. Alessa tänzelte vor Aufregung auf der Stelle. Dann fasste sie die beiden Mädchen einfach an den Händen, um sie zu Cheiron und Grey zu führen. Corax hockte auf Pyrons Kopf, beobachtete die Szenerie und wirkte überaus zufrieden.

„Ich glaube, das war eine gute Idee", murmelte er, was Pyron nur bestätigen konnte.

Die drei Kinder schienen auch sofort Spaß miteinander zu haben, sie rannten auf die Wiese, flochten Blumenkränze und Girlanden, mit denen sie sich gegenseitig beschenkten. Alessa musste tausend Fragen beantworten, was sie gern und ausführlich tat.

Cheiron war es inzwischen gelungen, sich Corax zu greifen. „Du verrückter Vogel", sagte er liebevoll, ihn am Schnabel fassend. In diesen drei Worten und dem Tonfall dazu, lag so viel Dankbarkeit, dass Corax vor Rührung fast die Tränen gekommen wären. Cheiron wischte verschämt die Augenwinkel, wobei er behauptete, die Luft sei heute so staubig.

„Ja, das habe ich auch schon bemerkt", blinzelte Corax, denn Grit liefen immer wieder Freudentränen über die Wangen.

Besonders als die Einhörner kamen und sich Flöckchen ganz selbstverständlich unter die Kinder mischte, die das grazile Wesen voller Ehrfurcht bestaunten. Beim Baden am See hatte Blitz ein wachsames Auge auf alle vier, obwohl Nixen und Wassermänner zu Hilfe eilen würden, sollte eines von ihnen in Not geraten.

„Was haltet ihr davon", sprach Auréus am Nachmittag, „zu Ehren unserer Gäste einen Geschicklichkeitswettbewerb zu starten? Ich möchte gar zu gern wissen, was unsere Jungdrachen inzwischen können."

„Dürfen wir Zweibeiner auch mitmachen?", fragte Viola.

„Aber ja! Auch wenn ihr in einer ganz anderen Kategorie starten solltet. Der direkte Vergleich ist aber sicher interessant für unsere neuen Freunde." Auréus rieb sich zufrieden die Hände.

„Da muss ich leider passen", ließ sich Corax vernehmen. „Bei solchen Spielen bin ich wirklich nur ein kleiner harmloser Piepmatz."

„Ares hält dich jedenfalls für eine gefährliche Bestie", lachte Bella. „Und darauf kannst du mit Recht stolz sein."

„Ich glaube, die Käfer die in meine Murmelröhren geraten, halten mich auch dafür", kicherte der Rabe. „Mir entkommt selten einer."

Er freute sich auf den sportlichen Wettkampf der anderen. Besonders auf das zu erwartende Eisduell zwischen Zephyra und Bella.

Viola hatte die Drachen ausgeschickt, um allen die Geschicklichkeitsspiele anzukündigen. Entsprechend groß war der Andrang am Rand der provisorischen Arena, die aus einem zwanzig Meter breiten und über zweihundert Meter langen Streifen am Seeufer bestand. Boreas, Äolus und Corax waren als Punktrichter eingeteilt, denn die Zauberer wollten auch ihr Können beweisen. Es ging nicht nur um Wettbewerbe gegen- sondern auch miteinander.

Zuerst traten, wie üblich, die Drachen im Feuerspeien an. Unter ihnen aber auch Galantha, die Feuerelfe. Der Sieger des letzten Wettbewerbes, Pyron, begann. Er rasierte mit seiner Flamme alle Ziele bis 196 Meter weg. Vulkanus schaffte 195, Magmatus 194. Dann kam Zephyra an die Reihe. Eine kurze Konzentrationsphase, dann schoss ihr Feuerstrahl hervor, der punktgenau auch bei 196 Metern endete, wie sie unter dem Jubel der Zuschauer erfuhr.

„Es können noch Wetten abgeschlossen werden", schmunzelte Corax, als sich Bella an die Startlinie begab.

„100", rief Aurëus.

„150", meinte Boreas.

„190. Ganz sicher!", rief Ruby und drückte Bella die Daumen.

Bella hielt es wie ihre Mutter Zephyra. Sie schloss die Augen, konzentrierte sich auf das Ende der Kampfbahn, dann sandte sie eine Lohe auf die Reise, welche einem gebündelten flammenden Energiestrahl glich."

„Wow!" Marc sprang auf. „Das gibt es doch nicht! Sie hat das 197er Ziel zerstört und die 198 angesengt!"

Corax flog sogar die letzte getroffene Stange an, um Marcs Beobachtung in vollem Umfang zu bestätigen.

Ruby grinste breit und voller Stolz. Ihre Schwester war nicht nur für sie die Beste. Mit einem Aufseufzen nahm sie nun selber Position ein. Schaute noch einmal zu Bella hinüber, die beide geballte Fäuste in die Luft hielt und rief: „Du schaffst es! Ich glaube ganz fest an dich!"

Wie wild Rubys Herz klopfte, konnten alle sehen, die neben der Grundlinie standen. *Hoffentlich kann ich überhaupt eine Flamme erzeugen*, hämmerte es in Rubys Hirn. Dann öffnete sie den Rachen und stieß ein tiefes Grollen aus, dem die ersehnte Lohe folgte.

„Drei, vier, fünf, sechs, sieben, acht, neun, zehn!", zählte Bella laut die großen Markierungen mit und jubelte, weil Ruby mit dem ersten Versuch volle 100 Meter abgeräumt hatte.

Zephyra und Pyron gratulierten beiden Töchtern zu ihren schier unglaublichen Erfolgen.

„Ich habe mir vorgestellt, Ares sitzt da hinten auf einer Stange, dann ging es von allein!", verriet der überglückliche Jungdrache.

Das Duell der Eisdrachen endete mit einem Sieg von Zephyra, wie auch niemand anders erwartet hatte. Aber Bella bekam tosenden Applaus schon allein dafür, als Jungdrache die Wandlung zu einem magischen Drachen vollzogen zu haben, wie es sonst nur alle paartausend Jahre einmal vorkam.

„Unsere Familie", flüsterte Ruby verzückt, sich bei Pyron anlehnend. „Ares hatte wirklich Glück, dass sie ihn nur halb vereist und nicht mehr nachgelegt hat, bevor sie ihn in den Zeitenstrudel stieß."

Bella beobachtete ihre Mutter sehr genau, die inzwischen mit ihrem Eisatem sogar Skulpturen erschaffen konnte.

„Ich zeige dir in den nächsten Wochen, wie es geht", versprach Zephyra.

Beim Duell der Elfen und Zauberer blieben sogar den Eingeweihten die Münder offen stehen. Sie narrten sich mit Trugbildern, teleportierten sich im Bruchteil eines Wimpernschlages und zeigten den anderen in Hologrammen, was sie schon alles erlebt hatten. Den Abschluss bildete eine Feuershow. Galantha ließ ihre Flamme rotieren und steil in den Himmel steigen, während die Zauberer verschiedene Farbeffekte hervorriefen. Mal schraubte sich eine blaue Spirale um das Feuer empor, mal gab es einen Funkenregen, der an Palmen erinnerte und ganz am Ende ließ Marc mehrere Feuerstrudel um die Flamme im Zentrum tanzen, ehe sich die Lohen endgültig auflösten.

„Hat jemand Lust auf einen kleinen Test im Bogenschießen?", fragte Cheiron, worauf Aurëus mehrere Zielscheiben erscheinen ließ.

Tim war als Erster da, um von Cheiron zu lernen. Auch Thomas probierte es aus und war schon zufrieden, als er nach mehreren Versuchen überhaupt die Scheibe traf.

Corax trippelte zu Alessa. „Du solltest auch zeigen, was du kannst. Dann macht sich Cheiron sicher weniger Sorgen."

„Meinst du? Mein Bogen ist doch eher ein Spielzeug."

„Na und? Mein Schnabel kann auch nicht gegen einen Drachenrachen bestehen und trotzdem viel ausrichten."

Erstaunt hatte Cheiron dem Wortwechsel der beiden gelauscht. Nun trabte Alessa wirklich davon, um Pfeile und Bogen zu holen, die sie sich heimlich und ganz allein angefertigt hatte.

„Wie viele Versuche habe ich?", fragte sie.

Cheiron spähte in den Köcher aus Birkenrinde. „Du hast fünf Pfeile, somit fünf Versuche."

Das Trefferbild, ließ Corax jubeln. Einmal das Zentrum, vier Pfeile ganz knapp daneben. „Es sind ja auch Rabenfedern, die müssen die Pfeile gut stabilisieren", grinste er, weil Cheiron völlig überrascht zu sein schien.

„Wie lange habt ihr geübt?"

„Schon eine ganze Weile", erwiderten Alessa und Corax völlig synchron.

„Der Nachwuchs steckt voller Überraschungen", freute sich Viola. „Nun wäre ein deftiges Pferderennen um den See genau das Richtige, die Zuschauer zu begeistern."

„Das schaffe ich auch!", rief Alessa. „Ich bin zwar langsam, aber ich halte durch."

Blitz, die Shire Horses, Flecki, Flöckchen, der Leithengst der Einhörner und Cheiron fanden sich an der Startlinie ein. Boreas gab das Startzeichen. Blitz machte seinem Namen alle Ehre. Er stob wie ein Sturmwind davon, gefolgt von Cheiron und dem Leithengst. Flecki eroberte nach den ersten hundert Metern die vierte Position. Flöckchen setzte kurz vor dem Ziel zum Endspurt an. Sie überholte ihre Freundin Alessa. Die Shire Horses kamen zeitgleich als Gruppe über die Linie. Für sie war nur wichtig, teilgenommen und die volle Runde durchgehalten zu haben. Sie waren mit ihrem Körperbau nun mal nicht als Rennpferde zu gebrauchen und auch gar nicht als solche gezüchtet worden. Im Kampf mit einem Baumstamm war dafür jedes von ihnen den anderen weit überlegen.

Pyron brach in herzliches Lachen aus, wie sehr sich die Gäste freuten, in der Drachengrotte übernachten zu dürfen. Lars musste sie auf Triga wohl als den wundervollsten und magischsten Ort im ganzen Universum besungen haben.

Die Schwestern krochen als Erste ins duftende Heu. Grit und Tim saßen noch die halbe Nacht mit den Drachen beieinander und erzählten.

„Jetzt habe ich es kapiert", sagte Zephyra zufrieden, als die beiden den Sachverhalt aufklärten, gar kein Paar zu sein, wie alle immer angenommen hatten.

„Ich bin nur der Nachbar aus dem abgebrannten Haus, der Grit und die Mädchen unterstützt, weil deren Vater bei einem Unfall ums Leben gekommen ist, als beide noch ganz klein waren. Weil Ares mein Haus niedergefackelt hat, bin ich bei Grit unterge-kommen, bis mein Haus wieder steht."

„Aber er erträgt mein ordnungsliebendes Genörgel wohl nicht", lachte Grit. „Sonst würde er nämlich gar nicht darüber nach-denken, das Haus wieder aufzubauen."

Tim ließ den erhobenen Teebecher in Zeitlupe sinken. Er schaute Grit mit weit aufgerissenen Augen an. „Du meinst ... ich meine ... dass ich bleiben darf ... meinst du wohl ... denke ich ..."

Zephyra prustete los. „Jetzt ist er komplett von der Rolle!"

Grit stimmte in das Lachen ein. „Hoffentlich nur von seiner Rolle als vermeintlicher Bittsteller! Ich könnte gar nicht alles gut machen, was er in den letzten Jahren für uns getan hat. Ja, mein

Guter, ich und die Mädchen wären froh, wenn du die freie Stelle als Mann im Haus besetzen würdest. Wir arbeiten doch auf dem Hof den ganzen Tag zusammen und teilen uns in alle Dinge, die einer Entscheidung bedürfen. Auch die Kinder hören auf dein Wort, wie auf einen Vater."

„Das muss die Magie der Drachengrotte sein", hauchte Tim überwältigt, worauf ein Gelächter folgte, das man fast bis an den Nixensee hören konnte.

„Wir haben doch noch irgendwo eine Flasche Wein", murmelte Zephyra, vorsichtig ins Regal spähend.

„Die muss aber Grit aufmachen, weil Tim im Augenblick viel zu fahrig ist", kicherte Pyron. „Grit, nimm mal das braune durchsichtige Ding, halte es mit einer Hand fest und drehe mit der anderen ganz oben ganz kräftig nach links! Ja, genau so!"

Zephyra stellte zwei Keramikbecher auf den Tisch, Grit füllte sie vorsichtig.

„Hmmm, der duftet!", staunte sie.

„Ist ja auch aus der Menschenwelt", erzählte Pyron, „und für einen ganz besonderen Anlass gedacht, der gerade jetzt sein dürfte, wie ich meine."

Grit verschloss die Flasche wieder, wobei sie das Gewinde sehr interessiert beobachtete. Tim saß noch immer wie ein Traumwandler. Erst als Grit ihren Becher hob, setzte sein Denkapparat wieder ein und er stieß mit ihr auf eine wundervolle gemeinsame Zeit an. Pyron und Zephyra blinzelten sich zufrieden zu. In ihrer Drachengrotte waren schon unzählige, vor allem unglaubliche magische Dinge geschehen.

Als Grit und Tim am Morgen den Kindern die Neuigkeit verkündeten, strahlten auch deren Augen vor Glück. Am See stieg dann gleich die nächste Party, weil man ja alles gebührend würdigen musste.

„Und das hat Lars jetzt verpasst", schmunzelte Corax, wieder die besten Bröckchen von allen erreichbaren Tellern stibitzend.

Tim lachte. „Keine Sorge, das erfährt er früh genug. Er ist ziemlich oft bei uns. Öfter als in seinem Zuhause. Er war sogar schon am Überlegen, bei uns ein Häuschen zu bauen, wo der Zusammenhalt noch ein bisschen familiärer ist, als in Jampura. Wenn er es wirklich will, dann kann er gleich das intakte Fundament nutzen, das ich nun nicht mehr brauche. Bauholz haben wir von den Palisaden noch genug. Da ist das Blockhaus ruckzuck fertig."

„Ich weiß auch schon, wer die Dacharbeiten unterstützen kann", meldete sich Bella, auf sich und Ruby zeigend.

„Braucht ihr zufällig einen, der den Bau überwacht? Ich kenne da einen Raben …" Auch diesmal kam Corax nicht weiter, weil der Rest des Satzes von einer Lachsalve verschluckt wurde.

„Ohne dich wäre der Bautrupp doch gar nicht komplett", rief Tim. „Wenn schon die kleinen Drachen mitkommen, dann alle!" Er streichelte Corax am Schnabel, während die Mädchen schon kräftig Beifall klatschten. Mit Corax konnte man richtig was unternehmen. Der war für jeden Schabernack zu haben.

„Verkauft ihr nicht gerade einen Bärenhaut, die ihr noch gar nicht habt?", schmunzelte Grit.

Tim lachte fröhlich. „Zumindest wissen wir schon mal ganz genau, dass es überhaupt einen Bären gibt."

„Na immerhin", kicherte Corax. „Ich werde eines Tages bestimmt auch ein heimeliges Nest bauen!"

„Aber bei uns in der Grotte!", forderte Alessa mit Nachdruck. „Ich werde Cheiron bitten, die Felsvorsprünge zu vergrößern, wenn sie zu schmal für ein Nest sind. Ihm fällt immer eine Lösung ein."

Cheiron, Alessa, Corax und die vier Triganer verbrachten den halben Tag im Wald. Die winzigen Waldelfen ließen sich auf den Rücken der beiden Pferdemenschen nieder. Sie führten die kleine Gruppe zu den geheimnisvollsten Plätzen. Alessa trug, wie auch Cheiron, eine Art Satteltasche auf dem Rücken, in welche die sechs Beeren, Pilze und bunte Vogelfedern steckten.

„Bucheckern!", jubelte Corax plötzlich. Er begann geschäftig im Laub auf dem Waldboden zu wühlen.

Die beiden Schwestern halfen, die begehrten Früchte einzusammeln.

„Nehmt nur die ganz festen und jene, die nicht wurmstichig sind", mahnte Grit. „Sonst schmeckt der Kuchen nicht."

„Kuchen???" Die drei Elfenweltbewohner schauten Grit mit großen Augen an.

„Ja, ja. Oder Nussbrot. Das kann man auch mit Bucheckern backen, wenn man keine Nüsse hat."

Alessa ging auf die Knie, um beim Sammeln helfen zu können. Die Speisen, die Grit gerade genannt hatte, schmeckten sicher köstlich. Selbst Corax verzichtete auf das Naschen und füllte lieber die Satteltaschen. Oben im dichten Geäst der Bäume schien Luftkampf zu toben. Man hörte das Krächzen von Raben, die Schreie zweier Adler und das Schimpfen eines Eichelhähers.

„Das geht nun schon seit Tagen so", erklärte ein Waldelf. „Alle haben Junge und suchen Futter. Die Adler sind genau so wenig wählerisch, wie die Raben und Elstern. Die Raben fressen die Jungen der Elstern, und werden ihrerseits von den Adlern vernascht, wenn sie nicht flink zwischen den Ästen verschwinden."

„Das ist der Lauf der Welt. Fressen und gefressen werden", bestätigte Cheiron, weil ihn die Mädchen fragend ansahen.

Da schien das Spektakel in den Baumkronen auch schon in die nächste Runde zu gehen. Corax spähte nach oben, trippelte nervös auf der Stelle, dann startete er, wie von einer Sprungfeder getrieben, als die Raben völlig verzweifelt ihre Brut verteidigten.

„Bleib hier!", schrie Alessa entsetzt auf, nach Cheirons Arm fassend.

Alle starrten mit klopfenden Herzen in die Baumkronen.

„Lass los, du Mistvieh!", hörten sie Corax wütend rufen, dann raschelte es im Laub, als würden sich zwei Vögel heftig balgen.

Augenblicke später kam Corax zurück. Er trug etwas in den Krallen, was er nun ganz vorsichtig in Cheirons Hände gab. „Mehr konnte ich nicht retten."

„Ein ganz nacktes Küken!", riefen die Kinder im Chor.

Cheiron atmete tief durch. „Wie sich die Bilder gleichen! Du warst auch nicht viel größer, als ich dich fand. Wir sollten es rasch in die Grotte bringen und vor allem warm halten."

Corax schaute das Rabenbaby mit schief gelegtem Kopf an. Er sagte zu Cheiron. „Wenn du ganz langsam läufst, so dass ich nicht herunterfalle, nehme ich es auf deinem Rücken unter meine Fittiche. Dann hat es dich richtige Vogelwärme, die es braucht."

„Ja richtig! Ich habe doch diesmal jemanden, der sich bestens damit auskennt, was ein kleiner Rabe zum Leben braucht!" Cheiron hielt ganz still, als Corax Platz nahm, um das Baby warm zu halten.

Grit flocht ein paar dünne Ruten zusammen, die sie als Ring um Corax legte und unter den Satteltaschen festklemmte. „Geht das so? Oder drückt das zu sehr?", fragte sie Cheiron.

„Bis nach Hause geht es schon", erklärte der Zentaur.

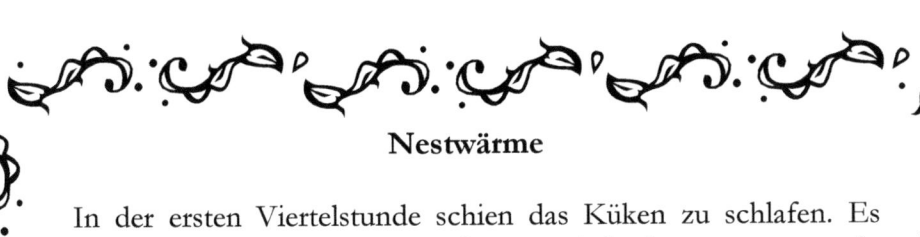

Nestwärme

In der ersten Viertelstunde schien das Küken zu schlafen. Es sagte keinen Piep. Corax äugte immer wieder besorgt unter sein Gefieder. Tim schaute mit nach dem Rechten. Er konnte Corax beruhigen. „Ich sehe, wie das kleine Herz unter der dünnen Haut schlägt", gab er jedes Mal bekannt und der Rabe deckte seinen winzigen Schützling wieder zu.

Als es der Hunger zu zwacken begann, wachte das Küken auf und bettelte nach Futter. Corax bat Cheiron, stehen zu bleiben. Dann huschte er von dessen Rücken. Er sammelte im Gras auf, was er auf die Schnelle finden konnte, zerdrückte es zu Brei und stopfte es dem Winzling in den weit aufgerissenen Schnabel.

„Brauchst du Wasser?", fragte Tim, den kleinen Tonkrug öffnend und ein wenig in seine hohle Hand gießend.

„Vielen lieben Dank!" Corax sog das Wasser auf, um es dem Küken zu geben, das sich erst einmal wieder beruhigte.

Zumindest blieb es ruhig, bis sie fast die Grotte erreicht hatten. Marc kam der kleinen Gruppe am Waldrand entgegen, als das Küken gerade wieder Nahrung forderte und Corax im Tiefflug Insekten von den Blüten sammelte.

Verwundert beobachtete er das seltsame Verhalten des Raben. „Was ist denn mit dir los?", fragte er besorgt.

Corax zischte an ihm vorbei, fütterte das Kleine, verbarg es wieder unter seinem Gefieder und rief: „Vaterpflichten! Ich habe ein Rabenjunges vorm Adler gerettet. Nun muss ich mich auch darum kümmern. Nicht einfach, wenn man es allein tut. Jetzt kann ich erst nachvollziehen, wie schwer es Cheiron mit mir hatte."

„Der Spaß geht ganze 45 Tage so, mein Lieber", warnte ihn Marc. „Und dann, wenn es aus dem Nest flieht, noch einmal 55 Tage, bis es wirklich selbstständig ist."

„Ich lasse das Kleine nicht im Stich", versprach Corax. „Irgendwas wird mir schon einfallen, damit es immer satt wird. Cheiron hat sicher nützliche Tipps für mich."

Marc schmunzelte. „Vielleicht haben ja die Mädchen und Alessa Lust, dir ein paar Insekten zu fangen." Er ließ drei Schmetterlingsnetze erscheinen, die er den begeistert nickenden Kindern in die Hände drückte. „Dann kannst du dich auf Würmer und Wasser konzentrieren. Ein Zipfelchen Fleisch hat sicher immer einer übrig."

„Sonst muss ich es bei Pyron stehlen", lachte Corax. „Der wird sowieso der Erste sein, der die Augen verdreht, wenn er von meinem Pflegling erfährt. Cheiron wird mir sicher auch noch eine Standpauke halten, weil ich den kleinen Krakeeler mitgenommen habe."

„Das wird er bestimmt nicht tun", tröstete ihn Alessa. „Ich werde, solange es nicht allein essen kann, auch immer mit Futter suchen gehen. Versprochen!"

Cheiron schaute Marc mit breitem Schmunzeln an. Er zuckte lustig mit den Schultern. „Ich hätte es doch auch sofort mitgenommen, wäre es mir vor die Hufe gefallen. Wie sollte ich es da Corax verbieten, seinesgleichen vor Schaden zu bewahren? Zu Hause setzen wir das Küken am besten in das Kistchen mit der Schafwolle. Corax muss nur seine Murmeln woanders unterbringen. Aber da finden wir schon ein sicheres Plätzchen."

Tim und Grit schauten lächelnd zu, wie die drei Kinder über die Wiese rannten und alles einfingen, was sich nicht schnell genug verstecken konnte. Corax nahm die vielen Insekten dankbar an. Er zupfte sie vorsichtig aus den Keschern, um sie sofort dem kleinen Schreihals zu verabreichen.

„Sagt ihr mir, wenn ich was falsch mache?", bat er Cheiron und Marc.

„Dein angeborener Instinkt ist wahrscheinlich um Längen besser, als jeder Rat, den wir dir geben können", gab Marc zu bedenken. „Aber wenn uns wirklich etwas auffällt, dann werden wir dich darauf hinweisen."

„Das beruhigt mich", murmelte Corax. Er kletterte in der Zentaurengrotte von Cheirons Rücken und schaute zu, wie der den Winzling in das Kistchen legte. „Kaum zu glauben, dass aus diesem Nackedei mal ein stolzer Rabe wird", flüsterte er.

Eine zuggeschützte Stelle mit guter Aussicht war schnell gefunden. Corax richtete mit dem Schnabel die Schafwolle her, um das Küken bestmöglich zu wärmen. Cheiron stellte auch ein Schüsselchen mit Wasser bereit, damit der Rabe nicht erst zum Bach fliegen musste.

„Du könntest das Kleine ja nicht einmal einer Glucke unterschieben", seufzte Grit.

„Hmm, ich weiß", erwiderte Corax. „Die kleinen Hühner haben gleich nach dem Schlüpfen die Augen offen, kuschelige Federn, können sofort laufen und selber essen. Aber", und dabei grinste er, „sie sind nicht so schlau wie Raben. Irgendwas Gutes muss es ja bringen, so lange von den Eltern umsorgt zu werden."

Marc lachte herzlich. „Du hast in der Tat ein kluges Köpfchen, mein kleiner Freund. In deinen Gedanken steckt sehr viel Wahres. Wenn die Kleinen viel von ihren Eltern lernen, können sie auf dieses Wissen aufbauen und noch schlauer werden."

Corax schnäbelte zufrieden vor sich hin, als ihn der Zauberer auch noch streichelte. „Duuuu, Maaaarc", fragte er schließlich, beide Worte sehr lang dehnend, „hast du nicht einen Zauber parat, der das Küken zu einem Weibchen für mich werden lässt?"

„Tut mir leid, mein Freund, das Erste liegt in den Händen der Natur, das Zweite daran, ob du es schaffst, sie für dich zu begeistern und sie deinem Charme erliegt."

„Ich habe befürchtet, dass du das sagst. Aber egal, das Baby soll seine richtigen Eltern nicht vermissen. Ich werde ihm so oder so alles beibringen, was ich weiß. Könnte sein, dass die wenigen Raben in diesem Land eines Tages noch genialer Futter stibitzen."

Bei dieser Ankündigung brachen alle in schallendes Gelächter.

Marc meinte mit einem vergnügten Blinzeln: „Dann drücken wir uns wohl lieber gegenseitig die Daumen, dass dein Wunsch nach einem Weibchen wahr wird. Sonst stellt Pyron doch noch einen Marterpfahl für Raben auf, wie er es vor vielen Jahren im Spaß beschrieben hatte."

„Ein Wunder, dass Grit nicht wieder die Bärenhaut anführt", kicherte Tim und fing sich unter dem Gelächter der anderen einen scherzhaft erhobenen Zeigefinger von ihr ein.

Dann seufzte sie. „Oh je, ich sollte es mir schnell abgewöhnen, dir ständig zu widersprechen. Mit verrückten Zukunftsvisionen ist das Leben viel bunter."

Tim nahm sie in den Arm. „Irgendwie raufen wir uns schon zusammen."

„Oh ja, bitte!", rief die ältere Tochter, die jüngere nickte heftig."

Corax schloss die Augen. Er war von der ganzen Aufregung sehr müde. Aber aus einem kurzen Nickerchen wurde nichts, der Minipiepmatz sperrte den Schnabel auf. Corax war mit einem Satz vom provisorischen Nest. Er pulte einen Grashüpfer aus einem der Köcher und dann noch zwei dicke Fliegen. Einen Schnabel voll Wasser trank er noch rasch aus der Schüssel, brachte seinem Zögling auch etwas mit und setzte sich wieder, um die richtige Wärme zu halten. Hin und wieder hob er die Flügel, um das Kleine nicht zu überhitzen, und döste ein paar Minuten im Halbschlaf vor sich hin.

Noch vor dem Abend wusste jeder im ganzen Elfenland, dass Corax erneut eine Heldentat begangen hatte. Nicht jeder hätte sich wegen fremder Küken mit den Adlern angelegt. Zumal Corax nicht als Mitglied des Schwarms galt. Nun begannen auch die Raben voller Interesse zu beobachten, was der Sonderling trieb. Das, was sie sahen, fanden sie allesamt gut. Bisher hatten sie Corax völlig ignoriert, nun begrüßten sie ihn, wenn er den Schnabel aus Cheirons Grotte steckte.

„Ich glaube, deine Chancen steigen, hier ein Weibchen zu finden, falls das Kleine ein Männchen sein sollte", sagte Cheiron zuversichtlich.

„Wirklich?", fragte Corax hoffnungsvoll.

„Ganz wirklich!", bekräftigte der Zentaur.

Die triganischen Schwestern wären am liebsten noch länger im Elfenland geblieben, um das Wachsen und Werden des kleinen Raben zu beobachten. Sie verstanden es aber auch, dass sie die

Hilfsbereitschaft der Nachbarn bei der Garten- und Tierpflege nicht überstrapazieren durften. Schweren Herzens nahmen sie nach drei Wochen Abschied von ihren vielen neuen Freunden und flogen auf den Rücken der Drachenmänner nach Hause.

Nun kümmerte sich Alessa besonders intensiv mit um den Nestling, der endlich die Augen geöffnet und schon erste Federn bekommen hatte.

„Er dürfte jetzt einen Monat alt sein", erklärte Marc.

Corax verbesserte schmunzelnd: „Sie. Ich fühle, dass es SIE heißen muss."

Marc blinzelte verschmitzt. „Das werde ich auch nicht anzweifeln. Du bist hier der Rabe. Wie wirst du sie nennen?"

„Noctis. Denn sie wird wundervolle schwarze Federn haben." Corax betrachtete eingehend die harten Kiele, die sich inzwischen flächendeckend aus der Haut seines Zöglings schoben und sich Stück für Stück zu Federn formten.

Thomas hatte die hellen Gebilde ziemlich treffend als entartete Spaghetti bezeichnet, worauf die Zauberer einen Pasta-Abend gestalteten, an dem sich Corax fast überfressen hätte, weil der Käse so lecker war. Noctis hatten sie kurzerhand mitsamt dem Kistchen auf dem Tisch platziert und die junge Dame ließ sich von allen verwöhnen. Jetzt, wo sie schon richtig im Nest stehen konnte, war es ihr auch ein Leichtes, zu zeigen, wovon sie gern kosten mochte.

Thomas grinste sich eins, weil sie sich auf Marcs Teller *einschoss*. „Leute, deckt die Schüsseln ab, die Raben kommen!", witzelte er und bekam von Noctis ein fröhliches „Krahhh, krahhh!"

„Könntet ihr euch durchringen, nicht ganz piekfein aufzuräumen?", fragte Corax, als die Ersten nach Hause flogen. „Der Schwarm beobachtet uns schon den ganzen Abend unauffällig."

„Geht klar", meinte Bromer. „Ich lasse dann ein paar Käsestücke liegen, die sich die Raben holen können."

Auch die Drachen ließen ein paar Fleischrestchen übrig, um die schwarzen Vögel freundlich zu stimmen. Die wussten ganz genau, wer wo gesessen hatte. In den nächsten Wochen nahmen die Diebstähle in der Drachengrotte ab. Als Pyron begann, immer ein paar Kleinigkeiten auf einem Felsen zu platzieren, hörten sie schließlich ganz auf. Die Raben krächzten auch nicht mehr warnend, wenn die Drachen auf Jagd gingen. Dabei hatten sie ihnen früher gern das Wild verjagt, nur um die Riesen zu ärgern.

Als Noctis auf zwei Beinen begann, die Gegend unsicher zu machen, weil sie noch nicht fliegen konnte, waren alle Elfenweltbewohner besonders auf der Hut, sie nicht versehentlich zu verletzen. Grey und den Shire Horses kam Noctis von sich aus nicht zu nahe. Die Riesinnen hätten sie im hohen Gras womöglich gar nicht bemerkt. Eines Tages flatterte sie auf Alessas Rücken. Von da an war Noctis überall dabei. Am liebsten, wenn Corax auf Cheiron mitritt und die Reise zum Angeln an den See ging. Den ersten Fisch bekamen nämlich immer die Raben.

Von dem Zeitpunkt an, wo Noctis fliegen konnte, freundeten sich die beiden Raben langsam mit dem Schwarm an, der sie nach einiger Zeit auch am Fressplatz duldete. Die Prägung, die sie als Küken bekommen hatte, bewirkte aber, dass sich Noctis immer mehr zu Corax und seinen Freunden hingezogen fühlte, als zu den anderen Raben. Corax war darüber ganz und gar nicht böse. So blieb für ihn alles beim Alten, nur dass er eben jetzt einen liebenswerten Schatten hatte, der ihn auf Schritt und Tritt begleitete.

Alessa, so stellte Cheiron nachdenklich fest, wurde schneller erwachsen, als er es von anderen Zentauren her kannte. Sie war nach einem Jahr auf dem Stand einer Vierzehnjährigen.

Marc und Alfons konnten ihn beruhigen, denn von seiner speziellen Rasse gab es bis zu Alessas Geburt nur ihn und keinerlei Aussagen über die Zeitdauer, bis zum Erwachsensein. Alle anderen Zentauren waren ja auf völlig andere Weise entstanden und konnten keinesfalls als Beispiel dienen.

„Ich sorge mich halt", murmelte Cheiron, den beiden Freunden für den guten Rat dankend.

Man hatte Alessa reinen Wein eingeschenkt, als sie das erste Mal fragte, warum es nur zwei Zentauren auf der weiten Welt gab, wo alle anderen Wesen doch sehr viel mehr vertreten waren. Die junge

Dame nahm die Antwort sehr ernst zur Kenntnis. Sie betrachtete in den folgenden Tagen Cheiron mit etwas anderen Augen. Nun verstand sie, weshalb er sie stets *meine Kleine*, oder beim Namen nannte. Dass es ein großes Geheimnis geben musste, und er wohl nicht ihr Vater war, hatte sie deshalb von Anfang an vermutet, auch wenn er sie stets so liebevoll wie eine Tochter behandelte. Ihre stillen Überlegungen, die sie nun anstellte, schienen aber angenehm zu sein, denn sie lächelte immer fröhlich, wenn Cheiron es bemerkte, beobachtet zu werden.

Nun bat sie auch immer öfter die anderen Frauen um Hilfe, wenn sie für ihn besonders schön aussehen wollte. Sie freute sich sehr, weil er stets sofort bemerkte, was sich an ihr verändert hatte. Mal war es ein neues Top, das ihr Martha gehäkelt hatte, oder wechselnde farbige Armbänder, die zu flechten, ihr Galantha beibrachte. Auch die Haare waren plötzlich für sie nicht nur Haare, sondern Frisur. Von bunten Bändern im Zopf, bis zu Blüten im offenen Haar, variierte sie diese täglich, und zur jeweiligen Gelegenheit passend. Diandra flocht auch immer wieder Alessas Schweif besonders kunstvoll, wie sie es auch mit den Pferden tat, weil es ihr Spaß machte. Irgendwann kam der Tag, an welchem Alessa Cheiron auf den Kopf zu sagte, dass sie ihn liebe.

Die erfreuten Raben starteten zum Rundflug, um die Kunde in alle Behausungen zu tragen. Zwei Tage später versammelten sich die Elfenweltbewohner am See, um das glückliche Paar zu feiern. Dabei durfte natürlich Lars nicht fehlen, den Pyron direkt aus Triga, zwar mit Leier, aber ohne Ballon abholte. Lars, der bis jetzt immer Redeverbot zum Thema gehabt hatte, durfte endlich sein geheimes Poem mit musikalischer Begleitung dem lauschenden Publikum der Elfenwelt vortragen und bekam natürlich die Genehmigung, es beim nächsten Sängerwettstreit auf dem Olymp zu Gehör zu bringen.

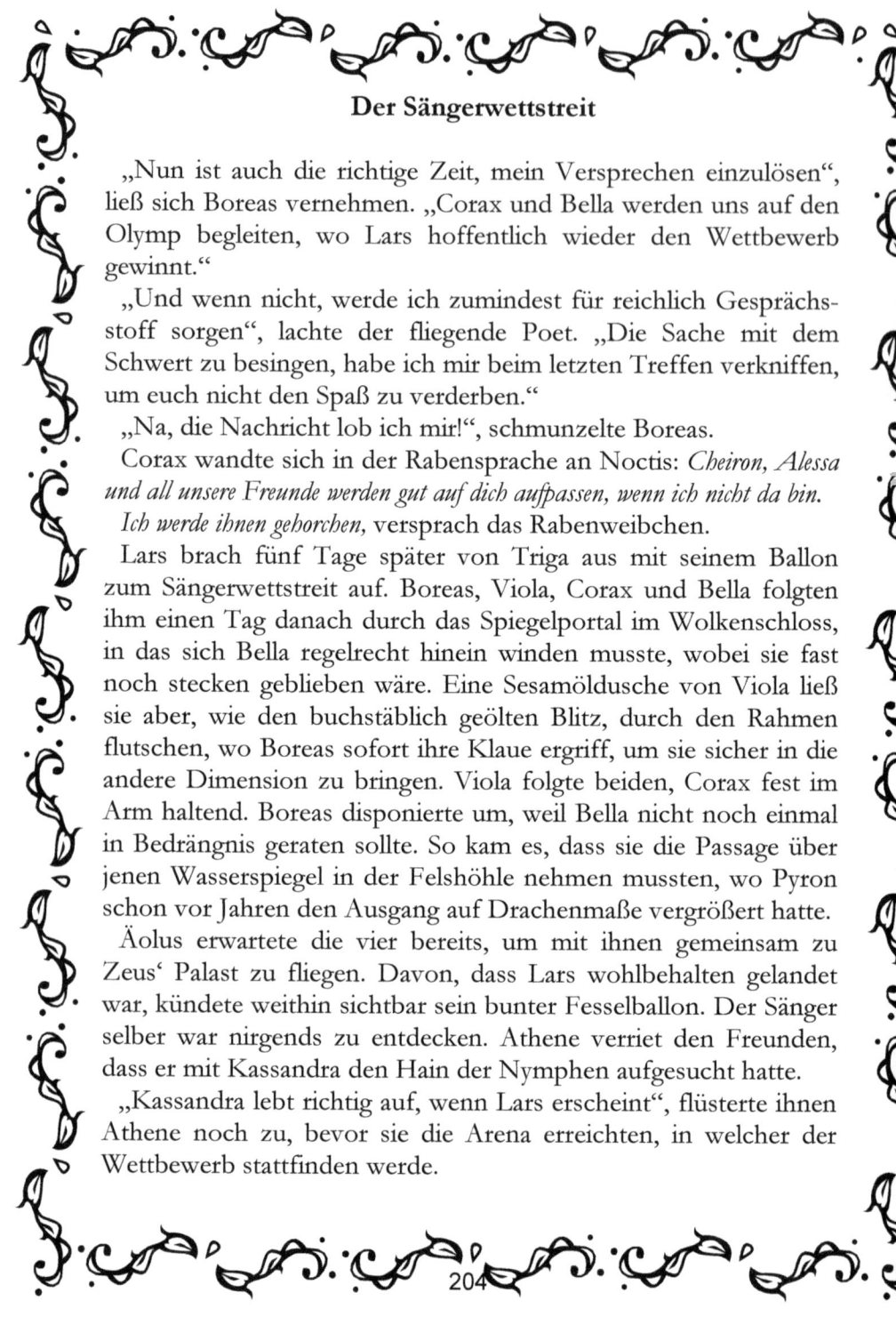

Der Sängerwettstreit

„Nun ist auch die richtige Zeit, mein Versprechen einzulösen", ließ sich Boreas vernehmen. „Corax und Bella werden uns auf den Olymp begleiten, wo Lars hoffentlich wieder den Wettbewerb gewinnt."

„Und wenn nicht, werde ich zumindest für reichlich Gesprächsstoff sorgen", lachte der fliegende Poet. „Die Sache mit dem Schwert zu besingen, habe ich mir beim letzten Treffen verkniffen, um euch nicht den Spaß zu verderben."

„Na, die Nachricht lob ich mir!", schmunzelte Boreas.

Corax wandte sich in der Rabensprache an Noctis: *Cheiron, Alessa und all unsere Freunde werden gut auf dich aufpassen, wenn ich nicht da bin.*

Ich werde ihnen gehorchen, versprach das Rabenweibchen.

Lars brach fünf Tage später von Triga aus mit seinem Ballon zum Sängerwettstreit auf. Boreas, Viola, Corax und Bella folgten ihm einen Tag danach durch das Spiegelportal im Wolkenschloss, in das sich Bella regelrecht hinein winden musste, wobei sie fast noch stecken geblieben wäre. Eine Sesamöldusche von Viola ließ sie aber, wie den buchstäblich geölten Blitz, durch den Rahmen flutschen, wo Boreas sofort ihre Klaue ergriff, um sie sicher in die andere Dimension zu bringen. Viola folgte beiden, Corax fest im Arm haltend. Boreas disponierte um, weil Bella nicht noch einmal in Bedrängnis geraten sollte. So kam es, dass sie die Passage über jenen Wasserspiegel in der Felshöhle nehmen mussten, wo Pyron schon vor Jahren den Ausgang auf Drachenmaße vergrößert hatte.

Äolus erwartete die vier bereits, um mit ihnen gemeinsam zu Zeus' Palast zu fliegen. Davon, dass Lars wohlbehalten gelandet war, kündete weithin sichtbar sein bunter Fesselballon. Der Sänger selber war nirgends zu entdecken. Athene verriet den Freunden, dass er mit Kassandra den Hain der Nymphen aufgesucht hatte.

„Kassandra lebt richtig auf, wenn Lars erscheint", flüsterte ihnen Athene noch zu, bevor sie die Arena erreichten, in welcher der Wettbewerb stattfinden werde.

„Diese Information war doch nicht ohne Absicht", überlegte Corax halblaut.

„Das sehe ich auch so", sagte Viola. „Zumal es nicht neu ist, dass Kassandra Lars immer wieder Tipps gibt, die er, als Einziger, der ihr immer glaubt, auch stets zu seinen Gunsten befolgt."

„Sollten wir dann nicht dem Glück ein wenig nachhelfen?", fragte Bella. „Natürlich nur, wenn es beide wirklich wollen."

Viola blinzelte vergnügt. Sie kannte die treffsicheren Einschätzungen der jungen Drachendame, wenn es um haltbare Beziehungen ging. Zeus lotste seine Lieblingsgäste persönlich zu den besten Plätzen, links und rechts, genau neben sich. Bella durfte sich hinter ihn setzen und ihm direkt über die Schulter schauen. Corax bekam die linke Armlehne seines Throns. „Endlich kann ich den berühmten Raben-Drachen kennenlernen", freute er sich, seinem gefiederten Gast ein Zipfelchen Ziegenfleisch als Willkommensgeschenk reichend.

Corax bedankte sich hocherfreut für so viel Ehre. Bella erhielt zur gleichen Zeit ein Kaninchen als Begrüßungssnack, das sie mit gleicher Freude entgegennahm. Die Arena füllte sich zusehends. Alle Augen waren neugierig auf den roten Drachen hinter dem König gerichtet.

„Wir sind fast vollzählig", erklärte Zeus, nach einem Blick in die Runde. „Es fehlt eigentlich nur noch ... ach, da ist er ja schon!" Er deutete auf einen Streitwagen, der durch die Luft heranbrauste. „Ares kommt. Das wird ein Spaß, wenn er euch bemerkt!"

„Aber nur für uns, schätze ich", murmelte Bella, worauf Zeus sie breit grinsend zwischen den Hörnern kraulte.

Bella war beim besten Willen nicht zu übersehen. Ares froren die Gesichtszüge ein. Zwar konnte er nicht erkennen, welche Drachendame dort saß, aber das war egal, er hasste sie alle. Der Blick, als er auch noch Corax entdeckte, war so unbeschreiblich, dass selbst Lars Mühe gehabt hätte, ihn näher zu definieren.

Ares verlor die Fassung. Er wäre am liebsten umgekehrt, hätte er sich damit nicht vollends zum Gespött gemacht. Er spürte, dass dieser Tag nicht gut für ihn enden werde. Er setzte sich so, dass ihn wenigstens der Drache nicht ständig beobachten konnte. Dafür hatten ihn Hades und Poseidon voll im Blick. Hermes eröffnete im Namen des Königs das Sängerfest, begrüßte die Gäste und namentlich jene, aus der Elfenwelt. „Besonders herzlich willkommen heißen wir das Königspaar Viola und Boreas, Bella, den Kampf- und Wächterdrachen, und Corax, den sprechenden Raben."

Bella und immer wieder Bella! Ares ballte die Fäuste. Die Elfenkönigin verfügte also wirklich über zwei Eis speiende Drachen, deren verheerende Kampfkraft er am eigenen Leibe erfahren hatte. Zeus bestimmte die Reihenfolge der Sänger so, dass Lars als Letzter an der Reihe war, um Ares noch mehr auf die Folter zu spannen.

Der Preis, um den die Sänger diesmal kämpften, war ein Schössling jenes Olivenbaumes von Athene, mit dem sie gegen Poseidon die Vorherrschaft über Athen und Attika erlangt hatte. Der heilige Baum der Göttin verhalf dem, der seinen Segen zu nutzen wusste, zu Ruhm und Wohlstand.

Äolus, der das Bäumchen, wie alle anderen, heiß begehrte, war im mittleren Teil des Wettbewerbes zu hören. Er zupfte seine Harfe und besang das beschauliche Leben auf der Windinsel, seit die Elfenprinzessinnen mit wundervollen schwarzen, Gold bestäubten Flügeln zur Familie gehörten, wie herrliche Blumenteppiche die einst so kargen Felsen bedeckten, weil Flora, die Fee der Blüten dauerhaft Einzug gehalten hatte. Ranghohe und niedere Wasser-, Naturgötter und -geister, wiegten sich im Takt der Melodie. Ares knirschte mit den Zähnen. Zudem saß er wie auf glühenden Kohlen. Was mochte dieser Lars wohl diesmal in die Welt posaunen?

Hermes rief eine Pause aus, in der Speisen und Getränke gereicht wurden. Bella unterhielt sich telepathisch mit Athene, die mehrfach lächelnd nickte und schließlich zu jenen Gästen hinüber schlenderte, die niedrige oder gar keine Ränge innehatten.

„Ich wusste, du würdest kommen", sagte Kassandra mit fröhlich blitzenden Augen.

Athene lachte. „Du bist ja auch eine Seherin. Hätte mich ernsthaft gewundert, wenn du überrascht gewesen wärst. Deshalb stelle ich auch keine Frage, erwarte aber eine Antwort."

Kassandra schmunzelte. „Sie lautet: Ja!"

„Schau an! Damit habe ich nicht gerechnet. Er ist keine Schönheit."

„Hat aber ein Herz aus Gold", merkte Kassandra amüsiert an. „Und er schätzt mich und meine Worte nicht gering. Obwohl er weiß, was Ajax, der Lokrer, mir angetan hat ..."

Athene verschloss mit dem Zeigefinger Kassandras Mund. „Bella wird sich besonders freuen."

„Ich weiß." Kassandra strahlte mit der Sonne um die Wette.

Athene streichelte sanft den Arm der Seherin, welche sie damals aus der Welt der Menschen entrückt hatte, um sie vor dem Tod zu bewahren. Gleich danach kehrte sie wieder auf ihren Sitzplatz zurück. Corax war bei Zeus geblieben und hatte, um ihn von allen anderen Fragen abzulenken, solange Lars nicht gesungen hatte, erzählt, wie er seine Partnerin Noctis vor den Adlern gerettet und großgezogen hatte. Gerade rechtzeitig, um nicht in Erklärungsnot zu kommen, endete die Pause. Alle fieberten dem Auftritt des Triganers entgegen.

Als Lars die Bühne betrat, wurde es schlagartig still. So fanden auch die ersten zarten Akkorde Gehör. Die staunenden Zuhörer erfuhren endlich aus berufenem Mund, auf welche Weise Cheiron in die Welt der Lebenden zurückgelangt war. Sie litten mit, weil sich der Zentaur inmitten seiner vielen neuen Freunde trotzdem einsam fühlte. Alle, außer Ares – der rieb sich die Hände.

Lars besang, wie Cheiron Corax gefunden hatte, an dem nun sein Herz besonders hing. Die Heldentaten des Raben füllten mehrere Strophen, denn die Rettung Shannas läutete die nächste Niederlage des Ares ein und erklärte, warum der Gott plötzlich Angst vor schwarzen Vögeln hatte.

Hades, Hermes und Poseidon wechselten beredte Blicke. Inzwischen berichtete Lars, dass alle Freunde aus der Menschwelt für immer ins Elfenland zurückgekehrt waren und dabei drei besondere Pferde mitgeführt hatten, von denen eines mit einer Zentaurin trächtig gewesen sei, die nun Cheiron das große Glück schenke, das ihm stets verwehrt geblieben war. Ares sprang auf. Er stierte den Sänger in einer absonderlichen Mischung aus Verblüffung, Entsetzen und abgrundtiefem Hass an. Poseidon stieß Hades grinsend seinen Ellenbogen in die Rippen. Die Zuschauer klatschten rhythmisch und verlangten eine Zugabe.

„Die sollt ihr haben!", rief Lars. Er stimmte eine flotte Melodie an, zu der er die Sache mit Ares' Schwert zum Besten gab. Besonders der Augenblick, wo Bella Ares schockgefrostet in den Dimensionstunnel stopfte, ließ die Massen toben. Im Refrain hieß es: „Mal seh'n ob er den Ausgang findet, oder ob er ganz verschwindet." Und diesen Teil sangen die Zuhörer lauthals mit.

Poseidon wischte sich Tränen vom Lachen aus den Augen. „Ich ha-ha-ha-hab mich schon lange nicht mehr so amüsi-hi-hi-hi-hi-hiiiiiiiiiert!", japste er.

Hades grinste sich eins und summte den Refrain. Wieder und wieder.

„Ich glaube, die Frage, wer der Sieger des heutigen Tages ist, erübrigt sich", schmunzelte Hermes, als es daran ging, die drei Besten zu küren. „Wir fangen trotzdem beim dritten Platz an."

Den belegte Äolus, womit er auch recht zufrieden zu sein schien. Den zweiten Rang nahm der bocksbeinige Pan ein. Er hatte es geschafft, auch ohne Worte sein Publikum zu fesseln, indem er wundersame Weisen auf seiner Flöte spielte. Als Lars den herrlichen Olivenschössling entgegennahm, applaudierte das Publikum stehend. Bis auf Ares, der hatte sich still und heimlich davongemacht.

Nun umringten die Versammelten auch Bella und Corax, der sich rasch zwischen die Hörner der Drachendame flüchtete, weil nicht von allen angefasst werden wollte. Die meisten interessierte, ob Bella jederzeit Eis speien könne. Um nicht alles hundert Mal erklären zu müssen, begab sich Bella auf die Bühne und Corax assistierte. Er platzierte verschiedene Ziele. Bella machte sich den Spaß, diese abwechselnd zu vereisen oder abzufackeln.

„Ich hoffe, dass ich damit die brennendsten Fragen beantwortet habe", sagte sie lächelnd, sich wieder bei Zeus niederlassend.

Der war in intensivem Gespräch mit Lars. Bella hörte: „Du besingst ständig die Heldentaten anderer, dabei bist auch du ein Held. Auf deine Weise. Indem du die anderen zu großen Taten inspirierst. Cheirons Rückkehr ins Leben ist ein gutes Beispiel. Hast du nicht irgendeinen kleinen Wunsch, den ich dir erfüllen könnte?"

Lars nickte sehr ernst. „Ich habe wirklich einen Wunsch, dessen Erfüllung niemandem wehtun dürfte. Gib bitte Kassandra die Erlaubnis, mit in meine Dimension zu gehen."

„Weiß sie es?"

„Ich denke schon. Sie ist eine Seherin", erwiderte Lars sanft. „Die Beste, in meinen Augen."

„So soll es sein", versprach Zeus. Er hatte kein näheres Interesse an Kassandras mahnenden Worten. Obwohl sie in jeder Weise seinem Schönheitsideal entsprach, wollte er sie lieber ziehen lassen. Apollos Fluch, als sich die Schöne diesem verweigerte, hatte bewirkt, dass man sie überall in erster Linie als Botin des Unglücks sah, denn als Frau, die man erobern wollte. „Ein bisschen mehr Sicherheit für eure kleine Welt, ist bestimmt von Vorteil", merkte Zeus an.

Lars hob ehrlich überrascht den Kopf. „Das hatte ich dabei nicht einmal im Auge. Es würde mich aber freuen, wenn man ihren Worten bei uns zu Hause die gleiche Aufmerksamkeit schenkte, wie ich."

„Nimm sie mit. Sie ist hier nie glücklich gewesen. In der Nähe deiner Freunde aus der Elfenwelt könnte sich das ganz schnell ändern", riet Athene und winkte Kassandra sofort heran.

Die Seherin begrüßte mit einem schüchternen Lächeln die riesige Bella und den kleinen Corax, der sie mit ein paar wundervollen Komplimenten erfreute. Worauf sie lächelnd erklärte: „Wenn ich Corax' Worten lausche, dann ehrt es mich beinahe, immer *finstere Krähe* genannt zu werden, die das Unglück heraufbeschwöre."

„So ein Blödsinn!", murrte Corax. „Das Unglück beschwören die Moiren herauf, du siehst es nur kommen. Ein Narr, wer nicht auf guten Rat hören will! Du wirst dich sicher auf Triga wohlfühlen. So wahr ich ein Rabe bin, den andere auch nur als Totenvogel titulieren."

„Wohl gesprochen, mein kleiner Freund!" Athene strich mit den Fingerspitzen über seine Flügel.

Lars konnte gar nichts sagen. Ihm fehlten zu ersten Mal die Worte, wie Bella kichernd feststellte. Dabei schaute er Kassandra an, wie andere einen Kirschbaum voller reifer Früchte, worüber Zeus in schallendes Lachen ausbrach.

Athene schüttelte amüsiert den Kopf. Sie kümmerte sich lieber persönlich um die Belange der Seherin. „Wie lange brauchst du zum Packen?"

„Nicht einmal zehn Minuten. Ich muss nur ein paar Kleider und Schuhe in einen Reisesack stecken."

„Dann solltest du es jetzt sofort tun, ehe Ares wieder irgendwo lauert." Athene blinzelte ihr fröhlich zu.

Mit wehendem Kleid eilte Kassandra davon.

„Ich glaube, ich freue mich", schmunzelte Bella, Corax vorsichtig an sich drückend.

„Na fragt mal, wer sich noch freut!", hauchte Lars.

„Du, ich glaube auch was", meldete sich Corax, den Bella noch immer fest hielt. „Lars wird nicht wieder werden, wenn er erfährt, dass er auf Tims altem Fundament ein Haus bauen darf."

„Wollt ihr mich veralbern?", fragte der Sänger vorsichtig.

„Nö!", riefen beide fröhlich lachend. „Wir sind nie ernster gewesen. Wir haben nur letztens alle ein bisschen an deiner Zukunft herumgeschnitzt, und hoffen dass dir das Ergebnis gefällt."

Lars, der sich immer noch verklapst fühlte, weil beide um die Wette kicherten, warf Viola und Boreas fragende Blicke zu.

„Haben die beiden je gelogen?", fragte Viola. Lars schüttelte den Kopf. „Dann solltest du ihnen auch diesmal glauben."

Ehe Lars dazu kam, darauf zu reagieren, kam Kassandra schnellen Schrittes zurück, ihren Reisesack auf der Schulter balancierend.

„Wir werden auf Triga einen richtigen Hof haben!", rief er überschwänglich und bekam ein fröhliches Lachen zur Antwort, das eindeutig sagte: *Ich weiß*. „Dann werde ich wohl meine Leier an den Nagel hängen, den Ballon zusammenfalten und sesshaft werden", orakelte er weiter, worauf Kassandra schmunzelte.

„Sesshaft werden heißt nicht, dass du nicht mehr dichten, singen oder reisen darfst", erklärte sie. „Auf einem Hof gibt es nicht nur Arbeit. Man muss auch mal ausspannen und den schönen Dingen Raum geben."

Zeus schaute Athene verblüfft an. „Ich erkenne Kassandra gar nicht wieder!"

Athene klopfte Lars auf die Schulter: „Nimm sie schnell mit, ehe es sich Vater anders überlegt!"

Das ließ sich der Sänger nicht zwei Mal sagen. Er lud sich den Reisesack auf, nahm seine Siegprämie mit der einen, Kassandra an die andere Hand. „Macht's gut, bis irgendwann und danke für alles!"

„Vergiss nicht, bei uns Zwischenstopp zu machen!", rief Boreas noch hinterher.

„Gesucht und gefunden, würde ich sagen", kicherte Corax. „Und da wolltest du nachhelfen!"

„Das hat Bella auch getan", verriet Athene lachend. „Sonst würden die beiden nämlich noch Stunden um den heißen Brei schleichen. Damit eins klar ist: Wenn ihr nächstes Jahr wieder eure berühmten Treffen am See abhaltet, wollen Zeus und ich dabei sein!"

„Versprochen!", riefen die vier Elfenweltbewohner im Chor.

Während Lars und Kassandra mit dem Fesselballon den Weg übers Meer nach Triga antraten, blieben die Elfenweltbewohner noch zwei Tage auf der Insel der Winde.

„Gräm dich nicht", tröstete Flora Äolus. „Wenn Lars' Baum das erste Mal Oliven trägt, werde ich eine davon für dich zu einem neuen Bäumchen werden lassen."

Am Tag des Abschieds begaben sich die vier Freunde in die Grotte überm Wasserfall.

„Ich werde versuchen, das Tor im Sumpfland zu öffnen, damit sich Bella nicht noch verletzt", gab Viola bekannt. „Nehmt euch an Händen und Klauen, ich trage Corax!"

Gemeinsam machten sie den Schritt ins Wasser, das sofort blau erstrahlte und sie in den Zeittunnel riss. Es wurde ein Höllenritt und Bella schloss schließlich alle in ihre Schwingen ein, damit wirklich keiner verloren ging. Viola packte es, die richtige Abzweigung zu treffen. Es katapultierte sie über dem Sumpf ins Elfenland. Alle breiteten ihre Schwingen aus, um den weiten Wiesen entgegenzusegeln. Natürlich nicht unbemerkt, denn die Wächterdrachen des Wandelnden Turmes erschienen sofort, um nach dem Rechten zu schauen.

Seher, Sänger, Gleichgesinnte

„Ihr seht alle sehr zufrieden aus", stellte Pyron erfreut fest, nachdem er sie reihum prüfend angeschaut hatte. „Unser Musikus hat wohl gewonnen?"

„Sieg auf der ganzen Linie!", rief Corax. „Das müssen wir ganz in Ruhe erzählen, wenn alle da sind! Ahhhhh! Meine Hauptperson kommt da hinten!" Er startete hoch erfreut durch, um Noctis entgegenzufliegen.

„Ich glaube, wir haben es geschafft, ein neues Pärchen zu verkuppeln", erklärte Bella geheimnisvoll, ebenfalls sofort verschwindend, um endlich wieder bei Vulkanus sein zu können.

„Wir sagen nichts!", lachte Viola. „Vielleicht ist in ein paar Stunden der hochgeschätzte Künstler persönlich vor Ort, um uns seine Lieder vorzutragen. Dann urteilt selbst, ob der Sieg gerechtfertigt war."

„Zumindest hoffen wir, dass er bei uns eine kurze Rast einlegt", fügte Boreas hinzu, nahm Viola in den Arm und verschwand mit ihr nach Hause.

Zephyra schaute in alle Richtungen. „Nun bin ich wirklich gespannt! Sagen wir den Zauberern, dass heute noch die Party steigen muss, sonst platze ich vor Neugier!" Sie ließ sich wie ein Stein zu Boden fallen und spannte erst die Schwingen auf, als ihre Krallen fast den Boden berührten.

„Wenn sich alle so in Schweigen hüllen, sollte die Feier wohl alles in den Schatten stellen, was wir je hier hatten", überlegten die Zauberer. „Planen wir doch einfach eine kleine Feuershow mit Drachenbeteiligung."

Bella sagte sofort zu, als sie gefragt wurde, ob sie mitmachen wolle. „Ja, das dürfte dem Anlass angemessen sein. Ich werde aber nicht Feuer und Flamme sein, sondern mit Zephyra Eisskulpturen erschaffen."

„Na, nun bin ich auch gespannt, was uns Lars mitzuteilen hat!", staunte Marc. Erst recht, als Bella eine unbekannte Melodie

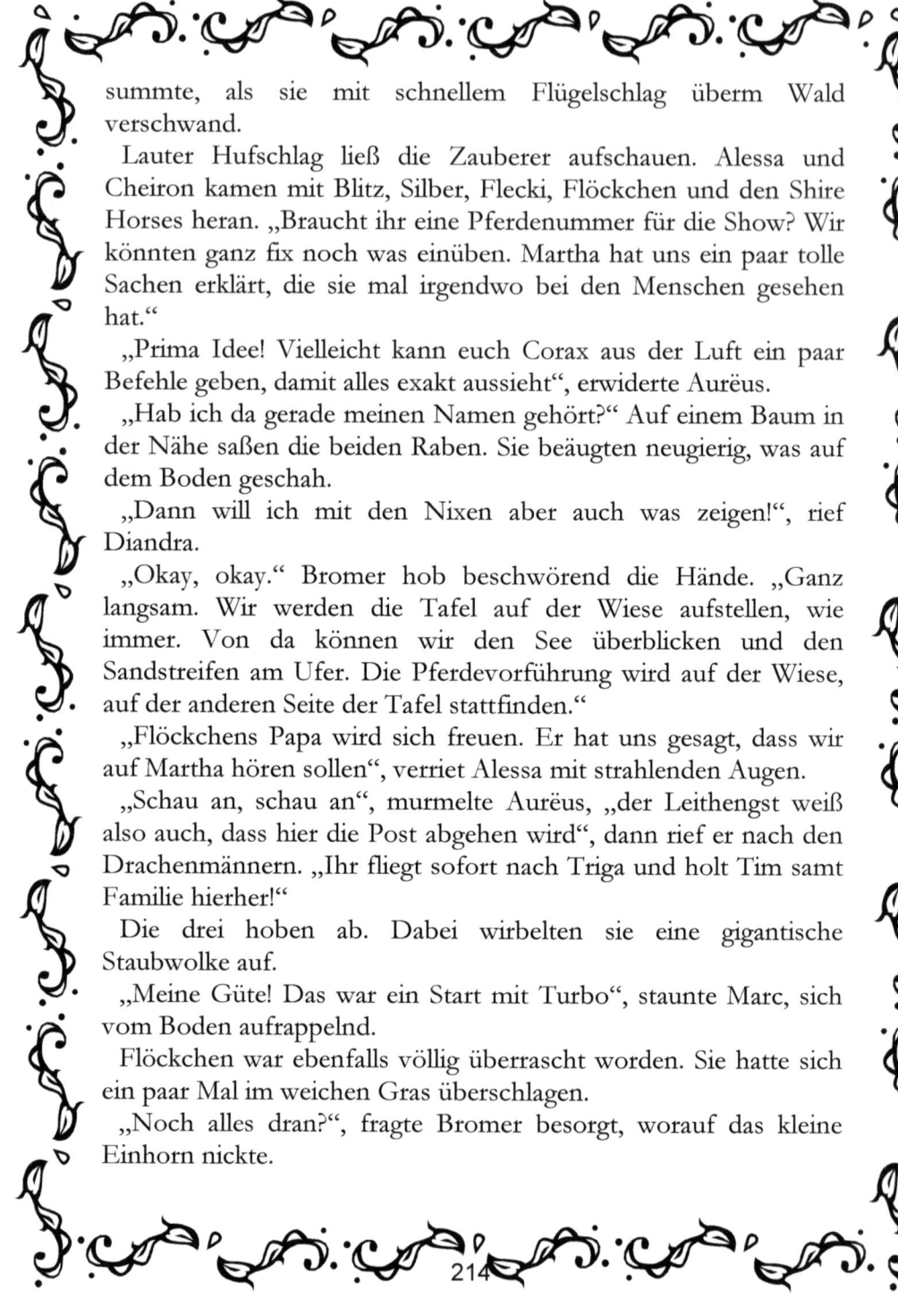

summte, als sie mit schnellem Flügelschlag überm Wald verschwand.

Lauter Hufschlag ließ die Zauberer aufschauen. Alessa und Cheiron kamen mit Blitz, Silber, Flecki, Flöckchen und den Shire Horses heran. „Braucht ihr eine Pferdenummer für die Show? Wir könnten ganz fix noch was einüben. Martha hat uns ein paar tolle Sachen erklärt, die sie mal irgendwo bei den Menschen gesehen hat."

„Prima Idee! Vielleicht kann euch Corax aus der Luft ein paar Befehle geben, damit alles exakt aussieht", erwiderte Aurëus.

„Hab ich da gerade meinen Namen gehört?" Auf einem Baum in der Nähe saßen die beiden Raben. Sie beäugten neugierig, was auf dem Boden geschah.

„Dann will ich mit den Nixen aber auch was zeigen!", rief Diandra.

„Okay, okay." Bromer hob beschwörend die Hände. „Ganz langsam. Wir werden die Tafel auf der Wiese aufstellen, wie immer. Von da können wir den See überblicken und den Sandstreifen am Ufer. Die Pferdevorführung wird auf der Wiese, auf der anderen Seite der Tafel stattfinden."

„Flöckchens Papa wird sich freuen. Er hat uns gesagt, dass wir auf Martha hören sollen", verriet Alessa mit strahlenden Augen.

„Schau an, schau an", murmelte Aurëus, „der Leithengst weiß also auch, dass hier die Post abgehen wird", dann rief er nach den Drachenmännern. „Ihr fliegt sofort nach Triga und holt Tim samt Familie hierher!"

Die drei hoben ab. Dabei wirbelten sie eine gigantische Staubwolke auf.

„Meine Güte! Das war ein Start mit Turbo", staunte Marc, sich vom Boden aufrappelnd.

Flöckchen war ebenfalls völlig überrascht worden. Sie hatte sich ein paar Mal im weichen Gras überschlagen.

„Noch alles dran?", fragte Bromer besorgt, worauf das kleine Einhorn nickte.

Die Huftiere, zu denen sich auch mit einem Blinzeln die beiden Zentauren zählten, zogen sich mit den Raben zu Martha zurück, um ganz in Ruhe für die Show zu üben. Diandra verschwand im See. Kurz darauf schien die Oberfläche zu kochen. Die Wasserwesen waren mit Eifer beim Proben.

Auf Triga sorgte die Ankunft der Drachenmänner für Staunen. „Bitte kommt sofort mit", bat Pyron. „Wir haben auch keine Ahnung, worum es geht, glauben aber, es hängt mit dem Sängerwettstreit auf dem Olymp zusammen, somit muss es Lars betreffen."

Die Familie verabschiedete sich von den Nachbarn und brach ohne Gepäck auf. Schließlich gab es in der Elfenwelt drei Zauberer, die notfalls aushelfen konnten.

Große Augen bekamen auch Lars und Kassandra, die fast gleichzeitig mit den Drachenreitern eintrafen. Das da unten, am See, stellte in den Schatten, was Zeus aufgeboten hatte, um den besten Sänger zu küren.

„Sie kommen!", rief Bella und flog dem bunten Kürbis entgegen.

„Sie?", fragten sich alle, neugierig nach oben blickend.

„Hallo ihr beiden", rief das Drachenweibchen, „ich werde euch ein wenig Landehilfe geben." Schon packte sie die Leine und zog den Ballon zum Landeplatz, wo hunderte Neugierige warteten.

„Wer ist sie?", rätselten alle, bis Cheiron näher kam: „Aber das ist ja Kassandra, die Seherin!"

„Hattet ihr einen störungsfreien Flug?", fragte Corax. Er bekam von der Seherin ein fröhliches Nicken und Streicheleinheiten.

Der Leithengst der Einhörner erschien, um Kassandra persönlich willkommen zu heißen. Er kannte die ganze Tragik ihrer Geschichte, besser als all die anderen. „Seher zu sein, ist oft ein verdammt hartes Leben", erklärte er ihnen. „Ihr glaubt keiner und ich darf nie sagen, was ich wirklich weiß."

„Dann tun wir uns zusammen und machen der Pythia Konkurrenz", lachte Kassandra. „Ich plaudere aus, was du weißt und alle machen, was sie denken, nur nicht das, was sie sollen, weil sie mir nicht glauben, was sie tun müssten."

„Ich glaube, es geht schon los", lachte der Hengst. „Zumindest hat keiner begriffen, was du gesagt hast. Es ist aber schön, dass du hier bist!"

Lars übernahm die ehrenvolle Aufgabe, alle seiner gut aussehenden Eroberung vorzustellen. Dabei lief das Spiel so, dass Kassandra die Namen riet und Lars es nur noch bestätigte.

Als die Reihe an die vier Triganer kam, rief Bella: „Wir haben die Sache mit dem Fundament verpetzt!"

Tim und Grit lachten herzlich. „Das können die beiden liebend gern haben! Vielleicht ergibt sich dann abends Gelegenheit, gemeinsam Hausmusik zu machen oder wir lauschen den vielen Geschichten, die Kassandra und Lars schon erlebt haben."

„Lauschen ist das Stichwort!", meldete sich Viola. „Wir wollen alle die Siegerlieder hören!" Sie deutete auf das Podest, das als Bühne dienen sollte.

Kassandra eilte zum Ballonkorb. Sie reichte Lars mit einem wundervollen Lächeln die Leier. Auch hier tobten die Massen vor Vergnügen, als er die Zugabe präsentierte. „Mal seh'n ob er den Ausgang findet, oder ob er ganz verschwindet", sangen auch Elfenweltbewohner und Triganer lauthals mit.

„Leider hat er ihn gefunden", seufzte Bella. Sie erzählte, wie sie beim Sängerfest den Kriegsgott beobachtet hatte.

„Ob ihr es glaubt, oder nicht, er wird sich nie mehr nach Triga wagen", rief Kassandra fröhlich. „Schon allein, weil ihm Athene flüstern ließ, dass ich dort lauern werde. Und er weiß, dass Lars der Einzige ist, der mir glaubt."

„Der Einzige war", berichtigte Corax liebenswürdig. „Wir glauben dir nämlich auch." Er deutete mit dem Schnabel in die Runde der Freunde. „Wir sind nämlich die, die alle ein bisschen anders sind. Das macht die Sache so prickelnd."

„Dann sollten wir Kassandra jetzt einen kleinen Einblick geben, was wir innerhalb weniger Stunden auf die Beine stellen können, wenn wir lieben Besuch erwarten. Bühne frei für unsere vielen Künstler. Wir beginnen mit den Pferden, und solchen, die sich als Pferd tarnen!" Viola klatschte in die Hände und schon zog eine lange Reihe Vierbeiner heran. Allen voran Alessa, dahinter Flöckchen, dann Flecki, die Shire Horses und nach ihnen Blitz, Silber und Cheiron.

Kassandra glaubte, zu träumen. „Ich fasse es nicht! Blitz ist doch eines von Ares' Pferden gewesen! Hier spielt er mit, als habe er nie anderes getan!"

Die Pferdewesen begannen, sich als Linie um Grey zu drehen, die als Mittelpunkt fungierte. Nach einer vollen Runde drehten sich alle gleichzeitig in dieselbe Richtung, dann immer paarweise und zuletzt galoppierten sie in zwei gegenläufigen Kreisen. Dann standen sie wieder alle in einer Reihe nebeneinander. Diandra erschien, nahm Anlauf, sprang mit beiden Beinen auf Alessas Rücken und vollführte in voller Länge Flickflacks über die Pferdekörper. Sie stieß sich auf Blitz kräftig ab, sprang über Silber einen doppelten Salto, landete rittlings auf Cheiron und galoppierte, der nachfolgenden Herde voran, aus der imaginären Arena.

Corax lachte herzlich, als er Bromers verdattertes Gesicht sah. Nicht mal er wusste, was Diandra mit den Pferdewesen abgesprochen hatte. Umso größer fiel der Beifall aus. Diandra war es auch, die nun die wilden Spiele der Wasserwesen eröffnete, indem sie mit ihrer Monoflosse von Bellas Rücken herunter einen mehrfachen Salto in den See sprang. Die nebeneinander schwimmenden Nixen verblüfften ihr Publikum mit völlig synchronen Salti und anderen, genau deckungsgleichen Sprüngen. Sie tanzten auf ihren Schwanzflossen über die Wellen, um dann ganz langsam, eine nach der anderen, in die Tiefe zu sinken. Als Diandra wieder an Land kam, begann die Feuer, Eis und Magie Show der Drachen, Elfen und Zauberer.

Kassandra schaute, staunte, applaudierte und lachte mit den anderen. Sie fühlte, dass sie nicht nur Gast war, sondern, dass sie nun dazu gehörte. Blitz, das gefährliche Ross, trug ganze Schwärme winziger Elfen auf seinem Rücken. Es amüsierte sich mit Bella und Cheiron köstlich darüber, dass ihm Marc soeben eine grün und rosa schillernde Streifentarnung verpasst hatte, die an ein entartetes Zebra erinnerte und deren Streifen auch noch abwechselnd blinkten.

„Geht das irgendwann wieder weg?", fragte Silber besorgt, weil der Zustand nun schon volle fünf Minuten anhielt.

Und Aurëus antwortete mit seinem Lieblingssatz: „Tja, wer weiß das schon bei einem Zauberer?" Dass im gleichen Moment die Streifen gelb und schwarz wurden und Blitz in eine überdimensionale Hornisse verwandelten, ließen diesen aufwiehern. Es klang so lustig, dass Silber nicht erklären musste, dass sich der riesige Hengst halb schlapp lachte.

Cheiron hob die triganischen Mädchen auf die Rücken der Shire Horse Schwestern, die, zusammen mit Diandra auf Grey, einen Ausflug um den See machten.

Kassandra schaute ihnen lächelnd nach. „Diese Nixe hat unglaublich viel Energie. Nun kann ich mir erst richtig vorstellen, wie sie in den Styx geschwommen ist, um Cheiron zu befreien. Überhaupt weiß ich erst jetzt, dass Lars' Texte in jedem noch so winzigen Detail mit der Realität übereinstimmen."

Grit nickte begeistert. „Auf Triga kannst du all die Schauplätze, an denen sie Ares verdroschen haben, besuchen und dir ein Bild machen, wie heftig die Kämpfe tobten. Aus den Palisadenbalken werden wir alle gemeinsam euer Haus auf jenem Fundament bauen, in dessen Kellerversteck Lars' Ballon überdauert hat und von Bella vor der Vernichtung bewahrt worden ist."

Am nächsten Morgen brachen die Triganer auf, denn Lars' Olivensetzling brauchte endlich einen ruhigen Platz zum Wachsen. Die Drachenmänner fungierten als Reittiere, die Drachendamen flogen als Bauhelferinnen mit. Zephyra trug Marc, Bella Thomas, damit es im Korb des Fesselballons nicht gar zu eng wurde, weil Aurëus, Bromer und Alfons ebenfalls als Handwerker nach Triga wollten. Aurëus hielt die beiden Raben sicher in den Armen, als sie der Luftstrom in den Dimensionstunnel riss.

„Wie im Elfenland herrscht auch hier ewiger Sommer", erklärte Lars. „Ich habe eigentlich schon ein Häuschen im Hauptort. Aber die Ruhe da, wo wir neu bauen werden, ist durch nichts zu übertreffen. Ich werde die Zauberer bitten, beim Umzug des Hausrates zu helfen, sonst müsste ich bestimmt zehn Mal mit dem Ballon hin und her fliegen und würde einige Möbel gar nicht in den Korb bekommen."

Kassandra gefiel das Fleckchen Land, wo Drachen und Ballon landeten.

„Zuerst kümmern wir uns um das Bäumchen", erklärte Lars.

Aurëus suchte da, wo der Garten entstehen werde, eine Stelle aus, an der ideale Bedingungen für einen Baum herrschten, der mehrere hundert Jahre alt und sehr groß werden konnte. Lars grub das Pflanzloch. Er schaffte es sogar den Setzling aus dem Tongefäß zu heben, ohne dieses zerschlagen zu müssen. Kassandra hielt das Bäumchen fest, damit es gerade stand, während der Sänger gewissenhaft die Erde um die Wurzeln verteilte und sie festdrückte. Bella trug einen vollen Wassereimer herbei, damit Lars seinen wertvollen Baum ordentlich angießen konnte.

„Möge er wachsen, gedeihen und viele Früchte tragen!", sprachen die Zauberer im Chor, was aus deren Mund einem Versprechen glich.

Lars bedankte sich hocherfreut.

Während die Drachenmänner wieder nach Hause flogen, die Handwerker einen Plan zeichneten, begaben sich Aurëus und Lars mit dem Ballon nach Jampura, um den Hausrat zu sichten.

„Ihr könnt ihn in der Scheune einlagern", bot Tim an. „Da ist reichlich Platz."

Aurëus half ein wenig nach, sodass der Ballon schon nach einer halben Stunde in Lars altem Garten landete. Kaum hatten sie den Flur betreten, klappte Lars der Unterkiefer bis auf die Sandalen. Aurëus klatschte nämlich einfach in die Hände, worauf er meinte: „Kannst es einsammeln!" Das Mobiliar hatte nur noch Puppenstubengröße.

Lars wieselte herum, trug hinaus, was Aurëus schon fein säuberlich aufsortierte, und schichtete es sorgsam in den Korb seines Ballons. Dabei schickte er mehr als ein Dankgebet zum

Himmel, weil die Rampe, die für Cheiron eingearbeitet worden war, die Sache sehr erleichterte. Das ganze Haus umzusetzen, war nie ein Thema gewesen, weil der Baustil weder zum neuen Ort noch zur neuen Lebenssituation des Paares gepasst hätte. Aurëus fasste zudem dem Schicksal tief in den Rachen, sodass sich zwei Stunden später, als fast alles verstaut war, ein Interessent meldete, dem Lars das leere Häuschen übereignete.

Gezaubert wird nur im Notfall, sagte Marc immer. Also baute er auch ein mechanisches Sägewerk, um Balken und Bretter zuschneiden zu können. Den Transport der schweren Hölzer übernahmen die Drachendamen Zephyra und Bella, Ruby fungierte als lebende Schraubzwinge, die alle Bauteile zusammenhielt, bis die Handwerker die Splinte passgenau einhämmerten. Lars staunte Bauklötze, weil das untere Stockwerk bereits Fensterbretthöhe erreicht hatte, als sie zurückkamen.

„Schieb deine Ballongondel am besten so wie sie ist in die Scheune", regte Bromer an. „Vergrößern kann Aurëus deine Habe allemal, wenn das Häuschen fertig ist."

Bella legte ein paar Stämme unter, auf denen sie die volle Gondel hinein zog. Immer, wenn hinten einer frei wurde, packte sie ihn nach vorn und war in wenigen Minuten fertig. Lars musste nur noch alles abdecken, damit es nicht einstaubte. Beim Zusammenfalten seines Ballons halfen ihm die Frauen und Kinder. Kassandra verschwand mit Grit in der Küche, um einen schmackhaften Eintopf für die vielen fleißigen Helfer zu bereiten. Die Kinder sammelten für die Drachen Kürbisse, damit diese den größten Hunger stillen konnten, ehe sie abends auf die Jagd flogen.

„Es ist bei euch alles so herrlich unkompliziert", seufzte Kassandra, als sie nach getaner Arbeit gemeinsam um eine Feuerschale saßen, deren züngelnde Flammen ein angenehmes Licht in die Dunkelheit warfen. „Immer ist jemand da, um anderen zu helfen. Und keiner fragt, was er dafür bekommt."

„Das heißt dann wohl, dass du es bei und mit mir aushältst?", fragte Lars erfreut.

„Ja!", strahlte Kassandra, die das erste Mal in ihrem Leben wirklich glücklich war. „Und wisst ihr, was mich mit besonderer Freude erfüllt? Dass meine Schutzpatronin Athene, eine wirklich gute Freundin von euch ist!"

Für diese und zwei weitere Nächte kamen Kassandra, Lars und die Bauhelfer bei dem älteren Nachbarehepaar unter, die sich freuten, alle beherbergen zu dürfen. Lars, der eher nicht der handwerklich begabte Typ war, half tagsüber den Frauen in den Gärten, versorgte die Tiere, sammelte die Eier der Hühner ein und versuchte sich sogar mit ziemlichem Erfolg mit der Handspindel.

„Nicht übel", murmelte er. „Das könnte mir ernsthaft Spaß machen. Ich werde wohl auch ein oder zwei Schäfchen halten. Kassandra bekommt die Wolle zum Stricken und Weben."

„Tu das, mein Lieber", bestärkte ihn Grit. „Ich zeige dir auch, wie man die Fäden ganz wundervoll färben kann."

„Ich habe sogar Flachs entdeckt", jubelte Kassandra. „Zwar nur ein paar Pflanzen, aber wenn wir die Samen abnehmen, könnten wir in zwei Jahren genug Material haben, um richtig zarte Stoffe zu weben."

„Fantastisch!" Grit klatschte in die Hände. „Dann müssen wir nicht mehr so viele Dinge auf dem Markt gegen andere eintauschen."

„Ich weiß auch, wie man aus Sonnenblumenkernen Öl macht", verriet die Seherin. „Vielleicht ist einer der Zauberer so lieb, zwei richtig große Mahlsteine zu schleifen, die man mit einer Kurbel drehen kann?"

„Meinst du so?", schmunzelte Marc, zwei Granitsplitter aneinanderhaltend, die sich zu einer Handdrehmühle zusammenfügten, die fast einen halben Meter Durchmesser hatte, damit genau zu Kassandras Körpergröße passte.

„Besten Dank!", rief Kassandra überschwänglich.

Grit sprang auf, um das Gerät von allen Seiten zu untersuchen. Kannte sie bisher doch nur einen muldenartigen Mahlstein, indem man recht mühsam die Samen zerkleinern musste. „Ich will auch sowas haben!"

„Bitteschön!" Marc ließ unter dem Gelächter der anderen noch eine Handdrehmühle erscheinen.

Kassandra drehte probeweise ihre Mahlsteine und überlegte halblaut: „Wenn ich genug Öl habe, dann kann ich auch Sonnenblumenseife sieden. Die pflegt die Haut ganz zart."

Grit bekam vor Staunen den Mund nicht wieder zu, alle anderen lachten schallend. Kassandra schien auch innerlich auf Triga angekommen zu sein.

„Wir werden Spaß haben", versprach die Seherin den Frauen und streichelte ihren wunderschönen neuen Mahlstein.

Corax unterhielt sich mit Noctis in der Rabensprache. Die beiden schienen irgendetwas vorzuhaben, denn sie schauten immer wieder zu den Mühlen und zu Kassandra hinüber. Und während Drachen und Männer am nächsten Tag die zweite Etage setzten, durchstreiften die beiden Vögel im Tiefflug Felder und Wiesen. Jedes Mal, wenn sie mit Grünzeug im Schnabel zurückkehrten, nahmen es ihnen die Mädchen ab und pflanzten es vorsichtig ein Stück neben dem Olivenbaum ein.

„Was treibt ihr da eigentlich?", fragte Grit nach einer Weile.

„Wir legen für Kassandra zwei Beete mit all jenen Pflanzen an, die uns Corax und Noctis bringen. Das Blaue ist Flachs, das Gelbe ist Raps. Wir passen auch ganz sehr auf, dass wir die Wurzeln nicht kaputtmachen."

Grit eilte nach der Gießkanne. Von den reifen Sämereien würden eines Tages alle profitieren. Kassandra hatte von alledem noch gar nichts bemerkt, sie richtete mit Lars die untere Etage des neuen Häuschens ein. Erst beim gemeinsamen Mittagessen streifte ihr Blick zufällig die kleinen Blütenteppiche, die in den letzten Stunden entstanden sein mussten. Die Freude war natürlich riesig. Sie bat Marc, ausnahmsweise von seinen Prinzipien abzugehen, und ein paar Leckereien für Raben und Kinder zu zaubern. So füllten sich die Schüsseln der Raben mit Fleischstückchen und die der Kinder mit Vanilleeis.

„Ach, eigentlich haben alle verdient, ordentlich belohnt zu werden!" Er füllte den Tisch, sowie den Fressplatz der Drachen reich mit Speisen.

Einen Tag später deckten die vielen fleißigen Helfer bereits das Dach. Sie feierten bis in die Nacht den Abschluss eines gelungenen Projektes. Kassandra und Lars hatten den Korb des Ballons geleert, alles in die richtigen Räume verteilt, die Möbel an ihre endgültigen Plätze gerückt, als Aurëus den Schrumpfzauber aufhob.

„Morgen fliegen wir wieder nach Hause", erklärte er mit tiefer Zufriedenheit in der Stimme. „Die Drachenmänner sind schon informiert. Wir werden immer mal wieder vorbeischauen, ob es euch gut geht."

„Aber nicht vergessen!", riefen Grit und Kassandra wie aus einem Mund.

„Ganz bestimmt nicht", versprach Marc. „Wir sind sehr an einem regen Ideenaustausch interessiert. Wie ich die Drachen und Raben kenne, werden die ganz schnell mal die Passage nach hier oben nehmen. Ansonsten werden wir es jetzt auch ganz gemächlich angehen. Und wenn mal irgendwo die Säge klemmt, werden wir alle gemeinsam wieder eine Lösung finden."

Der Abschied gestaltete sich für die Triganer tränenreich.

„Es ist doch nicht für immer", schmunzelte Aurëus. „Bei den jährlichen Treffen am Nixensee müsst ihr unbedingt dabei sein. Die Drachen werden euch rechtzeitig abholen."

Er bestieg mit Marc, Bromer, Thomas und Alfons die wartenden Drachen, zu denen nun auch Bella gehörte, die Zephyra bis auf wenige Zentimeter in der Größe eingeholt hatte. Die Raben flogen eine Abschiedsrunde, ehe sie sich in Marcs Armen niederließen. „Macht es gut, liebe Freunde!" Dann erhoben sich die Drachen mit rauschenden Schwingen in die Lüfte, um ihre Reiter nach Hause in die Elfenwelt zu tragen.

* ENDE *

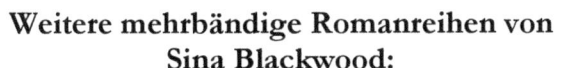

**Weitere mehrbändige Romanreihen von
Sina Blackwood:**

Die Nebelwald-Trilogie:

Band 1: Der Nebelwald
Band 2: Die Schlacht um Wildforest
Band 3: Unter dem Banner des Gefleckten Drachen

Sina Blackwood

LEON –
DER SCHLANGEN-
MAGIER
VON TARRONN

Band 5

Fantasy

Bände 1– 4: Die Magier von Tarronn
Band 5: Leon – Der Schlangenmagier von Tarronn

Reisen, Sex & Abenteuer:

Band 1: Asphalt, Sex & Abenteuer
Band 2: Burgen, Sex & Abenteuer
Band 3: Sehnsucht, Sex & Abenteuer
Band 4: in Vorbereitung